KB242986

사마쌍협

邪魔雙俠

사마쌍협 12

월인 新무협 판타지 소설

초판 1쇄 찍은 날 § 2004년 4월 27일
초판 1쇄 펴낸 날 § 2004년 5월 7일

지은이 § 월인
펴낸이 § 서경석

편집장 § 문혜영
편집책임 § 장상수
편집 § 서지현
마케팅 § 정필 · 강양원 · 이선구 · 김규진 · 홍현경

펴낸곳 § 도서출판 청어람
등록번호 § 제1081-1-89호
등록일자 § 1999. 5. 31
어람번호 § 제2-0365호

주소 § 경기도 부천시 원미구 심곡1동 350-1 남성B/D 3F (우) 420-011
전화 § 032-656-4452 팩스 § 032-656-4453
http://www.chungeoram.com
E-mail § eoram99@chol.com

ⓒ 월인, 2002

값 8,000원

ISBN 89-5831-086-3 04810
ISBN 89-5505-507-2 (SET)

사마쌍협

邪魔雙俠

월인 新무협 판타지 12

우영검문(流星劍門)

도서출판 **청어람**

제97장

유성채(流星寨)

유성채(流星寨)

쌀쌀해져 가는 날씨 속에 동정호 주변의 수풀들도 그 무성함을 서서히 잃고 앙상한 몸매를 드러내고 있었다.

스스스—

독충 한 마리가 있는 듯 없는 듯 그 수풀들 사이로 몸을 움직였다. 조심스럽게 몸을 움직이는 놈은 수풀과 하나가 되어 한참 동안 시선을 고정하지 않고서는 존재를 눈치 채지 못할 만큼 완벽한 보호색으로 위장하고 있었다.

휘익—

작은 손 하나가 바람처럼 움직이며 수풀 속을 기어가는 독충을 향해 날아들었다.

깜짝 놀란 독충이 입을 쩍 벌려 독니를 드러냈다. 그러나 여인의 손은 아랑곳 않고 독충을 집어 들었다.

"호호, 요놈! 널 잡기 위해 며칠 동안 이곳을 헤집고 다녔다!"

독충을 잡은 당유화가 만족한 웃음을 터뜨리며 손가락 사이에 들린 독충을 이리저리 살펴보았다.

아가리를 벌리고 날카로운 이빨을 드러낸 독충은 몇 번이나 당유화의 손을 물려고 시도하다가 당유화의 손에 끼워져 있는 녹피(鹿皮) 장갑에서 뿜어져 나오는 냄새에 질색을 하고는 얼른 아가리를 닫았다.

"이젠 잡았으니 그만 나오세요!"

당유화가 뒤를 돌아보며 소리를 지르자 뒤쪽에서 몇몇 사내들이 모습을 드러냈다.

단철패의 부하인 위충겸과 다른 세 사람이었다.

"그것으로 필요한 재료들을 다 구한 것이오?"

위충겸이 당유화의 손에 들린 독충을 징그러운 표정으로 쳐다보았다.

"네, 이젠 다 모았어요. 그동안 호위를 하느라 수고가 많으셨어요. 이젠 그만 유성채(流星寨)로 돌아가요."

돌아가자는 당유화의 말에 위충겸 등이 반색을 하며 안도의 한숨을 내쉬었다.

장화와 토시 등으로 노출 부분을 최대한 감쌌지만 동정호 내에서도 가장 습진 곳을 돌아다니는 것은 정말 기분 나쁜 일이었다. 독충에 물리더라도 자신을 믿고 아무 걱정 말라는 당유화의 당부가 있었지만 수풀이나 수초 뿌리 아래에서 우글거리는 이상한 곤충들은 보는 것만으로도 온몸이 근질거렸다.

"그런데 돌아가는 일도 만만치 않으니 그게 문제로군요."

돌아간다는 당유화의 말에 얼굴 가득 화색이 돌던 위충겸이 다시 걱정스런 표정으로 당유화를 쳐다보았다.

공야세가에서 혈겁이 일어난 바로 다음날 자운엽 일행과 살아남은 공야세가의 사람들은 이곳으로 향했고, 장강의 물줄기를 타고 은밀한 이동 끝에 단철패가 장악해 놓은 수적채에 짐을 풀었다. 그 후 자운엽과 종리재정은 온갖 기관 장치와 진식(陣式)으로 은신처 주변을 요새로 만들었다.

처음에는 임시방편으로 간단한 함정이나 암기들을 설치했지만 차차 복잡해지고 나중에는 기관에 의해 움직이는 엄중한 암기에, 자운엽의 진식까지 펼쳐지며 귀신도 접근이 힘든 죽음의 요새가 되어 있었다. 그리고 지금도 계속 새로운 암기들이 추가되어지고 당유화의 독까지 가세되어 독무마저 펼쳐지고 있으니 은신처로 되돌아가는 것도 등줄기에 땀이 흐르게 만드는 일이었다.

"연을 날리세요, 입구를 열게."

물안개가 자욱하게 덮여 있는 지역에 도착한 당유화가 위충겸을 보고 말하자 위충겸이 품속에 있는 연을 끄집어내어 허공으로 날렸다.

잠시 후 수풀이 갈라지며 자욱하던 물안개 한쪽이 입을 벌렸다. 물안개와 수풀로 위장되어 있던 진식의 일부가 걷혀진 것이다.

"수고하셨습니다, 제수씨."

입구로 나온 자운엽이 빙긋 웃는 얼굴로 당유화와 위충겸 등을 맞았다.

"직접 나오셨군요!"

자운엽을 본 당유화의 얼굴에 안도감이 번졌다. 동시에 위충겸 등도 긴 한숨을 내쉬며 가슴을 쓸었다.

아무리 조심을 한다고 해도 조금만 실수하면 가차없이 튀어나올 암기들은 소름이 끼쳤다. 그러나 자운엽이 직접 나왔다면 그만큼 안심이 되는 것이다.

"몇 가지 더 추가한 것이 있어서 확실히 익히기 전에는 다른 사람들에게 맡길 수가 없었습니다."

자운엽이 조심스럽게 뭔가를 움직이고 조종하며 말했다.

"이러다가 나만 점점 더 위험해지는 게 아닌가요?"

당유화가 볼멘소리를 질렀다.

수시로 독물을 채집해야 했기에 다른 사람에 비해 그녀는 은신처 밖으로의 출입이 잦았고 그때마다 머리끝이 곤두서는 느낌에 간을 졸였던 것이다.

"일이 힘들다고 허락없이 야반도주만 않으면 걱정할 것 없지요."

자운엽이 씨익 웃으며 다시 한 개의 깃발을 옮겼다.

"호칭만 제수씨라 부르지 포로보다 더 혹사시키는 건 아시는 모양이죠?"

당유화가 하얗게 눈을 흘겼다.

"조금만 더 고생해 주시오. 싸움이 다 끝나고 나면 제수씨가 사달라는 노리개, 옷, 음식 모두 사주겠소."

자운엽이 굳은 맹세라도 하는 표정으로 당유화를 달랬다.

"푸훗!"

자운엽의 표정을 본 당유화가 실소를 터뜨렸다. 뻔히 알면서도 저런 표정만 보고 나면 넘어가는 것이다.

"그거 기다리다가 머리가 하얗게 세겠어요. 그러니 그런 사탕발림은 그만두고 품 안에 있는 두 여인이나 잘 챙기세요, 바람둥이 아주버님!"

짙은 안개가 걷혀지고 유성채 안에 도착한 당유화가 뾰족한 소리로 말하고는 빠르게 걸음을 옮겼다.

그동안 수십 번도 더 들은 바람둥이란 소리에 입맛을 다신 자운엽은 손에 든 깃대를 원래의 자리에 꽂았다. 그리고 풀어놓았던 철삭(鐵索) 한 가닥도 팽팽하게 당겼다.

"휴우—"

지옥문을 무사히 통과한 위충겸 일행도 긴 한숨을 내쉬며 어깨를 쭉 폈다.

밖에서 볼 때는 안개가 짙게 덮여 되도록 접근하고 싶지 않은 늪 지대였지만 안에는 전혀 색다른 광경이 펼쳐져 있었다.

고대광실은 아니었지만 질 좋은 나무들로 튼튼하게 지어진 많은 건물들은 동정호변의 경치와 어우러져 그럴듯한 정취를 자아내게 했고, 그 앞뒤로 탁 트인 전망과 함께 넓은 공간은 마음까지 상쾌하게 했다.

"이 솜뭉치 같은 놈들아! 그렇게 휘둘러서 수수깡이나 한 단 제대로 베겠느냐?"

넓은 공간 한구석에서 척발시가 고래고래 고함을 지르며 일단의 무리들을 훈련시키고 있었다.

소싯적에 산적으로 활동하던 관록이 되살아난 척발시와 목염태는 이곳으로 거처를 옮긴 후 제일 신이 난 사람들이었다. 단철패의 부하든, 공야세가에서 부리던 부하든 닥치는 대로 끌고 와서는 자신들이 비정상인 사람이란 점은 손톱만큼도 생각 않고 부하들 모두를 병신 취급하며 닦달을 해대고 있었다.

잠시 척발시의 하는 양을 쳐다보던 자운엽은 고소를 지으며 숙소로 향했다.

“계속합시다.”

숙소로 돌아온 자운엽이 단철패를 쳐다보며 말했다. 아마도 무슨 긴요한 얘기 도중 당유화를 들여보내 주기 위해 직접 나갔다 온 모양이었다.

탁—

단철패가 작은 깃대 하나를 모형으로 된 산 위에 꽂았다.

“지금 놈들의 위치는 여기로 보고되었습니다. 그리고 무림맹의 호남 지부 하나는 이곳에 진을 치고 있습니다.”

그 뒤로도 한동안 단철패의 설명이 이어졌다.

“수고하셨소.”

자운엽이 단철패에게 그동안의 노고를 치하했다.

“아닙니다, 사숙.”

단철패가 꾸벅 고개를 숙였다.

사숙이란 말에 질색을 하는 자운엽이었지만 단철패는 악착같이 자운엽을 사숙이라 불렀다. 특히 설수연과 북미가 있는 곳에서는 훨씬 더 과장된 행동까지 곁들이며 사숙이라 칭했다.

“슬슬 개고기 생각이 나는 것이오?”

자운엽이 미간을 찌푸리며 말했다.

“푸후후!”

개백정이란 단어에 얽힌 사연을 알고 있는 설수연도 웃음을 터뜨렸다.

“오늘은 소고기 안주에 술 한 잔 거나하게 하시지요. 그동안 설 소저와 당 소저 두 분의 뼈를 깎는 연구가 결실을 볼 수 있을 테니까 말입니다.”

개백정이나 개고기 소리도 이제는 단련이 되었는지 아랑곳 않은 단철패가 기대감 가득한 눈빛으로 설수연을 쳐다보았다.

근 반년에 걸친 설수연과 당유화의 연구가 성공할 가능성이 오늘은 그 어느 때보다 높았다. 이곳에 와서도 밤새우기를 밥 먹듯 하며 심혈을 기울인 연구가 오늘 저녁 또 한 번의 실험을 기다리고 있었다.

도저히 풀릴 것 같지 않았던 사중협의 영약에 얽힌 비밀은 설수연의 집요한 노력 끝에 하나씩 하나씩 껍질을 벗었다. 그리고 얼마 전의 실험에서는 거의 느끼지 못할 만큼 붉은빛을 띤 채 가라앉는 듯하다가 마지막 순간에 실패로 돌아갔다.

그 실패를 철저히 분석하여 한 가지 물질이 부족하다는 것을 알아냈고 오늘 당유화가 잡아온 독충에서 그 물질을 추출하여 반응을 시키면 성공할 수 있을 것 같았다.

그러나 기대와는 달리 이번에도 마지막 순간에 그릇 속의 혼합물들이 부글부글 끓어오르며 선홍색으로 변할 수도 있었다. 그러면 모든 것이 수포로 돌아가는 것이다. 지금까지의 모든 배합들을 처음부터 다시 시작해야 된다는 말이었다.

이제껏 그런 일들이 수없이 있었지만 설수연은 조금도 굴하지 않고 끈질기게 매달렸다. 그리고 이번에는 그 어느 때보다 자신이 있었다.

"이번에도 마지막 순간에 실패로 돌아갈지 몰라요. 그러니 너무 큰 기대는 하지 마세요."

설수연은 단철패의 지나친 기대가 부담스러운지 내심과는 달리 격정스런 표정으로 말했다.

"그렇게 정성을 들였으니 이번에는 틀림없을 거예요. 하늘이 감동해서라도 이번에는 성공할 거예요."

북미가 자신이 더 확신한다는 표정으로 말했다.

"그랬으면 정말 좋겠는데……."

설수연이 간절한 목소리로 말했다.

"너무 부담 갖지 말아요, 설 소저. 당 소저도 이번만큼은 정말 자신 있는 표정이었어요. 그동안 지쳐서 쓰러질 정도로 열심히 했으니 좋은 결과가 있을 거예요."

북미가 설수연의 걱정을 덜어주며 팔을 끌었다.

"이젠 그만 나가요. 당 소저 작업이 끝날 때까진 아직 시간이 있으니 그때까진 바깥바람이나 좀 마셔요."

"그래요. 모든 것은 하늘에 맡기고 이젠 좀 쉬어야겠어요. 너무 피곤해요."

설수연도 가볍게 고개를 끄덕였다. 그런 설수연의 모습에 자운엽과 단철패는 약간은 의외란 눈으로 설수연을 쳐다보았다. 이제껏 아무리 힘들어도 단 한 번도 피곤한 기색을 내비치지 않은 그녀였기에 스스로 피곤하다는 말은 뜻밖이었다.

"어서 가요. 가서 더운물에 목욕이라도 하며 푹 쉬어요."

북미도 그걸 느꼈는지 부축하듯 설수연을 이끌고 밖으로 나갔다.

모두들 저녁도 잊은 채 안채의 한 실내에 모여 있었다.

여러 모양의 용기와 그것에 담겨진 물질들에서 피어오르는 냄새는 실내에 어린 긴장감을 더욱 팽팽하게 당겼다.

"이젠 섞을 일만 남았어요."

마지막 배합물까지 다 준비한 당유화가 설수연을 보고 말했다. 그러자 단철패와 그 부하 여섯 명의 목에서 침 넘어가는 소리가 들렸다.

"어서 섞어보세요."

긴장한 눈빛을 한 설수연이 당유화를 재촉했다.

"무슨 소리예요. 이제껏 대부분의 노력은 설 소저가 했잖아요. 그러니 대기를 장식하는 것도 설 소저가 해야지요."

당유화가 마치 성공을 확신하고 있는 듯한 눈빛으로 목소리를 높였다. 그러나 설수연은 못내 망설였다. 그동안도 수없이 실패하고, 그 순간 전신을 엄습해 오던 좌절감이 이번에는 도저히 견딜 수 없을 것 같았기 때문이었다.

"어서 하세요."

당유화가 다시 재촉하자 망설이던 설수연이 작은 용기들에 든 내용물을 차례차례 섞기 시작했다.

모든 것이 섞여지고 마지막 남은 용기를 든 설수연의 손이 가늘게 떨리고 있었다.

"외 그러세요, 설 소저답지 않게……."

설수연의 내면에 감추어진 강인한 모습을 이젠 익히 알고 있는 북미도 설수연을 보며 격려했다.

쪼르륵―

드디어 마지막 재료인 자운엽의 피가 용기 속에 부어졌다.

자운엽의 혈액 속에 녹아 완벽한 효력을 발휘하고 있는 사중협의 영약은 이 반응의 마지막 재료이자 시료(試料)였다.

자운엽의 혈액이 따라진 용기의 표면에 작은 파문이 일었다가 서서히 잦아들었다. 그리고 붉은색이 점점 희미해지며 가늘게 피어오르는 향불의 연기처럼 한곳으로 모여 소용돌이를 만들었다.

저 붉은색이 대기 속으로 흩어지는 연기처럼 사라지면 그간의 모든 노력이 결실을 맺는 것이다. 그러나 서서히 옅어지던 기운들이 급격히 붉어지며 화약이 터지듯 옆으로 퍼져 나가면 결실은커녕 밭부터 다시 일구어야 하는 것이다.

"꿀꺽—"

이번에는 자운엽의 목젖이 꿈틀거리며 침 넘어가는 소리가 들렸다.

설수연의 피곤해하는 모습을 볼 때마다 안쓰럽기 그지없었지만 앞으로의 계획에 빠질 수 없는 물건이었기에 모른 척하고 무언의 압력을 가하기만 했다. 그것을 충분히 느낀 설수연은 그동안 두말 않고 따라 주었다. 보통 여자 같으면 지쳐 쓰러져도 여러 번 쓰러질 만한 작업이었지만 그녀는 단 한 번도 지친 기색을 보이지 않았다. 아마 정신력이 육체를 지탱해 주었을 것이다. 그런 그녀도 이번에는 많이 지쳐 보였다. 그래서 더욱 긴장이 되었다.

"와아—"

태고의 정적만이 감돌던 실내에 어느 순간 떠나갈 듯한 소리들이 울려 퍼졌다.

붉은색의 기운들이 회오리처럼 용기 한가운데에서 맴돌다 점점 가늘어지더니 마침내 씻은 듯이 사라져 버렸다. 그리고 용기 속에는 고요가 찾아들었다.

길고 긴 설수연의 노력이 드디어 결실을 맺은 것이다.

기뻐 날뛰는 사람들을 바라보며 자운엽은 불끈 주먹을 쥐었다.

"고생 많았어요, 설 소저!"

함성을 지르며 단철패 등과 함께 기뻐하던 당유화가 설수연을 보고 희열에 들뜬 얼굴로 말했다.

"험하고 힘든 일은 당 소저가 다 했잖아요."

설수연도 발갛게 달아오른 얼굴로 미소를 지었다.

“정말 고생 많았습니다, 아가씨! 그리고 제수씨!”

자운엽이 설수연과 당유화를 보고 치하했다.

“이젠 성공했으니 그동안 온갖 사탕발림으로 했던 약속을 모두 지키세요. 내가 그동안 얼마나 혹사를 당했는데……. 절대로 가만있지 않을 거예요.”

당유화가 이를 갈았다.

“정말 수고 많으셨소, 제수씨. 지필묵을 드릴 테니 모두 적어놓으시오. 하나도 빠짐없이 사다 드릴 테니…….”

자운엽이 고개를 끄덕이며 미소를 지었다.

“설 소저 것은 제가 적어드릴게요.”

북디도 웃음을 멈추지 못하며 거들었다.

“아니에요, 난 괜찮아요. 더 이상 아무것도…….”

설수연은 실험이 성공한 것만으로도 충분한 보상을 받았다는 듯 고개를 흔들었다.

“이래서 내가 일일이 챙겨줘야 한다니까요.”

항상 모든 것을 양보하기만 하는 설수연을 향해 고개를 저은 북미가 다시 웃음을 머금었다.

‘얼씨구! 가재는 게 편이다 이거지…….’

북미의 말을 들은 당유화가 슬쩍 쌍심지를 돋우었다. 그 순간, 탁자 옆에서 목젖이 움직이는 소리가 연속으로 들렸다.

“커어— 맛도 일품이군.”

용기에 든 용액을 모두 들이킨 단철패가 꺼억 하고 트림을 했다.

“세, 세상에……!”

　용기 속의 액체가 모두 단철패의 목구멍 속으로 흘러 들어간 것을 본 설수연과 당유화가 비명을 질렀다. 가장 중요한 부분을 성공시키긴 했지만 영약으로 복용하기 위해서는 아직 여러 가지 실험을 더 해야 했다. 우선은 동물들에서부터 실험을 하고, 아무런 부작용이 없으면 그때 가서 사람이 마셔야 하는 것이다.

　사부 사중협이 자운엽에게 준 것은 오로지 자운엽에게만, 그것도 그 당시 자운엽의 몸에만 작용하여 내력을 급상승시키는 영약이었고, 훨씬 단순하면서도 훨씬 더 무서운 효력을 나타내는 것이었다. 그러나 그 비밀을 완벽히 알아낸다는 것은 도저히 불가능했다. 어쩌면 그건 평생을 바쳐야 가능한 일일지도 몰랐다. 그런 영약에서 짧은 시간 내에 단초(端初)를 찾아낸 것만으로도 기적이었다.

　설수연은 그것을 기초로 자신만의 방법을 개발했다. 그 모태는 사중협의 영약에 숨겨진 방법이 주를 이루었지만 성분에서는 독극물 등도 여러 가지 추가되었다. 그걸 단철패가 남김없이 꿀꺽 삼켜 버린 것이다.

　"괜찮으세요?"

　당유화가 통방울만한 눈으로 단철패를 쳐다보며 물었다.

　영약일수록 과하면 오히려 그만큼 무서운 독약이 되고 만다. 용기 속의 물질이 다행히 영약이 된다 하더라도 그 양을 얼마나 복용해야 효력이 나타날지도 모르는 상황에서 한 사발을 그냥 꿀꺽 삼킨 단철패를 보며 설수연과 당유화는 사색이 된 얼굴로 단철패의 안색을 살폈다.

　"호랑이를 잡으려면 우선 호랑이 굴에 들어가야 할 것이 아니겠소? 누군가는 복용을 하여 실험해 봐야 할 일이고, 이놈저놈 눈치 볼 것 없이 내가 했으니 된 게 아니오."

단철패는 적지 않게 자랑스러운 얼굴로 설수연과 당유화를 쳐다보았다. 그러나 두 여인의 눈빛은 조금도 단철패를 자랑스럽게 생각하지 않는 듯했다.

"왜 그러시오?"

단철패가 약간은 불만 섞인 어투로 물었다.

"다른 사람들을 생각하는 그 마음은 충분히 이해가 가지만 그건 얼마가 적정량인지 모르는 물건이에요. 어떻게 그걸 한꺼번에 다 마시나요?"

설수연이 걱정 가득한 눈으로 단철패의 전신을 훑었다.

"그, 그건 생각 안 해봤는데……."

일순 단철패의 얼굴에 난감한 기운이 어렸다.

"하지만 뭐 별일없는 것 같소. 영약이라면 들이키자마자 아랫배부터 뜨뜻해진다던데… 오히려 이건……."

단철패가 고개를 갸웃거리며 아랫배를 쳐다보다가 주먹으로 툭툭 두드렸다.

"뭐야, 이거?"

다시 한 번 주먹으로 아랫배를 두드리던 단철패가 어느 순간 입을 딱 벌렸다.

"외, 왜 그러세요?"

당유화가 다급하게 소리쳤다. 그러나 벌어진 입을 다물지도 못한 단철패의 신형은 돌처럼 굳어졌다.

쿠웅―

눈을 까뒤집은 단철패가 바닥으로 쓰러졌다. 모두들 혼비백산한 가운데 자운엽이 급히 다가가 단철패를 일으켜 앉히고 명문혈에 장심을 갖다 댔다.

기혈이 들끓고 있었다.

마치 작은 접시물에 뜨겁게 달구어진 돌덩이 하나를 던져 넣은 격이었다.

끓어오른 물이 접시를 급격히 넘쳐흐르면 단철패는 폐인이 되든지 절명하게 될 것이다.

정말 대책없는 인간이란 생각이 들었다.

그랬기에 자신의 주제도 파악하지 못하고 무작정 유성검문의 원수를 갚는다고 종초기의 품에서 뛰어나왔을 것이다. 그리고 서천맹의 꼬리를 추적하다가 야율사한에게 당해 장강에서 물고기 밥이 될 뻔했으리라.

자운엽은 계속해서 내력을 불어넣어 접시를 폭발시킬 듯 들끓고 있는 내력을 다스렸다.

새삼 사부 사중협의 능력에 감탄을 금할 수 없었다. 어떤 때는 두려움까지 일었다.

지금 단철패가 복용한 약물과는 비교할 수 없이 단순하면서도 아무런 부작용 없이 자신의 내력을 급상승시켜 주었던 영약 아닌 영약!

서찰에 쓰인 대로 술병에 타서 하루 동안 놓아두었다가 마셨을 때 자신은 아무런 느낌도 받지 못했다. 단전이 미지근해져 오는 느낌조차도 없었다. 그러나 검을 휘둘러 보면 하루가 다르게 상승해 가는 내력을 느낄 수 있었다. 그 내력 상승의 느낌은 지금도 여전했다. 처음에 비하면 미미한 정도지만 아직 다 끝나지는 않은 모양이었다.

그에 비하면 단철패 이 인간은 불행한 셈이다.

그동안 설수연과 당유화가 죽도록 고생을 하며 만든 약이었지만 효력 면에서도 한참 모자랐고 이런 부작용마저 따랐다.

'그걸 대책없이 한꺼번에 삼켜 버릴 줄이야……'

자운엽은 계속해서 내력을 쏟아 부으며 물길을 막았지만 들끓는 기혈은 좀처럼 진정되지 않았다.

'조금만 더!'

자운엽은 온 얼굴에 비 오듯 땀을 흘리며 들끓는 하단전의 기운을 가라앉히고 넘쳐 나는 기운을 기해혈을 통해 조금씩 전신 혈도로 흘려보냈다. 자칫 잘못하면 전신 혈도가 터질지도 몰랐기에 혼신의 힘을 다했다.

우르르―

넘쳐흐른 물길이 폭포수처럼 흘러나갔다.

자운엽의 장심에서 깃털처럼 부드러운 기운 한 가닥이 거칠게 흘러나가는 폭포수를 휘감으며 엄청난 진동을 일으키기 시작했다.

전신의 혈맥이 굳어오는 곤오음양절맥이란 희귀한 체질을 극복하기 위해 사중협이 탄생시킨 기운이 단철패의 전신 혈도를 씻어내며 노도 같은 물길을 달래 나갔다.

끓어 넘치는 물길은 잡혀갔지만 폭주하는 힘이 엄청났기에 단철패가 느끼는 고통은 이루 말할 수 없이 컸다. 전신의 혈맥이 폭죽처럼 터져 나가는 듯한 고통을 느꼈고, 그 고통이 잦아들 즈음에는 용광로 속에 온몸을 던져 넣은 것 같은 뜨거움을 맛보았다.

말 그대로 지옥이었다.

"끄으윽!"

단철패의 입에서 창자를 끊어내는 듯한 신음이 흘러나왔다.

지금이 최대의 고비였다. 자운엽은 마지막 힘을 쏟아 부으며 단철패의 기혈을 다스렸다.

콰아앙!

단철패는 백회에서 거대한 화산이 터지는 듯한 느낌과 함께 두 쪽으로 나누어졌던 기운이 하나로 합쳐지며 무리없는 순행이 이루어지는 것을 느꼈다. 그리고 무념무상의 세계로 빠져들었다.

'휴우!'

자운엽은 내심 긴 한숨을 토했다.

고비를 넘긴 것이다.

이젠 조금만 더 이끌어주다 손을 떼어도 될 것 같았다.

단철패의 얼굴 역시 고통의 흔적이 사라져 가고 은은한 혈기가 감돌았다. 그리고 점점 편안하게 가라앉는 단철패의 얼굴에 환희가 넘쳐나기 시작했다.

자운엽은 단철패의 명문혈에 대고 있던 손을 떼어냈다.

"괜찮아?"

설수연이 파랗게 질린 표정으로 자운엽을 쳐다보았다. 북미와 당유화 역시 울 듯한 눈으로 자운엽의 안색을 살폈다. 얼마만큼 위급한 상황이었을지는 단철패 본인과 자운엽이 가장 잘 알겠지만 옆에서 지켜보는 사람도 그 상황의 심각성은 충분히 이해가 갔었다. 그만큼 자운엽의 얼굴에서 흐르는 땀과 단철패의 표정이 처절했기 때문이다.

"큰 고비는 넘겼습니다. 하지만 당분간은 함부로 설치지 못하게 묶어놓기라도 해야겠습니다."

자운엽은 삼매경에 빠져든 단철패의 얼굴을 보며 고개를 흔들었다.

"정말 수고 많았습니다, 아가씨."

설수연과 함께 동정호가 훤히 바라보이는 유성채 뒤쪽 언덕 위로 온 자운엽은 감탄한 표정으로 말했다.

의술에 대한 그녀의 실력은 천라지망 속에서 몸소 체험했었지만 사부가 수십 년에 걸쳐 연구한 것을 그 기간 동안 풀어낼 수 있을지는 반신반의했었다. 하지만 그녀의 끈기와 집념이 그걸 이룩한 것 같았다.

"모두 미랑 덕분이야. 처음에 그 영약에 오행의 기운이 섞여 있다는 실마리를 제공해 주었기에 가능했고, 미랑의 혈액이 있었기에 가능한 일이었으니까."

설수연이 발그레 옥용을 붉히며 말했다.

"아가씨까지 미랑입니까?"

자운엽이 피식 웃으며 말했다.

"이젠 북미 소저도 있는데 언제까지 이름을 부를 수도 없고… 그래서 연습 한번 해봤어."

설수연이 다시 미소를 지었다. 그동안 가슴을 짓눌렀던 부담을 완전히 떨쳐 버리고 짓는 미소였기에 탁 트인 동정호의 정경만큼 환하게 느껴졌다.

"아가씨가 계속 그렇게 부르면 단철패와 그 일당들이 제일 좋아하겠군요. 그 호칭으로 못 부르게 했더니 입이 근질거리는 모양이던데 말입니다."

자운엽이 단철패 일행이 있는 유성채 한곳을 내려다보며 말했다. 그리고 신중한 표정을 하며 설수연에게 고개를 돌렸다.

"사부님의 영약에 어떤 비밀이 숨어 있는지 피상적으로나마 가르쳐 주십시오. 일을 꾸미는 데 저 역시 최소한의 지식은 필요합니다."

자운엽이 훨씬 더 신중한 표정과 함께 설수연을 쳐다보았다.

“왜 그러십니까?”

질문을 받은 설수연의 눈이 살짝 흘겨지는 걸 본 자운엽이 눈을 크게 뜨며 물었다.

“일부러 그러는 거야, 아니면 정말 바보라서 그러는 거야?”

“뭐가……?”

자운엽이 말끝을 흐리며 재빨리 염두를 굴렸다. 그러나 쉽게 답을 얻을 수 없었다.

“정말 분위기라고는……. 푸후!”

설수연은 포기했다는 듯 고개를 저으며 한숨을 쉬었다. 아무리 가르쳐도 안 되는 건 어쩔 수 없는 모양이라는 생각이 든 것이다.

“처음에는 너무 뜬구름 잡기였지만 미랑이 말한 재료들의 성분을 당소저와 함께 더 이상 나눌 수 없을 정도까지 분석하다 보니 일정한 규칙이 보이기 시작했어.”

설명을 해나가는 설수연의 얼굴에 얼핏 승리감이 어렸다.

“각각의 성분에는 상생(相生), 상극(相剋), 상충(相沖), 상조(相助), 상화(相和) 다섯 개의 큰 기운이 섞여 있다는 걸 알았어. 사부님의 내력은 철저하게 오행의 흐름에 의거한 것이니 그것에 역점을 두라는 미랑의 말이 맞았어. 그걸 몰랐다면 아직 감도 잡지 못했을 것이고, 특히 당소저의 도움이 없었다면 도저히 불가능했을 거야.”

설수연이 당유화에게도 공을 돌렸다.

“제수씨에겐 되도록 그런 말을 하지 마십시오. 두고두고 우려먹으려 할 테니까요.”

자운엽의 목소리를 낮췄다.

“후후!”

설수연은 낮게 웃으며 주변을 돌아보다가 자운엽이 재촉하자 다시 설명을 이었다.

"그 다섯 가지의 기운은 각각 화(火), 수(水), 목(木), 금(金), 토(土)의 오행의 기운과 맞아떨어졌어. 그래서 오행의 원리대로 배열하고 섞어 나가면 될 줄 알았는데… 다섯 개가 합쳐서 또 다른 상생과 상극 등의 기운으로 재생성되었어."

설수연이 그 부분에서는 정말 힘이 들었는지 미간을 약간 찌푸렸다.

"그렇게 도합 예순네 번을 반복해서 오늘의 결과를 얻었어. 하지만 사부의 영약에 비하면 조족지혈인 것 같아. 사부의 영약은 거기다가 복용하는 사람의 체질과 현재의 내력을 다시 오행의 기운으로 분류해서 아무 가공도 않은 약재로 그런 효력을 발휘하도록 한 것 같으니까 말이야. 그렇게 되면 그 특정인에게는 내가 만든 약과 비교할 수 없는 효력을 발생시키겠지만… 그건 죽을 때까지 연구해도 불가능할 것 같아."

설수연은 그건 정말 자신없다는 표정으로 고개를 흔들었다.

"그런 정도까지는 필요없습니다. 그랬다간 경쟁자가 늘어날지도 모르니까요. 지금 그 정도라도 단번에 괄목할 만큼 내력을 증대시킬 수 있으니 누구든 군침을 흘릴 것입니다. 정말 수고했습니다, 아가씨!"

자운엽은 흥분을 가라앉히지 못한 목소리로 말했다. 길고 긴 준비가 끝나고 서서히 기지개를 켤 시기가 왔다는 사실이 맥박을 빠르게 했다.

"그동안 아가씨를 혹사시키며 마음이 아팠지만 내색하지 않았습니다."

"난 나대로 복수를 하는 중인걸."

더없이 미안한 표정이 된 자운엽을 보며 설수연이 조용하게 말했다.

"어머니의 복수는 하지 않겠지만 가문의 복수는 꼭 하고 말 테야.

나로서는 그 약을 만드는 것이 무엇보다 큰 복수라고 생각했어."

설수연이 차분하게 말했지만 그 음성 속에는 어떤 일이 있어도 꺾이지 않을 의지가 깃들어 있었다.

"그래서 약을 만들면서도 마음이 아팠어."

"뭐가 말입니까?"

"난 그냥 아무 목적 없이 오로지 미랑을 돕기 위해서 만들었으면 싶었거든."

설수연의 표정에 안타까움이 어렸다. 누구를 돕는 데 있어 자신을 위한 목적이 개입되면 그건 진정으로 돕는 것이 아니라는 생각이 그동안 가슴 한구석을 아프게 했던 것이다.

"좋은 쪽으로 생각하십시오, 아가씨. 우연의 일치로 두 개의 목적이 겹치다 보니 그렇게 된 겁니다. 그러니 그런 생각은 하지 마십시오. 진정 그런 목적이 있었다면 마음이 아프지도 않았을 겁니다."

말을 마친 자운엽은 옆에 있는 돌멩이 몇 개를 집어 든 후 싸리나무 가지도 몇 개 꺾었다.

마치 토끼 사냥이라도 하려는 듯이……

설수연은 그런 자운엽의 행동을 보고 숨을 죽이며 고개를 두리번거렸다. 그러나 어느 곳에도 토끼의 흔적은 보이지 않았다. 아마도 그새 도망을 친 모양이었다.

자운엽 역시 토끼 사냥을 포기했는지 들었던 돌멩이와 싸리나무 꼬챙이들을 하나씩 주변으로 던졌다.

톡!

아무렇게나 던져지는 돌멩이들에 비해 싸리나무 꼬챙이들은 이상한 각도로 바닥에 하나씩 꽂혔다.

“지금 이 분위기는 어떻습니까, 아가씨?”

자운엽이 마지막 싸리나무 꼬챙이 한 개를 가까운 곳에 꽂으며 말했다.

“응? 무슨?”

느닷없는 자운엽의 말에 설수연이 눈을 동그랗게 떴다.

“주변으로 진식이 펼쳐져 지금부터는 여기 있는 우리의 모습이 아무에게도 안 보이지요.”

그 말에 비로소 지금까지 자운엽의 행동을 모두 이해한 설수연의 얼굴이 발갛게 물들었다.

“수연…….”

나지막하게 설수연의 이름을 부른 자운엽의 숨결이 점점 가까워졌다.

“하아……!”

불에 달군 듯한 자운엽의 손이 조심스럽게 설수연의 앞섶을 헤치고 탐스런 유실(乳實)을 건드렸을 때 설수연의 입에서 장미향보다 더 달콤한 입김이 터져 나왔다.

“괜찮소?”

다음날 아침, 조반을 들기 위해 식탁으로 다가온 단철패를 보며 자운엽이 물었다.

“거뜬하군요. 그런데 어제 무슨 일이 있었습니까?”

거나하게 기지개를 한 번 켠 단철패는 시침 뚝 뗀 얼굴로 자운엽을 쳐다보았다. 대책없는 행동으로 자운엽까지 위험한 지경에 이르게 했으니 그 미안함이야 이루 말할 수 없을 테지만 시침 뚝 떼고 딴전을 피우며 모면하기로 작심한 모양이었다.

"별일없었소. 대책없는 들소 한 마리가 독초를 뜯어먹고 온 유성채를 발칵 뒤집어놓은 것을 빼면."

자운엽은 피식 웃음을 흘리며 중얼거렸다.

"킥!"

음식을 입에 넣고 있던 양예청과 북미가 웃음을 참느라 애를 썼다.

"개백정에, 들소에, 다음에는 또 뭐가 될지……."

단철패는 퉁명스럽게 중얼거리고는 정말 들소라도 된 듯 우적거리며 나물을 씹어 삼켰다.

단철패가 마신 약의 양은 적정량의 다섯 배가 넘는 것으로 추정되었다. 그러니까 아무런 부작용 없이 내력을 끌어올릴 수 있는 양은 단철패가 마신 양의 오 분지 일 정도였다. 물론 내력의 정도에 따라 조금씩은 양이 달라지겠지만 그 정도의 양이면 그리 큰 부작용이 나타나지 않았다.

자운엽과 함께 저승 문턱까지 갔다 왔지만 단철패는 다섯 배나 더 많은 양을 마시고 그만큼 내력이 증가되었다. 너무 갑작스런 내력 증가로 인해 솔직히 자신의 능력이 얼마인지 모를 정도였다. 어쨌든 이젠 서천맹의 손에 멸문당한 유성검문 유일한 후계자로서 복수와 함께 가문을 일으킬 최소한의 바탕은 마련된 셈이었다.

설수연과 당유화는 남아 있던 재료들로 다시 한 병의 약을 만들었다. 날씨가 추워지며 재료들을 구할 수 없었기에 단철패의 부하 여섯 명은 혜택을 못 보고 자운엽이 무언가 일을 꾸미기에 필요한 양밖에 만들지 못했다. 내년 봄이나 되어야 좀 더 만들어 유성채의 사람들을 고수로 탈바꿈시킬 수 있을 것 같았다.

자운엽은 그것이 못내 아쉬웠지만 재료가 모자라 내년 봄까지는 약을 만들 수 없다는 설수연의 말에 환호성을 지르는 당유화 앞에서 그 심정을 내색할 수 없었다. 아쉽지만 단철패의 내력이 급상승했다는 것으로 만족할 수밖에 없었다.

"여우 사냥에 필요한 준비가 거의 끝나가는군."

설수연에게서 넘겨받은 약병을 든 자운엽이 싸늘한 미소를 지으며 중얼거렸다.

"무슨 말이오, 사숙? 드디어 야율사한을 칠 생각이오?"

자운엽의 중얼거림을 들은 단철패가 번쩍하고 안광을 폭사시켰다. 여우라는 단어가 야율사한임을 짐작한 모양이었다.

"그놈을 잡는 일이라면 제일 앞장서서 싸우겠소. 뭐든 시켜만 주시오, 사숙. 지옥 불구덩이 속에서 얼음 조각이라도 구해오겠소."

단철패는 당장이라도 유성채를 뛰쳐나갈 듯한 자세로 말했다.

"그렇게 들소처럼 설치다가는 또다시 그놈의 묵환에 당해 장강 한복판에서 고기밥이 될 것이오. 그러니 함부로 설칠 생각은 애초에 버리시오. 여우라는 놈은 그렇게 쉽게 잡히지 않소. 수많은 사냥개들로 몰이를 하고 그런 다음에야 잡을 수가 있소. 그러니 차근차근 준비를 해나가야 하는 것이오."

자운엽이 책망하듯 말하며 단철패를 쳐다보자 단철패가 목을 움츠렸다. 그리고는 실망감 가득한 표정으로 입맛을 다셨다. 자운엽과 함께라면 더 이상 겁날 게 없었고, 이젠 몸속에 무한정으로 샘솟는 기운이 느껴지니 당장이라도 달려나가 검을 휘두르고 싶은 모양이었다.

"다체 무슨 생각을 하고 있는 것이오?"

단철패는 자운엽의 표정을 보며 퉁명스럽게 질문을 던졌다. 뭔가 복잡 난해한 생각을 하며 쉽사리 움직이지 않는 것은 느끼겠지만 무슨 생각을 하는지는 감조차 잡을 수 없기 때문이었다.

"유성채를 요새로 만드느라 돈을 많이 썼으니 우선 돈부터 좀 법시다. 전쟁이든 싸움이든 돈이 있어야 하니까 말이오."

자운엽이 장난기 어린 미소를 지으며 동정호의 물결을 쳐다보았다.

"돈?"

단철패가 눈을 동그랗게 뜨며 자운엽을 쳐다보았다.

그러고 보니 당장 필요한 게 돈이었다. 수적채 몇 개를 합치며 그들의 자금은 자연스럽게 자신의 것이 되었지만 유성채 주변에 온갖 기관과 암기를 설치하고 자운엽의 일행이 올 것에 대비해 숙소 등도 새것으로 수리하고 나니 자금이 달랑달랑 하는 것이다. 그동안 눈코 뜰 새 없이 바빠 신경을 못 쓰고 있었는데 가만 생각해 보니 올 겨울 양식을 걱정해야 할 판이었다.

'하여간 여우라니까.'

단철패는 자신의 주머니 사정까지 훤하게 꿰뚫고 있는 자운엽의 옆모습을 슬쩍 쳐다보며 내심 중얼거렸다.

"무척 반가운 소리이긴 한데… 어떻게 돈을 벌 생각이오?"

단철패가 입맛을 다시며 물었다.

"수적이 돈버는 방법이야 뻔하지 않소?"

단철패의 호기심 가득한 표정과는 달리 자운엽은 대수롭게 않게 답했다.

자운엽의 말을 들은 단철패는 눈살을 찌푸리며 자운엽의 입만 쳐다보았다. 말 그대로 해석하자면 지나가는 배라도 털자는 말인데, 그렇게 무식하게 돈을 버는 사람이 아니라는 것은 익히 알고 있기에 단철패는 액면 이면에 숨겨진 뜻을 알고자 눈만 끔벅거렸다. 그러나 아무리 염두를 굴려도 자운엽의 생각을 읽기란 불가능하다고 생각한 단철패는 머리를 흔들었다.

"장강십팔채 중 무한(武漢)에서 감리(監利)까지는 호성채의 영역이라고 장강염라로부터 들었소."

인상을 찌푸리고 있는 단철패를 향해 자운엽이 말했다.

"그렇긴 한데… 그건 왜?"

단철패의 눈이 점점 크게 뜨여졌다. 수적채 이름까지 거론하는 것을 보니 정말 수적질이라도 할 모양인가 하는 의심이 든 것이다.

"또 그 호성채의 채주는 장오량이라고 들었소. 우선 호성채부터 인수를 받아야겠소. 당신 사부인 종초기 총타주에게는 이미 말해 두었으니 별 무리가 없을 것이오."

"사, 사숙! 정말 수적이 될 생각이오?"

처음에는 농담이라도 하는 줄 알았는데 호성채와 그곳 채주 이름까지 구체적으로 들먹이며 인수하겠다는 말에 단철패가 목소리를 높였다. 무공이나 심계로 보아 대륙의 절반을 집어삼켜도 시원치 않을 사람이건만 겨우 장강 한구석인 호성채를 인수받겠다니?

단철패는 어이없는 표정으로 자운엽을 쳐다보았다.

"호성채를 접수하는 데 무슨 문제라도 있소?"

단철패의 표정을 본 자운엽이 슬쩍 미소를 지으며 다시 물었다.

"그깟 호성채 정도야 부하들을 이끌고 가서 하루만 설치면 얼마든지 접수할 수 있는 곳이오. 예전에는 중원 한복판의 수로를 장악하여 제일 잘 나가는 수적채이기도 했지만 서천맹 침공에 대비해 무한에 있는 무림갱 총단이 다시 활동을 하면서부터 호성채는 그야말로 파리만 날

리는 꼴이 되었소. 일반 상선들보다는 전쟁 물자를 실어 나르는 무림
맹 소속의 배들이 훨씬 많이 다니게 되자 통행료니 뭐니 하는 소리는
입 밖으로 끄집어내는 것조차 힘들었고, 상선들도 그 분위기에 편성해
이놈저놈 할 것 없이 무림맹의 물건 몇 개를 끼워서 싣고는 무림맹이
란 이름을 들먹이니 아예 자리를 뜨는 것이 나을 지경이라는 말이 들
리는 곳이오. 그런데 그런 곳을 접수할 생각을 하고 있다니 도저히 이
해가 안 가오!"

단철패는 거듭 이해가 안 간다는 표정으로 반쯤 고함을 질렀다.

"그걸 역이용하면 오히려 큰돈을 벌 수 있소. 이젠 석 달이 지났으
니 슬슬 시작해도 될 것이오."

"역이용? 석 달?"

뜻 모를 자운엽의 말에 단철패는 눈알만 굴렸다.

"굿은 내가 할 테니 돈 담을 궤짝이나 준비하시오."

자운엽이 바쁘게 걸음을 옮겼다.

"와하하! 자네 드디어 움직이는구만!"

단철패 일행과 밖으로 나간다는 말에 척발시와 목염태는 온 건물이
떠나갈 정도로 고함을 질렀다. 하루 종일 부하들을 훈련시키며 쉴 새
없이 움직였지만 유성채 밖으로 한 발짝도 나갈 수 없다는 사실에 온
몸이 근질거리던 두 사람이었다.

"무슨 일을 하는지 나도 같이 가면 안 되겠나?"

은빛 쌍륜 두 개를 손질하고 있던 공야인낙도 살기가 감도는 눈빛으
로 자운엽을 쳐다보았다. 가문을 무너뜨린 서천맹에 한시라도 빨리 복
수하고 싶다는 생각이 공야인낙의 머리 속에 가득한 것 같았다.

　"이번 일은 서천맹을 직접적으로 치는 일이 아닙니다. 포석을 하나 던지는 일이지요. 그러니 가주께서는 다음번에 동행하시지요. 이젠 철옹성이 되었지만 이곳에도 고수 한 사람쯤은 남아 있어야 하니까요."

　자운엽이 완곡한 표현으로 공야인낙의 청을 거절했다.

　"잘 알겠네. 이곳은 개미새끼 한 마리 못 들어오도록 지킬 테니 아무 걱정 말고 다녀오게. 대신 서천맹을 칠 때는 절대 빠지지 않겠네."

　공야인낙이 고개를 끄덕이며 두 개의 은륜을 다시 손질하기 시작했다.

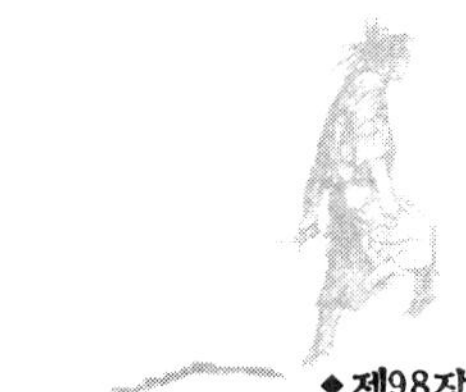

물걸 정러서

물길 정리세

서천맹의 의창 비밀 지부에서 청룡당주가 죽었다는 소식은 정확히 석 달 후 온 중원에 일파만파로 퍼져 나갔다. 청룡당주가 어떻게 생겼는지, 얼마만한 능력을 지닌 사람인지 짐작도 가지 않았지만 단 몇 달 사이 중원 곳곳을 피바다로 만들어 버리고 백도무림의 존망을 위태롭게 하는 서천맹이었기에 그곳 네 개 당의 수좌인 청룡당주란 이름은 공포의 대명사로 여겨지고도 남았다. 그동안 위지종현의 노력으로 억지로 봉해져 있다가 퍼진 소문이었던지라 그 소문은 더 더욱 빠르게 퍼져 나갔다.

그리고 그 소문의 가장 중심에 있던 흑랑이라는 별호는 온 무림을 격동시키는 단어가 되었다.

아직 이십 대 초반의 나이지만 단 일 합으로 청룡당주를 꺾어버렸다는 이야기는 포장과 과장이 버무려져 때로는 삼두육비의 괴물로, 때로는 반로환동한 노승으로 변하기도 했다.

어쨌든 서천맹의 침공으로 인한 피비린내에 진저리를 치던 사람들에게 그 소문은 잠시나마 그동안의 피비린내를 말끔히 씻어주는 느낌을 받게 해주었다.

"허참! 어찌 그런 일이 이제껏 숨겨져 있었단 말인가?"

무림맹 총단 정문에서 번을 서고 있던 전여일(全余一)은 같이 번을 서고 있는 동료 최배영(崔徘榮)을 쳐다보며 혀를 찼다. 너무 갑작스런 소문이라 아직 긴가민가하는 의심이 들었지만 자신들로서는 고개를 빳빳하게 들고 쳐다보기도 힘든 까마득한 윗선에서부터 흘러나와 퍼진 소문이니 안 믿을 수도 없었다.

"그러게 말일세. 뭔가 복잡한 사연이 있었던 모양인가 보던데… 이 기회에 물갈이가 좀 되어 보초 신세나 면했으면 좋겠군."

최배영이 기대감 가득한 미소를 지으며 손마디를 우두둑 꺾었다.

싸움터로 나갔으면 수백 인원을 지휘하고 있을 정도의 실력은 된다고 자부하는 그였지만 무림맹 총단에 배치되는 바람에 실력 발휘도 못해보고 매일 이렇게 총단 대문을 지키는 보초로 전락한 신세가 한심하다는 표정이었다.

"자네는 싸움이 좋나보군. 하지만 이곳에서 보초 서는 것도 그렇게 나쁘진 않네. 평소에는 저 하늘에 뜬 별 같은 사람들도 종종 볼 수 있으니까 말일세."

피비린내 나는 싸움은 별 취미가 없는 듯 전여일은 느긋한 표정으로 기지개를 켰다.

"그런데 저놈들은 뭔가? 보무도 당당하게 곧장 이곳으로 걸어오고 있는티."

늘어지게 기지개를 켜던 전여일은 빠른 걸음으로 다가오고 있는 한 무리의 인영들을 보며 눈을 가늘게 떴다.

아직은 먼 거리에서 걸어오고 있는지라 어떤 인물들인지, 그리고 이곳으로 올지 정확하진 않지만 저 속도로, 그리고 방향을 틀지 않고 곧장 온다면 잠시 후면 자신들 앞에 당도할 것 같았다.

무림맹 총단이라는 간판이 걸리고 나서부터는 일반인들은 근처에도 얼씬하지 않는 곳이기에 씩씩하게 직진하고 있는 무리들의 모습은 최배영과 전여일의 관심을 증폭시키기에 충분했다. 특히 보통 사람들보다는 두께로는 두 배, 길이로는 머리 두 개는 더 있어 보이는 두 명의 거인은 거리가 가까워질수록 최배영과 전여일의 표정을 굳게 만들었다.

"무슨 일이오?"

두 거인을 대동한 일행이 무림맹 총단 정문에 도착했을 때 최배영은 긴장된 눈빛으로 질문을 던졌다. 멀리서도 커 보였지만 가까이서 보니 두 거인의 모습은 거대한 철탑을 연상시켰다.

"멍주를 만나러 왔소!"

그러나 자신의 물음에 대한 답은 자신이 지켜보던 거인의 입보다 한참 아래에서 흘러나왔기에 최배영은 얼른 시선을 내려 목소리의 주인을 찾았다.

"누구를 만나러……?"

맹주를 만나러 왔다는 말을 들은 것 같지만 설마 하는 생각에 최배영은 다시 질문을 했다.

"댕주를 만나러 왔다고 했소!"

날카로운 눈빛의 청년이 다시 답했다.

자신이 잘못 듣지 않았다는 것을 확인한 최배영은 동료 전여일을 쳐다보았다.

현 무림에서 맹주를 독대할 수 있는 사람은 열 손가락 안에 들었다. 그리고 무림맹 총단이라고 해서 맹주가 하루 종일 최상석에 앉아 있는 것도 아니다. 무림맹 총단이라는 곳은 평소에는 각파로 나누어져 있는 백도무림의 상징적 구심점이었다. 단지 각파의 원로들은 이곳에서 상주하며 자파에 수시로 연락을 하고 중지를 모으는 곳이었다.

그런데 이곳에 와서 대뜸 맹주를 만나겠다고 하는 것은 말 그대로 맹주를 만나고 싶다는 뜻보다는 다른 뜻이 있는 것이다.

전여일 역시 그런 생각을 했는지 잠시 최배영과 눈을 맞추고는 자운엽의 행색을 빠르게 살폈다. 그러나 아무리 살펴도 안면이 있는 얼굴은 아니었다. 단지 뒤에 있는 두 거인은 워낙 비정상적인 덩치 때문에 뒤늦게 기억이 떠올랐다.

"파산쌍부… 철추염왕!"

두 거인의 무기를 본 전여일은 나지막하게 별호를 읊조렸다. 그러나 여전히 다른 사람들의 정체는 파악이 불가능했다.

"맹주님은 아무나 만날 수 있는 분이 아니오. 어쨌든 용무가 있어 왔을 테니 자신의 성함부터 밝히시오."

천천히 냉정을 되찾은 최배영이 어깨를 쭉 펴며 자운엽을 쳐다보았다. 너무 갑작스레 마주친 상황이라, 그리고 철탑 같은 두 거인의 모습 때문에 자신도 모르게 주눅이 들었지만 이곳은 무림맹의 총단이었고, 자신들은 보통의 보초가 아니었다.

그때 자운엽의 입술이 움직였다.

"흑랑!"

"흑랑이라니? 그게 무슨……?"

최배영이 잠시 혼란스런 표정을 짓다가 다시 질문했다.

어딘지 귀에 익은 단어였지만 현재의 상황과 너무 동떨어지게 느껴지는 단어이기에 생소함으로 다가온 것이다.

"방금 당신이 정체를 밝히라 하지 않았소?"

단철패가 자운엽을 대신해서 고함을 질렀다.

"그럼, 당신이 좀 전에 우리가 말한 그 흑랑?"

입을 딱 벌린 최배영이 자운엽 일행으로서는 도저히 알아들을 수 없는 말을 던지고는 보통 보초들보다 훨씬 더 허둥대며 무림맹 총단 안으로 뛰어갔다.

"맹주님을 만나고 싶다고? 아니, 그보다 공자의 별호가 흑랑이라고 했소?"

무림맹 총단 접견실에서 긴장한 눈빛의 중년인이 자운엽의 얼굴을 뚫어질 듯 쳐다보며 질문했다.

흑랑이라는 말에 허둥대며 접견실로 불러들였지만 확실한 정체는 물론 이곳으로 찾아온 의도나 정체 등, 어느 것 하나 확실한 것이 없으니 잔뜩 긴장할 수밖에 없었다. 만약 이자들이 흑랑이라는 이름을 빙자한 다른 무리들이라면 한바탕 문책을 당할 일이었다.

무림맹 총단에 피라미 몇 마리가 들어온다고 해서 큰 문제는 없을 것이지만 그렇다고 함부로 아무나 들여도 되는 곳은 아니었다.

중년인은 자운엽의 입술만 주시했다. 그때 중년인의 불안을 한 번에 날려 버리는 목소리가 들려왔다.

"자 공자!"

마침 총단에 와 있었는지 위지종현이 뛰듯이 접견실로 들어왔다. 그 뒤로 태운 진인 등 몇 명의 노인들이 정광 어린 눈빛을 내뿜으며 같이 들어왔다.

"다시 만나는군요."

자운엽이 위지종현을 향해 가볍게 고개를 끄덕였다. 그리고는 같이 들어오는 노인들을 쳐다보았다.

승, 도, 속 제각각의 노인들이었지만 하나같이 함부로 범접할 수 없는 기도가 느껴졌다. 역시 무림맹 총단이라는 생각과 함께 자운엽은 희미한 미소를 머금었다.

석 달 전이었다면 이렇게 쉽게는 절대로 만날 수 없는 사람들이었다. 자신이 청룡당주를 죽였다는 사실이 알려졌기에 이곳까지 단번에 들어왔고, 또 이런 사람들도 만나는 것이리라.

'후후!'

자운엽은 내심 냉소를 흘렸다.

여기까지 오면서 넌지시 확인한 바로는 자신이 단 일 검에 청룡당주를 죽였다고 소문이 나 있었다. 그리고 흑랑이라는 별명은 신격화 내지는 괴물화되어 있었다.

그 소문들을 등에 업고 부채를 든 백의 귀공자처럼 거드름 따위를 피울 생각은 추호도 없다. 하지만 그 소문을 이용하기는 할 것이다. 넌더리가 나도록 철저히……

자운엽의 입가에 묻은 미소가 더욱 짙어졌다.

"정말 낮도깨비 같은 사람이군요. 의창에서 만나고 아무리 애를 써도 종적을 찾을 수 없더니 이곳에 불쑥 나타날 줄이야……."

위지종현이 혀를 내두르며 혼잣소리처럼 중얼거렸다. 그러나 그 소리는 이 청년이 의창에서 청룡당주를 죽인 흑랑이라는 설명으로 충분하고도 남았다.

위지종현의 말에서 모든 것을 확인한 노인들이 잠시 서로를 쳐다보며 고개를 끄덕인 후 자리에 앉기 시작했다.

"그래, 공자가 이곳을 찾은 이유가 맹주님을 뵙는 것이라 했던가?"

모두 자리에 앉자 태운 진인이 먼저 말을 걸었다.

"그렇습니다."

자운엽이 간단하게 답하고 입을 다물었다.

"무슨 일로……?"

"맹주란 분을 만나면 직접 말하지요."

자운엽이 다시 간단하게 답하고는 입을 다물었다.

"허허……!"

자운엽의 말에 태운 진인이 너털웃음을 흘렸다. 자신의 물음에 짧게 짧게 답하고 입을 다무는 자운엽의 태도는 당신들과는 할 얘기가 없으니 맹주나 불러달라는 뜻이 강하게 내포되어 있었다.

어찌 보면 건방지게 짝이 없는, 아니, 자운엽의 생각대로 석 달 전이었으면 건방지다 못해 당장 호령 한마디라도 터져 나올 만한 행동이었지만 몇 명의 노인들은 작은 한숨으로 그 호령을 대신하고 태운 진인과 자운엽의 다음 대화에 귀를 기울였다.

"맹주님은 현재 출타 중이시네. 그리고 언제 돌아 오실지도 확실치 않네. 그러니……."

"날을 잘못 잡았군요."

자운엽이 태운 진인의 말을 끊으며 단철패 등에게 고개를 돌렸다. 그리고 당장 떠나자는 말이라도 할 듯 상체를 세웠다.

"이것 보시게, 공자!"

태운 진인이 당황한 표정으로 손을 들었다. 잠시만 자중하고 자신의 이야기를 들어보라는 표시였다.

울려 퍼지기 시작한 지는 며칠밖에 지나지 않았지만 흑랑이라는 별호는 이렇게 허술히 떠나보낼 별호가 아니었다. 정확히 말하면 흑도나 사파의 인물일지라도 이 정도의 실력이면 삼고초려를 다시 세 번 반복해서라도 모셔야 할 사람이었다.

그러나 자운엽이 그걸 십분 이용하고 있다는 것을 알지 못한 태운 진인은 잠시 후면 두고두고 후회할 말을 내뱉었다.

"맹주님은 본도의 사형이시니 본도에게 말해 보시게. 다른 모든 일들도 맹주님이 안 계신 때는 본도가 대신한다네."

태운 진인은 다시 차분한 표정으로 자운엽을 보며 말했다.

"그러시군요. 하긴, 우린 우리의 입장을 표명하러 온 것이니 누구에게든 전하기만 하면 될 일, 굳이 맹주님을 만날 필요는 없겠군요."

김을 뺀 자운엽이 다시 말을 이었다.

"최근에 감리에서 무한으로 이어지는 장강 물줄기에서 우리가 사업채를 하나 인수받았습니다. 호성채라고… 물줄기를 정리하고 통행료를 받는 사업채인데, 무림맹에서도 익히 알고 계시리라 생각합니다."

자운엽이 말을 맺고는 마주 앉은 노인들과 뒤에 둘러선 여러 사람들의 표정을 슬쩍 살폈다.

모두들 아직도 감이 잘 안 잡히는 듯 멀뚱히 눈만 크게 뜨고 자운엽을 쳐다보았다.

자운엽이 다시 입술을 움직였다.

"그래서 그곳에 가장 많은 배를 띄우는 무리맹에 새로 바뀐 통행 요율을 알려 드리러 왔습니다."

말을 끝낸 자운엽이 상체를 쭈욱 폈다. 본격적인 설명을 하겠다는 표시였다.

"방금… 뭐라 그랬소, 공자?"

태은 진인이 아직도 상황 파악이 안 된다는 표정으로 자운엽을 쳐다보았다.

정확히 말하자면 말뜻은 이해가 되었다. 호성채라는 수적채의 두목이 되어 수적질을 하겠다는 말이었다. 그러나 그것을 무림맹 총단에 와서 공공연히 떠들다니…….

"우리 호성채는 호성채 영역을 통과하는 모든 배에 예전 통행료의 다섯 배를 받기로 했소. 무림간의 전쟁이 터지면 물길 정리가 몇 배는 힘이 드니 그럴 수밖에 없음을 양해해 주시오. 특히 무림맹 소속의 배는 요즘 들어 통행량은 열 배가량 늘어나면서도 물길 정리세는 한 푼도 내지 않은 걸로 알고 있소. 그래서 최우선적으로 알려 드리니 적극 협조 바랍니다."

말투까지 딱딱해진 자운엽이 일방적으로 통보하고는 이번에는 진짜로 몸을 일으켰다. 그리고 단철패와 척발시 등을 쳐다보며 돌아가자는 눈짓을 했다. 그러나 얼어붙은 표정이 된 척발시와 목염태는 입만 벌린 채 움직일 줄을 몰랐다. 미리 약간의 언질을 받기는 했지만 단철패 역시 자운엽이 무림맹 총단에 와서 이럴 줄은 몰랐기에 척발시의 표정과 별반 다르지 않았다.

"이젠 볼일 다 봤으니 그만 돌아갑시다."

그런 일행을 보고 자운엽이 손짓까지 하며 걸음을 옮겼다.

그 순간, 콰! 하는 폭음이 터져 나왔다.

“이런 발칙한 자 같으니라고……!”

“아미타불!”

한 노인이 대갈과 함께 주먹으로 차탁을 내려치자, 두꺼운 자단목(紫檀木) 차탁이 조각나서 허공으로 떠올랐다. 그 사이로 불호 한줄기도 흘러나왔다.

‘아이고… 저 꼬마 강시 놈이 우리 묫자리를 만들어주려고 이리로 데리고 왔구나!’

척발시가 내심 비명을 지르며 목염태를 쳐다보았다. 목염태 역시 질린 표정으로 숨을 헐떡거리고 있었다.

두 달 넘게 갇혀 있던 유성채에서 나와 호북성 성도인 무한으로 간다는 말에 양천대소하며 따라나섰다. 그리고 오늘 찾아가는 곳이 무림맹 총단이라는 말을 들었을 때도 조금 꺼림칙하긴 했지만 이젠 한껏 높아진 자운엽의 지명도를 믿었기에 어깨에 힘을 줄 수가 있었다.

그런데 이런 일을 벌이다니…….

아무리 신력이 넘쳐 나고 웬만한 칼질 정도는 몸으로 때울 수 있다지만 내가중수법 전문가인 이런 내가고수들은 자신들이 가장 두려워하는 사람들이었다.

“후후!”

폭음을 울리며 공중으로 떠올랐던 탁자가 바닥에 완전히 자리를 잡고 소음이 사라질 즈음 자운엽이 나직한 웃음을 흘렸다.

“역시 맹주란 분에게 직접 전해야 할 일이었군요.”

자운엽의 입가에서 조소가 퍼져 나갔다.

“대체 네놈이 우리 무림맹을 어찌 보고……!”

한 중년인이 벌겋게 달아오른 얼굴로 소리를 질렀다. 그리고 당장이라도 달려들 듯한 기세로 자운엽을 쏘아보았다.

　"글쎄요. 찾아올 때까지는 접견실까지 맞아들인 손님을 그 자리에서 다수로 핍박하는 곳은 아니라고 알고 있었소만……."

　자운엽은 포위라도 한 듯 빙 둘러서 있는 사람들을 둘러보며 답했다.

　통렬한 자운엽의 말에 반박할 말을 찾지 못한 사람들이 두 눈만 부릅뜨며 일촉즉발의 긴장을 유지했다.

　"원시천존! 원시천존……."

　태운 진인의 입에서 담담한 도호가 흘러나왔다. 그와 함께 팽팽하던 긴장이 누그러지기 시작했다. 이어서 한줄기 불호도 더 흘러나오자 이곳저곳에서 헛기침과 한숨이 흘러나왔다.

　너무 어이없는 상황이라 불같이 분노했지만 자운엽의 말 그대로 접견실에서 손님을 상대로 싸움을 벌일 수는 없었다. 애초에 문전박대를 했으면 모르겠지만 문을 열고 맞아들인 이상 아무리 어이가 없어도 그럴 일은 아니었다.

　"왜 이런 일을 벌이는가, 소협?"

　태운 진인이 서 있는 자운엽에게 다시 자리를 권하며 부드러운 소리로 물었다.

　"당연히 돈이 필요해서지요."

　자운엽이 잘라 말했다.

　"허허!"

　일말의 망설임도 없이 답하는 자운엽을 보며 태운 진인이 다시 웃음을 흘렸다.

　"서천맹의 청룡당주라는 괴수를 일검에 무찔렀다는 사람이 돈이 필요해서 수적질을 하며, 무림맹 총단에 와서 통행료를 운운한다…….

본도는 도저히 그 말을 액면 그대로 받아들일 수가 없네."

태운 진인이 미소를 지었다.

"소문이란 언제나 과장되기 마련이지요. 그리고 수적질이 아니라 물길 정리 사업이라고 분명히 말씀드린 걸로 아는데."

자운엽은 자신들의 사업체 명칭을 정정해 준 후 다시 입술을 움직였다.

"예로부터 치수(治水)란 제후들도 하기 힘들어했던 일이니 일개 졸부가 그걸 완벽히 해낸다며 그야말로 개천에서 용난 격이지요."

자운엽이 표정 하나 변하지 않고 물길 정리 사업을 치수로 격상시켜 답하자 소림의 혜광 대사(慧光大師)가 불호를 터뜨리며 나섰다.

"소시주의 말 그대로 돈이 필요하다면 우리 무림맹에서 그냥 줄 수도 있다네."

"전 개방의 거지가 아니니 그러실 필요까지는 없습니다."

자운엽이 딱 잘라 거절하며 삼십 중반의 한 사내를 쳐다보았다.

자운엽의 눈길을 받은 사내가 움찔하며 신음을 삼켰다. 변장하고 있던 개방의 무영신개였다.

"그렇게 돈을 벌어서 어디에 쓰려나?"

자운엽의 의도가 돈이 아니라는 것도, 그리고 어떤 말로도 그 의도를 꺾지 못할 것이라는 것을 느낀 태운 진인이 마지막으로 질문 한 가지를 더 던졌다. 최소한의 의중 파악이라도 하겠다는 생각이었다.

"쓸 곳이야 많지요. 제수씨 노리개도 사주어야 하고, 철없는 사질의 무너진 가문도 일으켜 세워주어야 하고, 장강의 한 노인에게서 빌린 돈도 갚아야 하고……."

태운 진인의 희망과는 전혀 상관없는 말을 지껄인 자운엽이 다시 신형을 일으켰다.

"열흘 후부터 여섯 배를 받기로 하겠습니다."

자운엽이 단호하게 말했다.

"다섯 배라 하지 않았던가?"

태운 진인이 말했다.

"거지는 따로 있는데 날 거지 취급한 대가이오."

자운엽이 다시 한 번 무영신개를 쳐다보고는 접견실을 나섰다.

"간덩이가 부었구나!"

무림맹 본청을 지나 정문으로 걸어나가는 자운엽 일행의 등 뒤에서 한줄기 굵직한 목소리가 들렸다.

천천히 걸음을 멈춘 자운엽이 등을 돌렸다.

어이가 없다는 표정의 엄한필과 서교영이, 그리고 담담한 표정의 유건하가 많은 사람들 속에서 앞으로 나오며 다가섰다.

"죽어 나가는 사람이 하루에도 수백이라 들었는데 이곳에 있는 걸 보니 한가한 모양이군."

자운엽 역시 이곳에서 엄한필 일행을 만난 것이 의외라는 표정으로 세 사람을 쳐다보며 말했다.

이들이 무림맹의 최고 병기라는 것은 익히 알고 있었기에 이들이 전방에 있지 않고 이곳에 있다는 것은 뜻밖이었다.

"네놈이 청룡당주란 늙은이를 죽여주는 바람에 좀 한가해졌지. 총단으로 와서 작전을 다시 짤 여유도 생겼고."

오랜만에 다시 만난 자신들을 보고도 조금도 변함없는 자운엽의 표정에 엄한필이 눈살을 찌푸리며 말했다. 그 옆에서 서교영과 유건하도 흔들리는 눈빛으로 자운엽을 쳐다보고 있었다.

"괜히 죽였나?"

자운엽이 후회 막급하다는 표정으로 입맛을 다셨다.

"수적이 되었다면서?"

못 박힌 듯 자운엽을 쳐다보던 서교영도 도저히 믿을 수 없다는 표정으로 말했다.

"머리들이 나쁘군. 물길 정리 사업이라고 수정까지 해주었는데 말이야."

자운엽이 피식 웃으며 말했다.

"너, 당장 태운 진인께 한 말 취소해! 안 그럼 살아서 여길 못 빠져나가!"

서교영의 눈에 표독함과 안타까움이 한꺼번에 어렸다.

"태극삼성께서 친히 막기라도 할 건가?"

자운엽이 겁이 나서 못살겠다는 표정으로 고개를 움츠렸다.

"그래, 이 못된 자식아! 서천맹의 청룡당주를 일격에 죽였다는 인간이 할 짓이 없어 수적질을 하고 무림맹에 통행세를 받으러 와?"

서교영이 핏대를 올리며 소리를 질렀다.

"여전히 단순하군."

자운엽이 웃음을 머금었다. 그리고 다시 말했다.

"이런 난리통엔 물길 정리 사업만큼 남는 장사가 없지. 돈도 돈이지만 지나다니는 배 숫자와 그 배에 탄 사람들 표정만 봐도 세상이 어떻게 돌아가는지 훤히 알 수 있거든. 멋진 사업이지 않나?"

자운엽이 빈정거렸다.

"그것도 여기서 살아 나가야 가능한 일이지."

자은엽의 말을 듣고 잠시 표정이 변했던 엄한필이 잇새로 말했다.

"손님이라서 오늘은 곱게 내보내 준다고 했는데… 아니었던가?"

자운엽은 뒤쪽에 서 있는 각파 사람들 모두가 들을 수 있도록 큰 소리로 말했다.

"여우 같은 놈! 정문까지는 보내주겠다. 그러나 정문을 나서는 순간부터는 책임 못 진다!"

엄한필의 눈이 불을 뿜었다.

"마도 먼저 맞는 게 낫지. 정 그렇다면 여기서 한번 섞어보자구. 그동안 좀 나아진 것 같은데."

옅은 미소를 지은 자운엽이 천천히 묵령을 늘어뜨렸다. 덤빌 테면 지금이라도 덤벼보란 자세였다.

"약은 놈! 온갖 구질구질한 방패막을 다 쳐놓고 여기서 싸우자고? 그래서 무림맹의 권위라도 떨어뜨리겠다는 것이냐?"

엄한필이 조소를 흘렸다. 배웅은 않았지만 원로들이 보내준 놈을 자신들이 나서서 해를 입힐 수는 없었다. 최소한 정문까지는 울며 겨자 먹기로 보내주어야 했다.

"그럼, 내가 비무를 청하지. 태극삼성의 명성이 하늘을 찌를 듯하지만 요 며칠 사이 내 명성도 만만치 않거든."

자운엽이 씨익 이를 드러냈다. 이런 곳에서 호기를 부리고 싶진 않았지만 선대의 안배를 다 취했다고 소문난 저들의 성취가 솔직히 궁금하기도 했다. 그리고 귀찮은 꼬리는 이곳에서 끊어버리고 싶었다.

"역시 여우로군. 비무라면 최소한 죽이지는 않을 것이란 계산이 선 것이겠지?"

엄한필이 입술을 비틀며 말했다.

"그야 당연하지. 조금 있으면 돈이 왕창왕창 들어올 텐데 왜 이곳에서 죽겠나? 언제 어떤 순간이라도 빠져나갈 구멍은 마련해 놓아야지. 쿡쿡!"

자운엽이 특유의 웃음을 흘렸다.

"좋아! 받아들이지. 비무 후에 후유증으로 죽을 수도 있다는 걸 똑똑히 가르쳐 주겠다!"

우두둑 하고 목뼈 관절을 꺾은 엄한필이 앞으로 나섰다. 그러나 서교영과 유건하는 그 자리에서 움직이지 않았다.

"셋이 한꺼번에 해. 안 그럼 의미가 없으니까."

자운엽이 서교영과 유건하를 쳐다보며 고개를 흔들었다.

"혼자라도 충분하다."

"예전에 한번 졌을 텐데……."

"그땐 봐준 거지. 도법의 특성상 죽이지 않는다는 전제 하에서 싸우면 마지막 순간 내 가슴에 검흔 한두 가닥 새기는 정도는 피치 못할 결과니까."

엄한필은 처음 만났을 때의 패배를 부인하며 말했다.

"그건 몰랐군. 하긴, 명문대파 고인들의 후인이 족보도 모르는 놈의 마구잡이 검에 당했다는 것은 웃기는 일이지."

자운엽이 고개를 끄덕이며 묵령의 검병에 손을 가져갔다. 혼자서 안 되면 결국 세 명이 합공을 할 것이다. 그때 가서 제대로 견식해도 충분하다.

"사숙! 한 놈이라면 내가 맡겠소. 예전에 비루먹은 당나귀로 전락한 빚도 있고."

엄한필과 서교영 등을 본 순간부터 안광을 번뜩이며 서 있던 단철패는 자운엽이 뭐라 하기도 전에 엄한필 앞으로 불쑥 나섰다. 그 역시 무식한 방법으로 상승시킨 내력을 확인하고 싶은 것이다.

"그러고 보니 우리가 있던 장원에 돌을 던지고 꽁지 빠진 강아지처럼 도망가던 그 인간이로군."

엄한필이 단철패를 보고 눈 사이를 좁히며 말했다. 그때 어둠 속에서 본 얼굴이라 얼른 알아보지 못했는데 목소리와 비루먹은 당나귀 운운하는 말을 듣자 기억이 살아난 것이다.

"아주 간단한 방법으로 유인했는데도 굴비가 엮이듯 줄줄이 딸려 오더군. 서천맹 놈들에게도 그렇게 딸려 가는 건 아니겠지?"

단철패가 그때 자신 뒤를 한꺼번에 추격하던 세 사람을 쭈욱 훑어보았다.

그때서야 서교영도 단철패를 알아보고 눈살을 찌푸렸다.

"그럼 네놈부터 뼈를 분질러 주지!"

그날 자운엽의 계책에 감쪽같이 속아 정체를 드러냈던 분노가 새롭게 끓어오른 엄한필이 말과 함께 바위라도 자를 듯 도를 휘둘렀다.

쐐액—

대기를 찢어발기는 소리와 함께 엄청난 도풍이 칼날에 앞서 단철패의 가슴을 노리고 들었다. 도풍만으로도 갈비뼈 몇 대는 얼음 조각처럼 으스러질 만큼 강맹했다.

휘익—

흠칫 놀란 단철패가 쾌속하게 검을 쳐 올렸다.

도와 검이 부딪치기도 전에 커다란 폭음이 울렸다. 엄한필의 도에서 뻗어 나온 도풍과 단철패의 검에서 뻗어 나온 검풍이 실체에 앞서 먼저 부딪치며 터져 나온 소리였다.

"한 가닥 재주가 있었군!"

마주치는 검에서 만만치 않은 내력을 확인한 엄한필은 잠시 이채 띤 눈으로 단철패를 바라보다가 흐릿한 미소를 흘렸다.

예상보다 단철패의 내력이 고강했다. 이 정도면 제법 까다롭겠다는 생각에 엄한필은 칼자루를 고쳐 쥐었다. 예전 모습만 생각하고 방심했다가는 자운엽과 칼을 섞기도 전에 낭패를 당할 수도 있겠다는 느낌이 든 것이다.

"태극삼성이라더니 별똥별밖에 안 되겠는걸."

단철패는 엄한필의 도에서 전해지는 거력에 내심 신음을 흘렸지만 표정은 오히려 비웃음을 피워 올렸다. 그리고 맹렬히 검을 휘두르며 엄한필을 향해 쇄도해 들었다.

콰앙—

까깡—

도풍과 검풍이 마주치는 곳에서 다시 폭음이 일었고 뒤이어 날카로운 금속성이 온 장내를 울렸다.

순식간에 십 합 이상이 나누어지며 엄한필과 단철패는 일진일퇴를 거듭했다.

"이제 재주는 다 부렸나?"

이제껏 단조로운 도법으로 단철패의 검을 쳐내고 막기만 하던 엄한필이 한소리 비웃음과 함께 빠르게 도를 회전시켰다.

우우웅—

무거운 진동음과 함께 자욱한 칼 그림자가 단철패의 전신을 난도질할 듯 덮쳐 갔다.

"하앗—"

일갈을 내지른 단철패가 일검파벽(一劍破壁)의 초식으로 엄한필의 칼 그림자를 잘라갔다.

한때는 호남제일검문인 유성검문의 유일한 후계자였지만 서천맹에 멸문당하고 쫓기는 신세의 부친에게서 가문의 절기를 전수받지 못한 단철패는 장강염라의 절기인 파랑검법(波浪劍法)으로 엄한필과 맞서고 있었다.

날카로운 쇳소리와 함께 일검파벽의 검초에 부딪친 엄한필의 도가 다시 무서운 변화를 일으키며 날아들었다. 도법으로도 이런 현란한 기교를 부릴 수 있다는 것을 증명이라도 하듯 엄한필의 도는 수십 개의 잔영을 남기며 떨어져 내렸다.

'우웃!'

단철패가 신음을 삼켰다.

어느 것이 허상이고 어느 것이 실상인지 모를 정도로 빠른 도초에 정신을 차릴 수가 없었던 것이다.

화산의 사십팔수매화검진과의 대결에서 증모수 등의 기습 공격에도 대처하던 빈틈없는 엄한필의 도세가 단철패의 눈을 어지럽혔다.

째애앵—

단철패가 허상이든 실상이든 모두 잘라 버리겠다는 표정으로 온 내력을 끌어올린 채 엄한필의 도영(刀影)을 잘라갔다. 전신 내력이 잔뜩 실린 단철패의 검격에 엄한필의 도영이 잠시 무디어지는 듯하더니 다시 변화를 일으킨 도세가 허리를 쓸고 들어왔다. 검초보다 더 현란한 도초였다.

휘익—

머리 위에서 떨어져 내리던 도영을 잘라가던 단철패가 급히 검로를 바꾸어 허리를 잘라오는 엄한필의 도를 막아갔다. 그러나 엄한필의 도는 용수철에라도 튕긴 듯 솟아오르며 이번에는 단철패의 어깨를 향해 쇄도해 들었다.

그것을 시작으로 이제껏 비슷한 대결을 펼쳐 나가던 단철패가 급급히 밀리기 시작했다. 내력 면에서는 엄한필도 놀랄 정도로 충실했지만 수백 년 세월 동안 도도히 이어져 내려온 명문대파의 저력은 뛰어넘을 수 없었다.

까앙!

다시 예측 불허하는 엄한필의 도초에 허둥대던 단철패가 목을 노리고 들던 도를 겨우 막아냈다.

그러나 엄한필의 도는 뱀이 나무를 감아 돌듯 단철패의 검을 휘감으며 어깨를 잘라갔다.

무슨 일인지 내력에 비해 검술이 형편없는 이놈은 언젠가는 내력에 상응하는 검법을 익힐 것이고, 그땐 몇 배로 더 골치 아파질 것이라 판단한 엄한필은 아예 단철패의 어깨를 잘라 버릴 생각이었다.

순간, 무형의 경력 한줄기가 엄한필의 도신을 때리며 엄한필의 칼을 미끄러지게 했다.

단철패의 어깨를 자르려던 칼이 속절없이 미끄러지는 것을 느낀 엄한필의 눈이 부릅떠지는 사이, 유령처럼 모습을 드러낸 자운엽이 엄한필의 목에 묵령을 들이댔다.

"예전보다 더 악독해졌군. 나도 실수를 가장하여 네 목을 한번 잘라 볼까?"

우웅—

묵령이 낮게 으르렁거렸다. 그러자 뭉툭한 묵령의 이빨에서 섬뜩한 예기가 흘러나왔다.

금방이라도 목을 자르고 쭈욱 뻗어 나갈 것 같은 기운에 엄한필의 얼굴에는 비 오듯 땀이 흘러내렸다.

언제 어떻게 움직였는지 보지도 못한 사이 벌어진 갑작스런 사태에 무림맹 총단은 경악의 소용돌이 속으로 빠져들었다. 아무리 다른 사람과 결투 중이라 하지만 백도무림을 구할 태극삼성 중 한 사람이 이렇게 속절없이 제압당하리라고는 상상조차 못한 일이었다.

"컥!"

급기야 엄한필의 입에서 선혈이 한 모금 흘러나왔다. 묵령이 뻗어내는 강한 예기에 혈맥 한 가닥이 터졌기 때문이다.

"언제까지 그렇게 보고만 있을 건가?"

여전히 묵령을 엄한필의 목에 겨눈 자운엽이 서교영과 유건하를 쳐다보았다. 한꺼번에 덤비라는 얘기였다.

"못된 자식! 끝까지……."

서교영이 앙칼진 목소리와 함께 황급히 몸을 날렸다.

계속 이렇게 있다가는 엄한필은 심맥이 끊어져 쓰러질지도 모를 일이었다. 서교영과 함께 유건하도 비조처럼 몸을 날렸다.

두 사람이 주변으로 날아 내리자 눈짓으로 단철패와 그의 부하들, 그리고 두 거인을 물러나게 한 자운엽이 엄한필의 목에서 묵령을 거두어들였다.

"울컥!"

엄한필이 다시 한 모금의 선혈을 토해내고 긴 한숨을 내쉬었다. 뒤이어 몇 번의 심호흡을 더 하고 나자 시커멓게 죽었던 안색이 정상으로 돌아왔다

"가자식! 죽여 버릴 테다!"

겨우 원래의 안색을 회복한 엄한필이 이를 으드득 갈며 자운엽을 노려보았다. 눈에 불을 켠다는 말이 실감나게 하는 눈빛이었다.

잠시 엄한필의 눈빛을 마주하던 자운엽은 묵령을 비스듬히 늘어뜨렸다.

묵령 끝에서 저절로 뻗어 나온 경력 한줄기가 바닥에 작은 구덩이를 만들며 계속해서 흙먼지를 피워 올렸다.

전혀 의식적으로 이루어지는 일이 아닌, 온몸 가득 팽팽하게 퍼져 나간 내력이 만들어내는 자연스런 현상이었다.

'뭔가, 저건?'

자운엽을 가운데 두고 삼태극 합격진의 진세를 형성하던 서교영은 검첨으로 쉴 새 없이 흙먼지를 일으키는 묵령을 쳐다보았다.

검이 바뀌었다!

서교영은 눈을 동그랗게 떴다.

너무나 황당한 사태에 이제야 그것이 눈에 들어왔다.

비단 천처럼 하늘거리며 독니를 드러내던 연검이 아니었다.

먹물이라도 칠한 것 같은 시커먼 묵검!

그것이 자운엽의 손에 들려 있었다.

'왜 저것이 이제야 눈에 들어왔을까?'

서교영은 등줄기로 싸늘한 얼음덩어리가 훑어 내리는 것 같은 느낌을 받았다.

상대를 보며, 상대의 움직임을 느끼며 순간순간 미세한 동작 변화 하나도 놓치지 않는 자신이었다.

그런데 한참 동안이나 쳐다보고 있었으면서 저 인간의 검이 바뀌었다는 것을 느끼지 못했다.

검첨에서 일어나는 흙먼지를 보고서야 겨우 그것이 눈에 들어왔다.

이건 뭘 뜻하는 것인가?

나뭇잎에 붙은 벌레를 쉽게 구별해 내지 못하듯 저 묵검은 저 인간의 신체 일부처럼 느껴졌기에 느끼지 못한 것 같았다.

연검도 무서웠다.

나비의 날개처럼 팔랑거리며 예측을 불허하는 방향에서 날아드는 이빨은 때때로 소름이 끼쳤다.

그런데 저 검은?

들그 있다는 사실조차도 의식되지 않았다.

공격 역시 그렇게 할 것이다.

베였다는 느낌도 들지 못한 채 심장이 갈라질 수도 있을 것 같았다.

식은땀 한줄기가 이마로 흘러내리는 것을 느낀 서교영은 유건하를 쳐다보았다.

유건하 역시 팽팽하게 긴장한 모습으로 미동도 않고 서 있었다. 전신의 털을 곤두세운 맹수처럼 승포 자락이 부풀 대로 부풀어 있었다. 그 어떤 때보다 위험한 상대란 뜻이었다.

스스슥!

유건하의 왼발이 반 자 정도 앞으로 나가고 오른발은 반대로 반 자 정도 뒤로 빠졌다. 삼태극합격진의 기수식이 가동되고 있었다.

서교영과 엄한필도 서로 줄에 연결된 듯 움직이며 기수식을 펼쳤다.

◆ 제99장

전제

정체

파앗—

유건하의 발끝이 바닥을 찍었다.

동시에 엄한필의 도와 서교영의 검이 맞물린 듯 회전하며 자운엽을 향해 쇄도해 들었다.

검이나 도보다 반 푼은 더 무서운 권풍 한줄기가 자운엽의 가슴을 향해 날아들었다.

단숨에 갈비뼈를 무너뜨리고 심장을 파열시킬 만한 위력을 내포한 바람이었다.

그 바람에 신형이 조금이라도 주춤거리면 구름을 밟는 듯한 두 개의 발이 전신을 바스러뜨릴 듯 날아들 것이다. 어쩌면 그에 앞서 한 덩어리로 갖물려 돌아가는 도와 검이 전신을 난도질할 것이다.

우우웅—

묵령이 경고음을 토해냈다.

세 사람의 공격을 한꺼번에 상대하기 위한 막대한 공력이 실린 경고음이었다.

유건하의 권풍이 가슴 어림으로 다가드는 순간, 혈접난무의 초식이 수많은 나비의 날개를 흩뿌리며 권풍과 도풍, 그리고 검풍을 맞받아쳐 나갔다. 미풍이라도 불면 휘익 하고 허공으로 날려갈 듯 섬세한 날갯짓이었지만 그 날개 하나하나 속에는 거암을 날려 버릴 듯한 힘이 실려 있었다.

쇄도해 들던 주먹과 도검에 날개들이 부딪쳤다.

폭음과 금속음이 울리며 태극삼성의 정교한 움직임이 처음과는 다른 현격한 부조화를 이루었다.

가볍게 날아온 날개가 세 명의 움직임을 한꺼번에 차단하며 그 투로를 방해한 것이다.

잠시 흐트러진 움직임 속에서 유건하의 손발이 빠르게 움직였다. 그에 따라 삼태극합격진이 전혀 다른 기세로 가동되며 자운엽의 전신을 으스러뜨릴 듯한 압력을 뿜어냈다. 보통 사람이라면 합격진 가운데 서 있는 것만으로도 기혈이 파손당해 쓰러질 만한 기운이었다.

'후읍!'

검을 들어 올리는 것조차 힘들게 느껴지는 무형의 압력을 느낀 자운엽은 내력을 강하게 끌어올리며 세 사람의 움직임을 읽었다. 곰이나 천방지축보다는 저 화상 놈이 중추적인 역할을 한다는 것은 느끼고 있었지만 어디에서 시작되어 어디로 끝나는지 도저히 그 연결 고리의 틈을 찾을 수가 없었다. 그 틈을 찾아낸다면 조금은 더 쉽게 풀어갈 수 있을 것 같았다.

혈접낙화, 혈접난무의 초식을 뿌리며 자운엽은 끊임없이 합격진의 움직임을 파악해 나갔다.

쐐액―

엄한필의 패도가 서교영과 유건하의 공격 사이의 간격을 메우며 무겁게 떨어져 내렸다. 서로 딴 몸이라서 각각 공격하는 것뿐이지, 세 사람의 공격은 한 개의 병기가 움직이는 것처럼 완벽하게 맞물려 돌아가고 있었다. 예전보다는 훨씬 더 성취를 이룬 모습이 자운엽의 눈에 확연히 들어왔다. 젊은 화상은 모르겠지만 엄한필의 도격과 서교영의 검격은 한 단계 더 성숙한 모습으로 대기를 가르고 자신의 심장을 갈라왔다.

틈을 찾기란 불가능해 보였다.

완벽하게 이어진 하나의 고리처럼 세 명의 합격술은 미세한 틈조차 느껴지지 않았다.

세 사람의 연속된 공격과 그 사이로 뿜어져 나오는 압력에 자운엽은 거대한 해일 속에 갇힌 듯한 느낌을 받았다.

따다당!

다시 세 번의 격타음이 터져 나오며 돌아가던 연환 공격이 빠르기를 달리했다. 완급과 강약을 완벽히 조절하며 매순간 변화를 달리하는 합격 진세에 대항하던 자운엽의 눈빛이 한순간 섬광을 발했다.

천 년에 이른 백도의 전통은 깊고도 도도했다. 그러나 어린 시절 설사덕 가주의 수련에서 느꼈던 것처럼 그곳엔 한 조각 허영이 섞여 있었다.

삼태극합격진 역시 다르지 않았다.

'허영이 아니라 마지막 자비라 하고 싶겠지만 내 눈엔 허영으로 보

일 뿐이다!'

묵령을 잡은 손에 한층 내력을 돋운 자운엽은 합격진의 틈을 향해 묵령을 찔러 넣었다.

파앗—

유건하의 발길이 정해진 투로에서 두 치 정도 벗어났다. 그와 함께 이제껏 치차(齒車)가 돌아가듯 정교하게 돌아가던 삼태극합격진의 진세가 현격한 흔들림을 보였다. 그 흔들림 사이로 묵령의 검신이 무수한 떨림을 일으키며 스며들었다.

낭창거리는 연검은 아니었지만 연검보다 훨씬 더 심한 떨림을 일으키는 검에 엄한필의 눈이 부릅떠졌다. 화산 비동을 거치며 자신의 도법은 예전과 비교할 수 없는 성취를 이루었지만 묵광을 뿌리며 다가드는 이 검법 또한 예전의 그것이 아니었다. 훨씬 더 무겁고 영활했다.

가슴 한쪽으로 섬뜩한 기운이 밀려드는 것을 느낀 엄한필은 온 힘을 다해 도를 휘둘렀다. 단 일격으로 흩날리는 모든 날갯짓을 자르고야 말겠다는 의지가 담긴 도법이었다.

터엉!

연검에서 마주치던 힘과는 비교할 수 없는 강한 반탄력이 느껴지며 튕겨 오른 엄한필의 도가 궤적을 이탈했다. 미세하게 금이 가던 합격진의 균열이 조금 더 커졌다.

유건하의 자세가 빠르게 변하며 흐트러지는 합격진의 진세를 가다듬어 갔다.

유건하의 신형이 풍차처럼 회전하며 회선각이 산을 무너뜨릴 듯한 기세로 날아들었다. 그 공격을 따라 어김없이 검과 도도 함께 쏟아져 들어왔다.

동처럼 연결된 공격은 한곳을 강하게 쳐 나가면 다른 곳이 밀려들었다. 마치 허리를 감고 있던 요대의 앞쪽을 당기면 뒤쪽이 몸통을 압박하듯이…….

쐐액—

혈접쇄풍의 기운으로 무겁게 날아드는 유건하의 발바닥 용천혈을 찌른 자운엽은 묵령을 잡은 손목을 무섭게 흔들었다.

찰나의 순간에 전면으로 드러난 발바닥을 향해, 그것도 제일 중요한 혈인 용천혈을 정확히 찔러오는 경력에 유건하는 급히 회선각을 거두어들였다. 동시에 다른 발을 휘돌려 차 나갔다. 그러나 자운엽의 신형은 흐릿하게 사라지며 뒤이어 달려드는 엄한필과 서교영의 공격에 대응하고 있었다.

우우웅—

혈접무한의 초식이 쇄도해 드는 도검을 향해 마주쳐 나갔다. 수유의 순간을 쪼개어 느릿하게 호선을 그리며 날아드는 만검!

느릿하지만 그 속에 숨은 무수한 이빨이 서교영의 뇌리에 경종을 울려주었다.

'이것이었던가?'

서교영은 자운엽과 한 몸처럼 느껴졌던 검이 이것이라는 생각이 들었다. 몸과 완벽히 하나가 되어 검로를 잊은 채 물 흐르듯 다가드는 검!

급히 투로를 바꾼 서교영과 엄한필은 대경하며 눈을 부릅떴다.

검이 살아서 제 갈 길을 가고 있었다. 아니, 오고 있었다.

검로가 사라지고 형체마저 사라진 검이 느릿하게 다가들고 있었다. 그러나 그 느림 속에는 지독한 빠름이 내포되어 있었다.

서교영과 엄한필이 급히 초식을 바꾸며 혈접무한의 궤도에서 비껴

났다. 그 사이로 유건하의 신형이 쇄도해 들었다.

‘실체를 느낄 수 없다!’

유건하는 자운엽의 움직임을 보며 등줄기에 식은땀이 흐르는 것을 느꼈다.

이젠 지나가는 바람이라도 떨어뜨릴 자신이 있는 권각술이었지만 자운엽을 상대함에 있어서는 단 한 번의 가격(加擊)도 허용되지 않았다. 있는 듯하다가도 주먹이나 발길이 뻗어 나가는 순간 흐릿하게 사라지는 움직임은 흡사 환영을 상대하는 것 같았다.

신체의 빠름이 아무리 극한에 이른다 해도 눈의 빠름을 앞지를 수는 없다. 극도로 훈련된 무인의 눈은 보통 사람으로서는 상상을 초월하는 능력을 지니고 있는 법이다. 그런 눈이 있기에 단 한 번의 움직임에 수십 가지의 변화가 실린 검격이나 도격을 읽어내고 대처하는 것이다.

걸음마를 시작할 때부터 그런 능력을 극대화시킨 자신의 눈을 피할 수 있는 움직임이 있으리라고는 생각할 수 없었다. 더군다나 자신만의 공격을 막아내는 것도 아니고, 극쾌의 검과 무지막지한 패도를 같이 상대하면서 그럴 수 있다는 것은 절대로 불가능하다.

스슥!

이번에는 유건하의 왼발이 비스듬히 한 자가량 앞으로 미끄러져 나갔다. 그에 따라 엄한필의 자세와 서교영의 자세도 맞물린 듯 변화를 일으켰다. 미끄러져 나가는 발끝이 땅을 박차는 순간에 죽음의 합격진이 가동되고, 그 안에 있는 것은 개미새끼 한 마리라도 무사하지 못하리라. 이번 합격진은 수비보다는 공격에 역점을 둔, 삼태극합격진 중 가장 파괴적인 힘을 뿜어내는 진세였다.

우우웅―

유건하의 발끝이 땅을 박차려는 순간이 가까워오자 엄한필의 도와 서교영의 검에서도 질식할 듯한 기운이 뻗어 나왔다. 검과 도에서 뻗어 나온 기운이 그 주인들의 영혼도 사로잡았는지 두 사람의 눈에서는 일체의 감정이나 생각을 느낄 수 없었다. 오로지 목표한 공격점을 완벽하게 가격하고 말겠다는 맹수 같은 투지만이 존재했다.

쥐어짜서 우그러뜨릴 듯 조여드는 무형의 압력에 자운엽은 환사삼결 제일결인 화석심공의 기운을 극한으로 끌어올렸다. 그리고 땅에 못 박힌 듯 자세를 고정시켰다.

세 사람의 기세로 보아 빠져나갈 구멍은 없어 보였다.

수비를 도외시한 무모한 자세 같았지만 완벽한 공격은 수비가 필요 없는 법이다.

전신을 조여오는 기세는 그 어떤 방향으로의 운신도 허용하지 않았다. 그건 몸이 먼저 느끼고 있었다.

오로지 깨부수고 탈출하는 수밖에…….

파아앗―

유건하의 발끝이 마침내 미끄러짐을 멈추고 땅을 박찼다.

지표 아래에서부터 얼어붙어 바위처럼 딱딱해진 땅이 갈기갈기 찢어지며 연환각과 쾌검, 패도가 유성우처럼 자운엽의 전신으로 날아들었다.

그물처럼 완벽하게 포위망을 형성한 강기막이 자운엽의 몸을 감싸려는 찰나, 묵령이 대기를 가르며 폭풍처럼 휘둘러졌다.

응축된 화석심공의 힘이 순간적으로 폭발하며 벽력의 내공이 함께 터져 나왔다.

찌그러뜨릴 듯 압축하여 드는 힘과 폭발할 듯 터져 나오는 힘이 마주쳐 찰나적으로 영원 같은 정적이 느껴졌다.

쩌쩌쩌쩌쩡—

흡사 빙산이 깨어지는 것 같은 소리가 정적과 강기막을 한꺼번에 깨뜨리고 사방으로 쏟아져 나갔다. 그 찢어진 강기막 사이로 자운엽의 신형도 같이 날아올랐다.

'이럴 수도 있는가?'

엄한필은 자신의 패도에서 느껴지는 엄청난 반탄력에 이를 악물며 자운엽을 쳐다보았다.

자신들 세 사람이 펼친 합격을 단 한 자루의 묵검으로, 그것도 정면 승부로 깨뜨리고 포위망을 빠져나오는 모습은 놀람을 넘어서 소름을 돋게 만들었다.

그동안 저놈만 생각하며 가슴 저 밑바닥에서 숫구치는 패배감에 언제나 찐득한 진흙탕에 빠진 기분을 느꼈다. 그러나 지금은 자신있다고 생각했다. 일 대 일의 대결은 이젠 자신에게 의미가 없었다. 애초부터 자신들은 합격진의 완성을 위해 키워진 사람들이었다. 그러니 삼태극 합격진 속에서 완전할 수 있는 것이다.

그 완전함이 다시 미완으로 부서지며 다가왔다.

절망감에 물드는 엄한필의 눈에 유건하의 쌍장이 쭈욱 뻗어 나가는 모습이 비춰졌다.

폭음과 함께 창백한 얼굴을 한 유건하가 사력을 다해 장력을 발출했다. 스승이 사중협이란 고인의 손에서 뻗어 나온 장력을 보고 필생의 연구로 이룬 장력이 자운엽의 전신을 태울 듯 쏟아져 나갔다.

그러나 그것을 한줄기 지류(支流)일 뿐이었다. 사중협의 장력을 보고 흉내 낸 한줄기 지류는 자운엽이 휘두른 묵령에서 뻗어 나온 본류(本流)

에 휩싸여 소리없이 사라졌다. 그리고 원천(源泉)마저 덮쳐 버렸다.

삼태극합격진이 깨어지며 최초의 패배가 이루어졌다.

"다, 당신은……?"

승포 자락 곳곳이 시커멓게 타 들어가 맨살이 숭숭 드러난 유건하가 넋이 나간 듯한 눈빛으로 자운엽을 쳐다보았다.

자은엽의 검에서 뻗어 나온 벽력의 기운이 자신이 뿌린 장력의 본류라는 것을 본능적으로 느낀 것이다. 그리고 마지막 순간에 본류의 흐름이 멈추어지지 않았으면 자신은 이렇게 서 있지도 못하리라는 것도 느꼈다.

'뭔가 이건?'

자운엽 역시 미미하게 흔들리는 눈빛으로 유건하를 쳐다보았다.

아무리 보아도 소림승이 분명했다. 그러기에 사부와는 전혀 상관없는 자이다. 그런데 마주한 장력이 어딘지 모르게 자신이 뿌린 기운과 닮은 곳이 있었다.

같은 문파에서 파생된 무공은 뿌리는 같으면서도 가지는 다르다. 그러나 이건 뿌리는 다르지만 가지는 비슷해 보이려는 필사의 노력이 엿보이는 장력이었다. 다른 사람들은 느끼지 못하더라도 서로의 기운을 맞부딪친 두 사람은 그걸 확연히 느낄 수 있었다.

"사중협의 후인이시오?"

한동안 망연한 표정을 하고 있던 유건하가 잠꼬대처럼 중얼거렸다.

'망할 땡중!'

어찌해 볼 새도 없이 껍질이 홀라당 벗겨지는 기분을 느낀 자운엽은 내심 욕지거리를 토했다.

영원히 감춰질 신분은 아니었지만 최소한 물길 정리 사업을 끝낼 때까지는 밝혀지지 말아야 했다. 사중협의 제자가 장강수로채 중 하나를 차지하고 통행세나 받는다는 소문은 사부의 명성에 먹칠을 할 수도 있는 일이었다.

아마도 저 땡중 놈은 전대의 은원에 얽혀 사부와 조금 인연이 있을 듯싶었다.

그걸 미리 알았더라면 다른 방식으로 싸워 나갈 수 있었으리라는 아쉬움도 들었다.

그러나 다시 생각해 보니 그랬더라도 어쩔 수 없었을 것 같았다. 땡중 놈의 손바닥에서 쏟아진 불길에 타 죽지 않으려면 벽력의 힘을 뿌릴 수밖에 없었으니까.

입맛을 다신 자운엽은 잠시 태극삼성을 쳐다본 후 묵령을 검갑에 꽂았다.

어쨌든 소기의 목적은 달성한 것 같았다.

지나가는 배 몇백 척을 수장시키며 통행료를 올리는 것보다는 이렇게 무림맹 총단을 한 번 두드리는 것이 더 효과적일 것이다. 뜻하지 않게 정체가 드러나고 말았지만 그건 득이 될 수도 있었다. 흑랑보다는 사중협의 후인이란 별호가 훨씬 더 무거울 테니 통행료를 받기는 식은 죽 먹기가 될 것이다.

'후후!'

자운엽이 내심 웃음을 흘렸다.

대학살자는 살인자가 아니라 오히려 영웅이 될 수 있듯이 대도적은 도둑이 아닐 수도 있다. 온 무림이 뒤흔들릴 정도로 철저하게 통행료를 받아내면 사부 명호에 먹칠을 안 할 수도 있다.

"생각이 또 바뀌었소! 통행료를 예전의 열 배로 올리겠소. 불응하는 배는 모조리 수장시킬 테니 심사숙고하길 바라오!"

자운엽이 바뀐 요율을 다시 발표하며 등을 돌렸다.

"다답해 주시게, 시주! 정녕 사중협의 후인이신가?"

걸음을 옮기려는 자운엽을 향해 한 노승이 떨리는 목소리로 질문을 던졌다.

"통행료 걱정이나 하시오!"

퉁명스럽게 답한 자운엽이 단철패 등을 이끌고 정문 밖으로 사라졌다.

"그만 안으로 드시지요, 진인."

자운엽이 사라지고도 한동안 움직일 줄 모르고 서 있던 태운 진인을 향해 소림의 혜광 대사가 나직하게 말했다.

"두림에 큰 빛이 될 신성이 나타난 줄 알았는데 오히려 무림의 목덜미에 이빨을 들이댄 늑대일 줄이야……."

태운 진인이 허망한 목소리로 중얼거렸다.

"모든 게 자업자득이지요."

처음부터 자운엽을 알아보았지만 자운엽 앞에 나서지 못하고 군중들 두에 서 있던 하북팽가의 가주 팽무홍이 나서며 회한 어린 음성으로 말했다. 그 목소리에 모든 사람들이 고개를 돌려 팽무홍을 쳐다보았다.

"저런 청년을 서천맹의 본거지를 알아내기 위한 미끼로 이용했으니……."

"그게 무슨 소리요, 팽 가주!"

남궁가의 회동 때 일어났던 일을 알지 못한 누군가 질문을 던졌다.

"그만두시지요, 팽 가주. 우린들 저 청년이 사중협의 후인인 줄 짐작이나 했겠소?"

변장하고 있던 무영신개가 불편한 심기를 온몸으로 드러내며 안으로 들어갔다.

"예전의 열 배나 되는 통행세를 내고 장강을 오르내리려면 무림맹 기둥뿌리 하나는 뽑아야 될 것 같소."

안으로 들어온 명숙들이 조심스럽게 얘기를 나누었다.

"까짓 통행세야 모른 척하고 낼 수도 있지만 그 청년의 속셈이 무엇인지를 모르니 그게 더 문제가 아니겠소?"

청년 정보 조직을 이끄는 모용중리가 생각이 복잡한 듯 미간을 찌푸리며 얘기하고는 무영신개의 눈치를 살폈다.

"속셈이라니? 그게 무슨 말이오?"

도관을 쓴 중년인이 모용중리를 쳐다보며 물었다.

"잠시 지켜보았지만 그자는 아주 간교한 자란 생각이 들었소. 무슨 생각으로 이러는지는 몰라도 자신의 별명이 퍼져 나가는 것을 막고 있다가 흑랑이라는 그 별명이 퍼져 나가자마자 기다렸다는 듯이 이곳을 찾았소. 서천맹의 청룡당주란 괴물을 죽인 지명도가 있으니 감히 함부로 대접하지 못하리라는 계산을 한 것이겠지요. 그리고 중간에도 자신들은 우리가 접견실로 맞아들인 손님이란 사실을 철저히 이용하며 우리의 입장을 난처하게 하는 모습은 정말 혀를 내두를 정도였소."

모용중리가 잠시 말을 멈추고 머리를 저었다.

"또한 시기가 시기다 보니 자신에게 함부로 대항하지 못할 것이라는 계산 하에 물길을 막겠다는 생각을 한 것이나, 무림맹 총단을 과감히 두드려 자신의 목적을 달성하는 수법은 대담하기 짝이 없소. 짐작컨대 열흘 후가 아니라 내일부터 당장 통행료를 열 배로 낼 사람들이 생겨날 것이오. 충분히 그럴 만큼 휘저어놓았으니까 말이오. 어쨌든 그런 자가 돈이나 벌겠다고 총단으로 향하는 물길을 막겠다는 것은 아니겠지요. 과연 그 속셈이 무엇인지 그게 궁금합니다.”

모용중리는 자신의 생각을 정리해 말한 후 무영신개를 쳐다보았다. 자신보다는 더 광범위하고 더 고급 정보를 관리하는 무영신개이니 더 깊은 분석과 판단은 무영신개의 몫인 것이다.

“놈의 의도가 무엇인지는 아직 알 수 없소. 워낙 교활한 놈이니 그건 좀 더 두고 봐야겠지요. 하지만 한 가지 분명한 것은 앞으로 서천맹과의 싸움이 몇 배는 더 힘들어졌다는 말이지요. 그건 아마 서천맹 쪽에서도 마찬가지일 것이오. 놈은 서천맹과 무림맹 두 세력 중간에서 싸움의 완급을 조절하며 뭔가 자기 목적을 이루려 한다는 느낌은 들지만…….”

무영신개가 눈살을 찌푸리며 말끝을 흐렸다. 어찌 됐든 자운엽의 출현으로 신경 쓸 것이 두 배는 더 늘어났다. 그것만으로도 입맛이 떨어졌다.

“와하하하―”

“크하하하―”

무림맹 총단을 벗어난 한 주루에서 목염태와 척발시는 주루 지붕이 들썩거릴 정도로 큰 웃음을 터뜨렸다.

문을 열고 들어오는 순간부터 두 거인의 덩치에 주눅이 들어 있던 사람들은 두 사람의 웃음소리에 깜짝 놀라 슬금슬금 밖으로 나가기도 했다.

"태어나서 오늘처럼 통쾌한 날은 없었네. 자네가 삼성인지, 삼돌인지 하는 놈들을 무너뜨린 후 그 닭대가리들의 표정이야말로 일품이었네. 하하하!"

목염태가 술 한 병을 단숨에 들이키며 대소를 터뜨렸다.

"이 친구가 사중협의 후인이란 소리를 듣는 순간 그 닭대가리들의 표정은 또 어떻고."

척발시가 맞장구를 치다가 단철패의 눈짓을 보고는 의아한 표정을 지었다.

"그런데 자넨 왜 그러나? 그 닭대가리들이 쫓아오기라도 하는가? 네 이놈들을 당장!"

이젠 내가중수법이고 뭐고 걱정할 것이 없다는 표정을 한 척발시가 고개를 두리번거렸다.

"그게 아니라 사숙의 정체는 아직까지……."

단철패가 말을 하다 말고 입을 다물었다. 이젠 비밀일 수가 없어져 버렸기 때문이다.

"으응 그런가? 그럼 내 입조심하지. 그나저나 자네 정말 그 고인의 후인인가?"

척발시가 반으로 줄어든 목소리로 질문했다.

척발시의 질문에 자운엽이 낮은 한숨과 함께 가볍게 고개를 끄덕였다.

"와하하하! 내 진작 알았다면 아까 그 닭대가리들 앞에서 잠시나마 주눅 드는 모습을 보이지 않았을 텐데 말이야. 노괴물들의 눈빛이 어찌나 날카롭던지. 하하하!"

목염태가 쭈욱 허리를 펴며 다시 광소를 터뜨렸다. 연이어 터지는 두 거인의 광소에 주루의 손님들도 반 이상 자리를 떴고, 점소이의 표정이 우거지처럼 구겨졌다.

"그런데 사숙?"

거인들의 웃음소리가 조금 잦아들었을 때 단철패가 조심스런 표정으로 자운엽을 쳐다보았다.

"왜 그러시오?"

그서를 못 참고 무슨 생각에 잠겨 있던 자운엽이 단철패에게 시선을 돌렸다.

"아까 그 노인들이 그 돈을 어디에 쓸 거냐고 물었을 때 사숙께서 한 대답 말이오……."

단철패가 아까보다 몇 배는 더 조심스럽고 신중한 표정으로 말을 꺼냈다.

"이 친구 이거 오늘따라 왜 이러나?"

척발시가 의외라는 표정으로 단철패를 쳐다보았다.

여섯 명의 부하와 함께 공야세가로 북미를 데려다 주러 왔을 때부터 배포가 맞았던 단철패였다. 온통 비정상적인 사람들만 우글거리는 세상에서 몇 안 되는 정상적인 사람인 단철패가 비정상적인 사람으로 변하는 모습에 척발시는 눈살을 찌푸렸다.

"그 대답 중에 철없는 사질의 무너진 가문을 일으켜 주어야겠다는 사숙의 말……."

단철패가 뚫어질 듯 자운엽을 쳐다보았다.

"말 그대로요. 예전에 유성검문이 있던 자리에 다시 유성검문을 세우시오. 돈은 열흘 후부터 알아서 걷힐 것이오. 그러니 지금부터 당신은 그걸 계획해 보시오. 수하들도 있고, 장강에 있는 당신 사부와 여기 두 분이 도와주면 문제없을 것이오.”

자운엽이 잘라 말하며 척발시와 목염태를 쳐다보았다.

“으응? 이 친구 문파가 있었단 말인가? 거참! 족보 있는 수적일세.”

“암, 암! 도와주어야지. 말만 하게. 내 온 산에 있는 나무 다 뽑아 와서라도 기둥을 세워줄 테니.”

척발시가 연신 고개를 끄덕이며 가슴을 탕탕 쳤다.

“이 무식한 놈아, 나무 뽑는 정도야 돈만 주면 아무나 할 수 있는 일이다. 이 친구가 말한 도움이란 그런 게 아니다.”

목염태가 척발시를 보고 한심하다는 듯 인상을 썼다.

“나도 안다, 이 곰 같은 놈아! 임자 없는 산에 울타리 몇 개만 쳐도 엉겨 붙는 놈들이 얼마나 많더냐? 그런데 기름진 땅에 가문 하나 세우려면 닭대가리들이 오죽하겠느냐?”

“햐― 요놈 봐라?”

뜻하지 않게 척발시의 사려 깊은 말을 들은 목염태가 신기한 듯 입을 다물지 못했다.

“사숙! 정말, 정말 그럴 생각이오?”

단철패가 격정 가득한 목소리로 고함을 질렀다.

“하지만 쉽지 않을 것이오. 사십 년 전 백룡보에 웅크리고 있던 가마릅이 유성검문과의 충돌 때문에 정체가 드러나고 그들의 계획이 수포로 돌아갔으니, 유성검문이 세워진다면 거품을 물고 날뛸 것이오.”

자운엽이 신중한 표정으로 답했다.

“큭큭! 역시 사숙이시오. 일행을 안전하게 숨겼으니 이젠 놈들을 끌어들여 쳐부술 생각이시군요? 하하하!”

단철패가 뭔가 어렴풋이 짐작이 간다는 표정으로 소리를 지르며 옆에 두었던 검을 다잡았다.

"왜 그러시오, 사숙?"

당장이라도 뛰쳐나갈 듯한 자세를 하던 단철패가 자운엽의 시선을 대하고는 목을 움츠렸다.

"앞뒤 생각 없이 계속 그렇게 설치기만 하겠다면 빼놓고 가겠소."

자운엽이 이맛살을 찌푸리며 말했다.

"생각이야 사숙이 알아서 다 하면 될 거 아니오. 난 그저 개 잡아오라면 개 잡아오고, 닭 잡아오라면 닭… 아, 알겠소. 그러니 표정 푸시오."

단철패가 들었던 검을 도로 내려놓으며 얼른 술을 들이켰다.

"가문의 절기는 얼마나 익혔소?"

단철패의 술 들이키는 모습을 물끄러미 쳐다보던 자운엽은 무덤덤한 목소리로 물었다.

"가문의 절기라면……?"

술잔을 내려놓는 단철패의 손끝이 가늘게 떨리며 눈빛도 흔들렸다. 말뜻을 못 알아들은 듯 반문했지만 가슴 깊은 곳에 비수 하나가 꽂히는 느낌을 받고 있는 것이리라.

"유성검문의 쾌검술 말이오."

자운엽은 단철패의 심중 변화를 전혀 눈치채지 못한 듯 다시 퉁명스럽게 내쏘았다.

그동안 검을 휘두르는 모습은 여러 번 보았지만 결코 명가의 검술이 아니었다. 아마도 유성검법은 한 줄도 익히지 못하고 있음이 분명했다.

“익히지 못했소!”

예상대로 단철패의 대답이 흘러나왔다. 억누르려는 기운이 역력했지만 비통한 심정이 목소리에 묻어났다.

“아버님께서는 임종 직전까지 내 정체를 말씀해 주지 않았소. 지금 생각해 보니 서천맹 놈들 손에서 날 지키려고 그러신 것 같은데… 때문에 유성검법 역시 그때까지 나하고 인연이 있는 줄도 몰랐소. 임종 직전에서야 내 정체와 비급을 받긴 했지만 자질이 우둔하여 아무리 읽어도 이해가 가지 않았소. 초반부 조금 넘어가다 막혀 포기하고 말았소.”

단철패가 독단이라도 깨문 표정으로 말했다.

“그럼 내공심법은?”

자운엽은 여전히 변하지 않은 음색으로 물었다.

“그건 기억도 나지 않는 어린 시절부터 꾸준히 익혔소. 검법은 안 가르쳐 주셨지만 그건 철저히 가르쳐 주셨지요. 종초기 사부님의 제자가 되고, 그분의 검법을 익히는 중에도 그건 게을리 하지 않았소. 두 개의 기운이 상충되는 부분이 있어 어려움도 많았지만 그건 악착같이 익혔소.”

“다행이오.”

자운엽이 안도의 한숨을 내쉬며 낮은 목소리로 말했다.

“무슨 소리요, 사숙?”

단철패가 눈을 가늘게 뜨며 자운엽을 쳐다보았다.

“비급은 가지고 있소?”

단철패의 질문에 대답 대신 자운엽은 다시 물었다.

“그건 가지고 있소. 그런데……?”

대둗하던 단철패가 뭔가 짐작한 듯 와락 몸을 당겼다.

"사숙께서 유성검법 구절 이면에 담긴 뜻을 풀어주시겠소?"

가둔의 비급에 담긴 무리(武理)를 남에게서 풀이를 받는다는 것은 가문의 이름에 먹칠을 하고, 가문을 말아먹는 일이나 마찬가지였다. 그래서 그것만큼은 차마 자신의 입으로 먼저 말하지 못했던 단철패의 눈은 활활 타올랐다.

"가문의 존장이신 사숙께서 그걸 풀이해 우질(愚姪)을 깨우쳐 주신다면 백골난망일 것이오!"

두 거인과 자신의 여섯 부하들이 혹시 못 듣기라도 할까 봐 단철패는 '가문의 존장인 사숙' 이라는 말에 최대한 힘을 주어 고함을 질렀다. 가문의 존장이 가문의 무공을 풀어 사질에게 가르침을 준다는 데야 누가 뭐라 할 것인가.

"한번 보기는 하겠소."

자운엽은 단철패의 품에서 나온 서책 한 권을 천천히 자신의 품속으로 집어넣었다.

아무리 하지 말라고 해도 꼬박꼬박 사숙이라 부르는 호칭이 거북스럽기도 하고, 이젠 아예 가문의 존장으로 옭아매는 단철패의 말이 어이없지만 유성검문이란 간판으로 가마릅과 그 일당의 자존심을 뭉개고 일전을 치를 때까지는 같은 배를 탄 운명이었다. 유성검문을 일으키기 전에 단철패가 유성검법을 최대한 빨리 익혀주어 간판이 가짜라는 소리는 안 듣게 해야 더 완벽한 계획이 되겠지만 투박한 개백정의 검이 화려한 명문검파의 검으로 바뀌는 것이 가능이나 할지 머리가 지끈거려 왔다.

자운엽은 눈을 가늘게 뜨며 서교영의 모습을 떠올렸다.

지독한 쾌검을 뿌릴 때 움직이던 그녀의 동작을 발끝에서 머리끝까지 분석해 보면 유성검법의 무리와 일맥상통하는 부분이 많을 것이다. 그걸 토대로 풀어볼 생각이었다.

'천방지축이 도움이 될 때도 있군!'

피식 웃은 자운엽이 천천히 술잔을 들어 올렸다.

소문은 바람처럼 빨랐다.

자운엽의 예상대로 무림맹 총단을 두드린 다음날부터 호성채 영역을 지나는 배에 탄 사람들 표정에서 잔뜩 긴장한 분위기가 느껴졌고, 정확히 열흘 후부터는 누가 먼저랄 것도 없이 물길 정리세를 내기 시작했다.

생계를 위해 장강에서 고기를 잡는 작은 어선들이나 겨우 한두 사람 태워주고 배 삯을 받는 배들은 그냥 통과시켜 주었지만 큰 상선이나 유람선, 특히 무림맹 소속의 배들에게는 어김없이 물길 정리세를 징수했다.

서천맹과의 전쟁이 일어나며 무림맹의 위세를 등에 업고 그동안 무사 통과하던 배들은 괘씸죄까지 추가되어 호성채 수적들에게 갖은 트집을 잡히며 정해진 요율에 할증료까지 붙었다. 예전이었다면 이판사판으로 싸움이라도 일어났겠지만 빠르게 퍼져 나간 자운엽에 대한 소문은 그럴 엄두조차 낼 수 없게 했다.

어쨌든 호성채로 굴러 들어오는 돈을 새기에 바쁜 호성채 수적들은 채주가 바뀌는 과정에서 일어났던 작은 혈겁 정도는 까맣게 잊어버렸다. 오히려 왜 더 빨리 그런 혈겁이 일어나지 않았던가를 한탄했다.

"사숙… 아니, 채주!"

호성채 채주의 방으로 허겁지겁 들어오던 단철패는 자신의 부하 외에 호성채 식구들도 있는 것을 보고 급히 호칭을 바꾸었다.

"잠시만 기다리시오."

자운엽은 헐떡거리는 단철패를 잠시 쉬게 한 후 호성채의 중간 두목들에게 내리던 지시를 계속했다.

돈의 힘은 칼보다 더 강해 처음에는 순식간에 바뀐 새파란 채주의 말에 마지못해 움직이던 사람들도 주머니가 부풀어 오르자 다람쥐처럼 빠르게 움직이기 시작했다.

"오늘부터는 통행세를 받으며 이곳을 지나는 배들, 특히 무림맹 소속 배들에 실린 물건들을 최대한 상세히 파악하시오. 어떤 수단을 쓰든 재주껏 알아내시오. 알아낸 품목만큼 은자를 쳐주겠소."

"그게 정말입니까, 채주?"

조카뻘밖에 안 되는 자운엽에게 붙이는 채주라는 호칭도 돈의 힘에 편승히 힘차게 흘러나왔다.

"그렇소. 그러니 최대한 상세히 알아내시오."

"알겠습니다, 채주!"

수적질하기에는 더없이 완벽한 생김새의 사내들이 고함을 지르며 밖으로 몰려 나갔다.

"저놈들이 제일 신났군."

자신은 본 체도 않고 희희낙락 쏘아져 나가는 수적들을 쳐다보던 단철패가 퉁명스럽게 중얼거리다가 자운엽 앞으로 다가섰다.

"알아보았소?"

단철패의 손에 들린 두툼한 봉서를 쳐다본 자운엽이 질문을 던졌다.

"그렇소, 사숙!"

손에 든 봉서를 자운엽에게 내미는 단철패의 얼굴에 짙은 감회가 어렸다. 그건 무너진 가문에 대한 한이 섞인 감회였다.

무림맹 총단에서 소란을 피운 후 자운엽은 단철패와 그 부하들에게 예전 유성검문이 있던 자리와 현재 주인, 그리고 그 주변 상황에 대해 철저히 조사하도록 지시를 내렸다. 예전과 똑같은 자리에 유성검문을 세우는 것이 가마륵의 심기를 한 가닥이라도 더 긁을 것이다.

"그곳의 현 주인은 누구요? 그리고 쉽게 팔 것 같았소?"

봉서를 펼쳐 자세히 검토하기 전에 자운엽은 먼저 구두로 보고를 받았다.

"그곳에는 현재 금원전장(金元錢莊)이라는 전장이 세워져 있었습니다. 얼마 전까지만 해도 전장이 아니었는데 최근에 주인이 바뀌면서 전장으로 개업을 했답니다."

"그렇다면 쉽게 우리에게 되팔지는 않을 것 아니오?"

자운엽은 슬쩍 눈살을 찌푸렸다.

"사숙의 짐작대로 씨도 안 먹혔습니다. 그래서 꼭 그 자리는 아니더라도 된다 싶어 그 주변도 물색해 봤습니다."

"잘했소."

자운엽이 미소를 지었다.

예전 같았으면 시키는 일만 하고 휑하니 돌아올 사람들이었지만 그동안 누누이 반복한 교육의 효과가 나타나는 것 같았다.

"그건 그 주변 지형도와 주변에 있는 가문들의 대략적인 신분입니다."

단철패가 자운엽의 손에 들린 서류를 쳐다보며 말했다.

자운엽은 서류를 넘기며 검토해 나갔다.

"아무래도 이 전장이 제일 맘에 드는데……."

자운엽은 서류에서 눈을 떼지 않고 말했다. 중원 한복판에서 앞으로 계획을 실행하려면 규모나 배치로 보아 금원전장이 있는 장소가 제일 맘에 들었다.

"내가 직접 가보겠소."

자운엽이 서류를 내려놓으며 말했다.

"그곳은 서천맹의 세력들이 무림맹 세력들을 무너뜨리고 점점 조여드는 곳이니 사숙이 움직이려면 각별히 조심해야 합니다."

단철패가 약간은 걱정스런 표정으로 말했다.

"그럼 훨씬 재미있겠지요."

자운엽이 피식 미소를 지었다.

"이걸 한번 읽어보시오."

잠시 더 몇 가지 일을 논의한 후 자운엽은 서책 하나를 단철패에게 내밀었다.

"이게 뭐지요?"

파악해야 할 무슨 서류라도 되지 않나 싶어 미간을 찌푸리던 단철패가 두 눈을 부릅떴다.

"사숙, 이건……?"

단철패의 손이 덜덜 떨렸다.

이제는 거의 끊어져 버린, 그러나 수백 년을 이어져 내려온 가문의 숨결이 그 어느 순간보다 강렬하게 느껴졌다.

일전에 부탁했던 유성검법의 주해서였다.

단철패는 와락 몇 장을 넘겼다. 그리고 어느 구절에 온 신경을 집중했다.

가문의 검법임을 알고 절치부심으로 익히려 했으나 철벽처럼 가로막혀 이제껏 진도가 못 나간, 독서백편의자현(讀書百遍意自見)이란 고사성어가 말짱 개소리라 여겨지던 부분이었다. 백 번이 아니라 수백 번을 거듭 읽었지만 뜻을 헤아릴 수 없던 부분이었다.

그러나 이젠 그곳에서 더욱 강렬한 가문의 숨결이 느껴졌다.

"와하하하!"

단철패가 광소를 토했다.

"그래, 그렇군! 이 글자들은 그 뜻이 아니었어! 그러니 이 문장이 완전히 다르게 해석되었던 거야!"

단철패가 실성한 사람처럼 방 안을 서성거렸다.

"아직은 반도 풀이하지 못했소. 그마저도 유성검문의 내공심법을 모르기에 나 역시 곡해한 곳이 많을 것이오. 찬찬히 읽어보고 그런 부분들은 다시 지적해 주시오."

"알겠소, 사숙. 정말 고맙소!"

자운엽을 쳐다보지도 않고 주해서에 눈을 고정시킨 채 답한 단철패는 서둘러 밖으로 나갔다.

표정으로 보아 아마도 오늘 밤은 검무를 추며 꼬박 새울 것 같았다.

◆ 제100장

금원전장(金元錢莊)

금원전장(金元錢莊)

초서풍(焦西風)은 골동품에 미친 사람이었다.

자신도 그건 인정했고 주변 사람 모두들 그렇게 말했다. 그러나 그가 안 보일 때 주변 사람들은 그를 골동품에 미친놈이라 불렀다. 그렇게 골동품에 미친놈으로 불리는 초서풍의 광기는 서천맹과 백도 무림맹의 전쟁과 함께 더욱 깊어져 갔다.

두 무림 세력의 전쟁이 본격화되다 보니 그간 규방 깊은 곳, 또는 밀실 구석진 곳에 감춰져 있던 각종 골동품들이 전리품으로 쏟아져 나오기도 하고, 군자금을 충당하기 위해 은원보나 전표로 바꾸어져 가기도 했다.

이제껏 그렇게 구하려고 해도 구할 수 없었던 물건들이 가만히 앉아 있어도 굴러 들어오는 사태에 초서풍의 입은 연일 함지박만하게 벌어졌다.

천금을 주고도 구하지 못할 골동품을 구해 밀실 깊은 곳에 숨겨두고 혼자서만 그 가치를 만끽하는 재미도 일품이었고, 몇몇 제대로 된 눈을 가진 사람들에게 잠시잠시 구경시켜 주며 그들의 눈에 어린 애끓는 소유욕을 모른 척 감상하는 재미도 일품이었다.

그러나 무엇보다도 그 가치를 알아보지 못하는 인간들에게 하룻밤 싸구려 술집 술값으로 사들인 물건을 제대로 가치를 찾아주고, 수백 배의 가격으로 되파는 부수적인 재미는 빼놓을 수 없었다. 그것이 초서풍을 단순한 수집에 미친 인간에서 미친놈으로 격하시키는 한 가지 요인이었다.

"흐흐흐!"

초서풍은 흐드러진 웃음을 흘렸다.

지금 열 개도 넘게 밝혀진 촛불 아래에서 모습을 드러내고 있는 물건 하나!

그야말로 싸구려 술 한 병 값을 주고 구한 것이지만 그 가치는 수만 금에 이를 수도 있다. 평소라면 모르겠지만 이런 변란통이라면 더욱 그렇다.

족히 이백 년은 땅속 깊은 곳에 파묻혀 있은 듯 원형을 알아보기 힘들었지만 초서풍은 이 물건의 가치를 즉각 알아보았다.

골동품에 미친놈이란 소리를 들을 정도로 골동품에 대한 광적인 집착은 그만큼 해박한 지식을 가지게 해주었고, 그 해박한 지식에 의한 판단으로 이것은 엄청난 물건이었다.

차르르―

초서풍은 장롱 깊은 곳에서 낡은 서책 한 권을 꺼내와 조심스럽게 책장을 넘겼다.

낡은 서책 중간쯤에는 한 개의 그림이 그려져 있었고, 그 그림 옆 여백에는 빼곡히 글자들이 채우고 있었다.

초서풍은 그 그림과 글들을 뚫어질 듯 쳐다보았다.

"틀림없어!"

초서풍은 책을 덮고 흥분한 어조로 중얼거리며 다시 탁자 위에 놓인 물건으로 시선을 돌렸다.

총통(銃筒) 같기도 하고 작은 대포 같기도 한 물건.

오랜 기간 동안 땅속에서 썩어서인지 누렇게 녹이 슬고, 그나마도 두 쪽으로 동강이 난 물건이었지만 그건 이백 년도 훨씬 전 묘수신공(妙手神工) 공사적(孔思赤)이 만든 물건이 분명했다.

묘스신공 공사적이 만든 물건은 몇 개 되지 않았다. 그러나 그의 이름이 아직 잊혀지지 않은 건 바로 이 물건 때문이었다.

그가 말년에 광기에 휩싸여 만든 대량 살상 무기인 멸천마통(滅天魔筒)이 바로 이것이었다.

단 한 번의 시험밖에 해보지 않았지만 그 위력이 너무 엄청나 온 무림과 황실이 발칵 뒤집혔었다.

결국 공사적은 그로 인해 비참한 최후를 맞았고, 이 마물과 설계도는 황실에서 나온 관리들에게 압수당했다. 그러나 수송 도중 그것은 감쪽같이 사라져서 또 한 번 온 세상을 시끄럽게 했다.

그 후 그것은 신투(神偸) 장오기(張誤基)가 홈처 내어 약왕(藥王) 구마정(具麻鄭)의 신단(神丹)과 함께 자신의 비밀 장소에 숨겼다는 설이 잠시 떠돌아 한동안 장오기의 소굴을 찾느라 온 무림이 술렁거렸다. 그러나 그 일은 결국 수포로 돌아가고 이젠 그 존재마저 잊혀졌다.

원형이 나타난다고 해도 이젠 거의 알아볼 사람이 없을 물건!

그 물건이 지금 자신 앞에 있다.

녹이 슬어 뭉그러지고 군데군데 떨어져 나간 부분도 많았지만 초서풍은 처음 본 순간부터 등골을 찌르르 울리는 전율을 맛보았다.

녹슬고 썩어 문드러진 쇳덩이!

그것은 지금 아무 쓸모가 없었다.

중요한 것은 이 물건이 세상에 다시 나타났다는 사실이다.

이 물건이 나타났다는 것은 신투 장오기가 말년에 자신의 걸작품만을 골라 숨긴 장소가 드디어 발굴되었다는 말이다. 이젠 그 사람의 이름을 아는 사람도 몇 되지 않는 세상이니 그건 필시 우연히 누군가에 의해 발견되었을 것이다. 그리고 그는 그곳이 장오기의 보물 창고임을 절대로 알지 못했을 것이다.

그러나 초서풍은 그것이 신투의 보물 창고에서 나온 물건이라는 것을 알아볼 방법이 있었다.

장오기는 자신이 훔친 물건에 반드시 자신만의 표식을 해두었다. 아마도 어느 분야에서든지 최정상에 이른 사람들이 표출하는 자만심의 발로였을 것이다. 그 흔적이 이 마물 한곳에서 발견되었다.

그곳 역시 썩어 문드러져 완벽한 진위 판별은 힘들었지만 신투 장오기가 누군지 아는 사람도 거의 없는 세상에 이렇게 폭삭 썩은 물건에서 그 비슷한 흔적이라도 남아 있다는 것은 이것이 진품이라는 거의 절대적인 확신을 갖게 해주었다.

그렇다면 이제 할 일은 하나!

이 물건이 자신의 손으로 흘러 들어온 경로를 역추적해 가야 한다. 그러다 보면 신투의 보물 창고도 찾을 수 있을 것이다.

신투는 약은 사람이라 보물 창고를 한 곳에만 만들지 않았다고 했다. 그래서 한꺼번에 모든 보물을 다 찾지는 못하겠지만 추적해 가다 보면 최소한 이 마물과 같이 숨겨놓은 걸작품인 약왕의 신단과 그 제조 비법서, 그리고 멸천마통이라 불리는 이 마물의 설계도를 얻을 수 있을 것이다.

그것만 찾는다면 다른 보물들은 모두 다른 사람들에게 넘어가도 조금도 아깝지 않다.

그만큼 이 두 물건은 가치가 있다.

물론 반대급부로 그 일은 그만큼 위험하기도 할 것이다. 하지만 그런 위험을 감수하지 못한다면 어찌 광집자(狂集者)란 소리를 듣겠는가?

그럴 가능성은 거의 없겠지만 이걸 발견한 놈들이 가치를 알아채기 전에 어서 손에 넣어야 한다.

광집자는 서둘러 신형을 일으켰다.

*　　　　　*　　　　　*

단철패 일행과 함께 호남성 금원전장으로 달려온 자운엽은 은밀히 주변의 정세를 살폈다.

이곳에서는 무림 침공의 기수에 선 서천맹의 여덟 개 조직인 호교팔령주(護教八令主) 중 오령주가 이끄는 인원이 호남의 외곽부터 조여들어 장사(長沙)를 향해 진군하며 형산파와 치열한 접전을 벌이고 있었다.

아직은 버티고 있었지만 곧 형산파가 무너지고 호교오령대(護教五令隊)의 대원들이 무림맹 장사지부까지 진격할 날이 멀지 않았다는 소문이 파다하게 퍼졌다.

무림맹 장사지부마저 무너진다면 호남성은 서천맹의 수중에 떨어지고 마는 것이다. 그렇게 된다면 다음은 무림맹 총단과 무당이 있는 호북성, 소림이 있는 하남성이 공격 목표가 될 것이다. 그랬기에 호남성으로의 움직임이 신경이 쓰인 단철패는 부하들을 대거 동원하려 했지만 자운엽은 단철패와 그 부하들만 동행하는 것을 허락하고 금원전장이 있는 호남성 소양(邵陽)으로 달려왔다.

"멋진 곳에 자리를 잡았군."

자운엽은 금원전장이 잘 보이는 근처 주루 이층에 자리를 잡고 낮게 중얼거렸다.

금원전장이 자리 잡은 자리, 그러니까 수십여 년 전에는 유성검문이 자리 잡고 그 이름을 떨쳤을 자리는 주변 경관이 수려한 곳이었다. 앞으로는 동정호 줄기에서 이어진 냉수강(冷水江)이라는 강이 흐르고, 뒤쪽으로는 송림이 울창하여 그 가운데 있는 넓은 터에 자리한 유성검문은 그 당시의 위세가 어떠했는지 짐작케 해주었다.

지금의 금원전장도 무척 넓었다.

그러나 주변 건물들의 배치로 보아 지금은 금원전장 소유가 아닌 많은 건물들도 그때는 유성검문의 소유였음이 분명해 보였다. 그런 거대 문파가 가마릅과 그 제자들, 수하들에 의해 지금은 단 한 명의 후손만 남긴 채 흔적없이 사라져 버렸다.

당사자들에게는 가슴 아픈 말이겠지만 칼로 일어선 자는 칼로 망한다는 격언을 실감나게 해주는 모습이었다.

단철패 역시 그런 감회가 다시 몰려오는지 잠시 동안 아무 말도 않고 어깨만 계속해서 들썩거렸다. 아마도 격한 감정을 추스르느라 심호흡을 하고 있는 것 같았다.

“저곳을 제값 주고 사들이려면 얼마나 될지……. 휴―”

옆에 앉아 있던 단철패의 수하 위충겸이 머리를 설레설레 흔들며 말했다. 저번에 단철패와 일차로 왔을 때 느꼈지만 금원전장 주인의 표정으로 봐서는 백만금을 주어도 팔지 않을 것 같았다. 그리고 판다고 해도 가격이 엄청날 것 같았다.

위충겸은 단철패의 표정을 슬쩍 살핀 후 자운엽의 표정을 살폈다. 목적한 것을 손에 넣는 데는 탁월한 재능을 발휘하는 청년이었지만 이번에는 아무래도 힘들 것 같았다.

“거참, 바닥 무너지겠수!”

연달아 한숨을 내쉬는 위충겸을 보고 옆에 앉은 셋째 백정이 퉁명스런 소리를 질렀다. 그리고 술을 잔에 따랐다.

“우선 배부터 채우고 저녁때쯤 전장의 주인이나 한 번 더 만나봅시다. 어떤 사람인지 알고 나면 다른 방법이 있을지 모르니까 말이오.”

음식이 날라져 오는 것을 본 자운엽이 술잔을 옆으로 치우며 말했다.

음식을 들던 자운엽은 미세하게 느껴지는 살기에 묵령을 끌어당기며 신경을 곤두세웠다. 그러나 그 살기가 자신을 향한 것이 아님을 깨닫고는 천천히 긴장을 늦추었다. 그리고 살기가 뻗어져 나오는 진원지를 찾았다.

자신이 앉아 있는 자리에서 좀 떨어진 창가에 앉은 일남일녀 중 여인의 몸에서 다 감추지 못한 미미한 살기가 새어 나오고 있었다.

갓 스물을 넘겼을까? 훤칠한 키에 단단한 몸매는 한눈에도 타고난 무골임을 느끼게 해주었다. 그리고 그녀와 식탁을 마주하고 앉은 사내 역시 딱 벌어진 어깨와 넓은 가슴은 여인보다 더 뛰어난 신체였다.

잠시 그들의 모습을 지켜보던 자운엽은 그들 일남일녀의 모습에서 한족과는 다른 이질감을 느꼈다.

옷과 머리 모양을 최대한 한족과 동화시켰지만 타고난 피부색과 눈빛은 조금만 자세히 보면 이족임을 알아챌 수 있었다.

'재미있군!'

자운엽은 살기마저 뿜어내는 여인의 시선이 자신과 단철패가 관심을 가지고 있는 금원전장에 고정되어 있는 것을 알아채고는 안광을 빛냈다.

이족의 청년들이 살기를 내뿜으며 쳐다보는 금원전장!

금원전장에 대한 한 개의 정보가 더 축적되었다. 그것도 제법 흥미진진한…….

자운엽은 희미한 미소를 지었다.

금원전장에 못 박혀 있던 그들의 시선은 점소이가 허리를 굽실거리며 다가갔을 때서야 다른 곳으로 돌려졌다.

다른 손님과 합석을 요구하는 점소이의 말에 그들은 계산을 치르고 나갈 듯 품속에서 전낭을 끄집어냈다.

전낭을 연 사내는 난처한 표정이 되었다. 아마도 전낭이 비었거나, 돈이 남아 있어도 음식 값으로 모자라는 모양이었다.

표시나지 않게 두 사람을 지켜보던 자운엽은 탁자 아래에서 손끝을 튕겼다.

은자 한 닢이 바람에 나부끼는 깃털처럼 가볍게 탁자와 의자들 사이로 미끄러져 여인의 무릎 어림으로 날아갔다.

파앗!

여인이 경악한 표정으로 신형을 틀며 손을 뻗었다.

기척도 없이 다가온 암기쯤으로 생각한 모양이었다. 그러나 손바닥
에 놓여진 건 암기가 아니라 하얗게 빛나는 은자임을 알고는 고개를
두리번거렸다.

여인의 갑작스런 움직임에 모두들 의아한 표정으로 여인을 쳐다보
았고, 자운엽 역시 비슷한 표정으로 여인을 쳐다보았기에 여인은 은자
의 주인이 누군지 찾아내는 것을 포기한 듯 고개를 돌렸다. 그리고는
잠시 머뭇거리다 점소이의 손에 그 은자를 내밀었다.

전낭 안을 살피며 낭패한 표정을 짓던 사내를 보고 대번에 인상을
찌푸리던 점소이는 언제 그랬냐는 듯 다시 굽실거리며 여전(餘錢)을 돌
려주기 위해 계산대로 뛰어갔다.

여전을 받은 여인이 계단을 몇 개 내려가다가 짧은 순간 신형을 멈
추며 자운엽을 향해 보일 듯 말 듯 고개를 끄덕였다. 뒤늦게 은자의 주
인을 찾아낸 모양이었다.

눈가와 얼굴 피부색이 가무잡잡했기에 흰자위가 더 돋보이는 눈을
마주한 자운엽은 딱 잡아떼며 고개를 돌렸다.

'제법이긴 한데……'

무릎 위에 닿기 전 은자를 잡아채던 움직임과 은자의 주인을 결국
찾아낸 여인의 솜씨를 감상한 자운엽은 내심 중얼거리며 하던 식사를
계속했다.

"쿡쿡! 정말 재미있는 세상이야. 큭큭! 크— 하하!"

한참 동안 멈추지 않는 자운엽의 웃음에 단철패와 다른 여섯 사신들
이 긴장하다 못해 이젠 혼란스런 눈빛을 하며 자운엽을 쳐다보았다.

예정대로 저녁때쯤 금원전장으로 주인을 만나러 갈 때까지는 멀쩡

했었다. 그러나 웬일인지 금원전장 대문 앞에서 뭔가를 본 자운엽은 신형을 돌렸고, 이곳 모퉁이로 돌아와 실성한 사람처럼 웃으며 뜻 모를 말만 중얼거렸다.

"대체 왜 그러시오, 사숙? 암기에 당해 허파라도 다쳤소?"

단철패가 눈살을 찌푸리며 걱정스럽게 소리를 질렀다. 계속해서 실성한 듯 웃고 있는 모습이 이제까지 보아온 자운엽과는 도저히 어울리지 않았기 때문이다.

좀 더 그렇게 웃던 자운엽이 마침내 웃음을 멈추었다.

"미안하오. 아직 물길 정리 사업이 본 궤도에 오르지 않아 주인이 금원전장을 사라고 내놓는다 해도 자금이 걱정됐는데… 이젠 한 푼 들이지 않아도 되게 됐소. 그래서 웃음이 터져 나온 것이오."

웃음을 멈추고 평소의 표정으로 돌아온 자운엽을 보며 단철패 일행은 안도의 한숨을 내쉬었다. 한 푼 들이지 않고 금원전장을 인수하는 것은 둘째 문제이고, 우선은 자운엽이 실성하지 않았다는 것이 다행이었다.

"대체 왜 그랬는지 이유나……."

단철패가 자운엽에게 질문을 던지다 말고 얼른 고개를 돌렸다.

저만치 앞에서 검은 인영 두 개가 훌쩍 금원전장의 담을 뛰어넘고 있었기 때문이다.

"젠장! 느긋하게 웃을 여유도 없군. 따라오시오!"

두 개의 인영을 쳐다본 자운엽은 얼른 신형을 날렸다.

조금 괜찮아지는가 싶더니 다시 영문 모를 행동을 하는 자운엽을 보고 인상을 찌푸리던 단철패가 손짓과 함께 부하들을 이끌고 자운엽을 따랐다.

어둠 속으로 빨려들듯 금원전장 정원 한구석으로 내려선 파이추는 긴 호흡으로 들끓는 혈기를 억눌렀다. 오직 이날을 위해서 온갖 고난을 겪으며 몇 년 동안 수만 리 길을 달려왔다.

말 그대로 물 설고, 낯선 이역 땅에서 이루 말할 수 없는 고생을 했다. 그나마 적을 알려면 우선 그들의 말을 알아야 한다는 족장 두요의 지시로 냄새나는 놈들이라 여겼던 인간들의 말을 배워두었던 것이 추적의 밑거름이 되었다.

다른 건 참을 수 있었다.

여러 부족의 많은 젊은이들이 놈들에게 끌려가고, 언젠가는 내 부족에도 놈들의 마수가 뻗어오겠구나 예상했지만 족장 두요의 엄명이 있었기에 억누르고 있었다.

그러나 놈들이 차오를 데려간 이상 절대로 참을 수 없었다.

차오는 족장이 될 사람이었다.

어릴 때는 발가벗고 친형제처럼 녹주(綠洲)를 뛰어다니며 지냈지만 언젠가는 목숨을 바쳐서 모셔야 할 사람이라는 사실은 한시도 잊은 적이 없었다.

조금 마음이 약하고 우유부단한 면이 있었지만 자신과 오카민이, 그리고 부족의 다른 청년들이 강하게 보필하면 오히려 강하기만 한 족장보다 훨씬 훌륭한 족장이 될 수 있다.

현 족장 두요처럼 사려 깊고 따뜻한…….

그런데 이곳에 있는 연놈이 차오를 끌고 갔다.

그날 족장 두요의 조치로 자신들이 부족 내에 없었던 것이 한이었다. 자신들을 아끼는 두요의 마음은 뼈에 사무치지만 두요는 자신과 오카민을 너무 몰랐다.

이젠 차오를 끌고 간 자웅쌍살이란 두 연놈을 잡아 차오의 행방을 찾을 것이다. 그래서 고향으로 차오를 데려갈 것이다.

그러나 혹시라도 차오가 잘못되었다면 연놈을 갈기갈기 찢어 그 살점과 뼛조각을 대신 가져가 사막에 뿌리고 부족 신에게 제사 지낼 것이다.

'저쪽!'

파이추는 불이 밝혀진 한쪽 방을 가리키며 눈으로 말했다.

오카민 역시 자신이 조금 전에 느꼈던 그런 격정을 느끼고 있는지 숨결이 거칠었다.

그동안 틈틈이 익힌 중원무술로 호흡을 가라앉히는 법을 배웠지만 지금 이순간은 그게 힘든 모양이었다.

철혈의 여전사로 손색없는 여인!

이 여인이 없었다면 어떻게 이곳까지 올 수 있었을까…….

죽어도 같이 죽고 살아도 같이 살게 되리라.

마음속으로 다짐한 파이추는 오카민과 함께 신형을 옮겨 목적한 방으로 다가갔다.

며칠 전부터 유심히 살펴두었던 방이었다.

이때쯤 이 방에는 사내놈 혼자 있었다. 놈을 소리없이 제압하고 차오의 행방을 알아낼 것이다. 그리고 오카민은 계집의 방을 습격하여 혹시라도 자신이 실패할 경우에 대비할 것이다.

방문 앞에 바짝 붙은 파이추는 숨을 멈추었다.

휘익—

살며시 문을 연 파이추가 바람처럼 방 안으로 쏘아졌다. 그리고 탁자 앞에 앉아 있는 사내를 향해 만도를 휘둘렀다. 생명을 빼앗진 않을 정도였지만 신체 한 곳은 능히 잘려질 만한 공격이었다.

챙―

충분히 제압할 수 있을 것이라 예상했던 파이추는 탁자 앞에 앉아 있던 사내의 연기 같은 움직임에 당혹감을 감추지 못했다.

앉은 자세 그대로 상체만 약간 틀어 간단히 자신의 검을 피한 사내는 들고 있던 붓으로 아주 쉽게 자신의 다음 공격을 막았다.

칼이 부딪쳤으니 당연히 잘리거나 부러져야할 보통의 붓이었지만 사내는 그 붓으로 도신을 때려 자신의 공격을 무위로 흘린 것이다.

"도둑고양이가 설치다니… 대체 경비를 어떻게 서는 거야?"

얄팍한 입술의 사내는 자신의 공격은 아랑곳 않고 바깥의 허술한 경비를 탓하며 인상을 찌푸렸다.

"그러고 보니 보초의 교대 시간을 노리고 들어왔군. 그렇다면 평범한 좀도둑은 아니라는 말인데……."

냉막하게 외치는 사내의 손에는 언제 들렸는지 한 자루 검이 들려 있었다.

파이추는 다시 쏜살같은 움직임으로 사내의 허리를 베어갔다. 초승달처럼 휘어진 만도가 촛불 빛에 새하얀 이빨을 번뜩였다. 그러나 맹렬한 자신의 공격에도 사내의 검은 조금도 서두르지 않고 여유있게 뻗어 나왔다.

쨍―

검과 만도가 부딪치며 쇳소리가 울렸다.

파이추는 터져 나오는 신음을 삼켰다.

뚝심이라면 누구보다 자신있었다. 그런데 자신의 만도와 부딪친 사내의 검은 쇠기둥이라도 된 듯 흔들림이 없었고, 반대로 자신은 손아귀가 찢어질 듯한 통증을 느꼈다.

내력을 쓰는 중원인들의 무학을 두려워해야 한다던 부족장 미추의 말이 떠올랐다.

그동안은 제대로 된 고수를 만나지 못했기에 타고난 신력으로 감당이 되었지만 이놈은 뭔가 달랐다.

간단한 동작 속에 시선을 어지럽히는 움직임이 숨어 있었고, 가볍게 들어 올린 검에 바위 같은 무거움이 담겨 있었다. 타고난 신력만으로는 도저히 불가능한 힘이었다. 미추가 말한 제대로 익힌 내력인 것이다.

"냄새나는 오랑캐 놈이 감히 금원전장을 노리다니… 웃음도 안 나오는군."

얄팍한 입술에 조소를 피워 올린 사내는 파이추의 만검과 불빛 아래에 드러난 용모를 보며 말했다.

"네놈이 자웅쌍살 중 웅살이지?"

파이추는 서투른 한어로 사내에게 질문을 던졌다.

"자웅쌍살?"

사내가 미간을 약간 찌푸리며 기억을 되살렸다.

"기련산에 있을 때 미개한 놈들이 자기들 말로 그렇게 부른다고 들었는데… 뜻밖이군."

설상일은 그때 하서회랑의 여러 미개한 부족들에게서 불려졌던 자신과 설상희의 별명을 이곳에서 듣게 됐다는 사실이 이해가 안 된다는 표정으로 파이추를 쳐다보았다.

"차오를 어떻게 했나?"

이놈이 오카민과 자신이 죽을 고생을 찾던 놈이 맞다는 것을 확인한 파이추는 다시 만도를 들어 올리며 서투르지만 빠르게 소리쳤다. 검이 부딪치는 소리를 듣고 밖에서 여러 개의 발자국 소리가 들려왔기 때문이다.

"네놈이 끌고 갔던 우리 부족 두요 족장의 아들……."

"와하하하……!"

만도를 겨누고 떠듬거리는 파이추의 질문을 다 듣지도 않은 설상일이 대소를 터뜨렸다. 파이추의 정체가 대강 짐작된 모양이었다.

"정말 웃기는 놈이구나. 그럼 네놈은 그때 우리가 데려간 놈들 중 한 놈을 찾아 여기까지 왔다는 말이냐?"

방으로 뛰어들려는 사내들을 손으로 제지한 설상일이 마치 손바닥 위에 올려놓은 신기한 곤충을 쳐다보듯 파이추를 쳐다보았다.

그때 끌고 간 이족 놈들이 하도 많아 이놈이 말하는 차오란 놈이 어떤 놈인지는 도저히 기억 못할 일이지만 그 때문에 이놈이 여기까지 자신을 찾아왔다는 것은 정말 기도 안 차는 일이었다.

"역시 미개한 놈들은 할 수 없다니까. 무지개를 쫓아다니는 놈들과 다를 게 뭔가?"

설상일은 다시 한 번 웃음을 터뜨렸다.

"대체 뭐야, 이것들은?"

설상희가 잔뜩 찌푸린 얼굴로 오카민의 머리채를 끌고 들어왔다.

"오카민!"

입가에 피를 흘린 채 끌려 들어온 오카민을 본 파이추가 절망적인 소리를 질렀다.

오히려 자신을 능가하는 칼 솜씨를 지닌 오카민은 성공할 수 있을 줄 알았다. 그런데 저렇게 쉽게 제압되다니!

이렇게 되면 어떻게든 자신이 이놈을 제압해서 포로로 삼아 오카민과 함께 빠져나가야 한다.

파이추는 온몸을 날려 설상일에게 달려들었다.

파앗—

설상일의 신형이 희끗하며 옆으로 이동했고, 그 자리에는 여러 개의 검영들만 난무했다.

파이추는 처음부터 여러 개인 것 같은 검영을 향해 필사적으로 만도를 휘둘렀다. 그러나 그 대부분은 허깨비였고 몇 개만 실상을 느낄 수 있었다.

퍼억!

그 실상 중 한 개가 사막 뱀처럼 교묘하게 움직이며 허리를 때렸다.

검배에 허리가 가격당했는데 이렇게 숨이 막힐 수 있다는 것을 처음 알았다. 그냥 힘으로 내려치는 몽둥이질과는 다른, 뭔가 온몸을 진동시키는 기운이 숨을 제대로 쉬지 못하게 했다.

귀가 따갑도록 주의를 주던 미추의 말이 이제야 실감이 났다.

퍼억!

다시 한 번 옆구리에 통증을 느끼며 파이추는 무릎을 꺾었다.

'미안하다, 차오!'

바닥으로 쓰러지는 파이추의 눈에 눈물이 흘러내렸다.

"이것들의 정체가 뭔지 오빤 알겠어?"

설상희가 여전히 찌푸린 얼굴로 설상일을 쳐다보았다. 그리고 밖에선 무사들을 향해 험상궂은 표정을 했다. 대체 보초를 어떻게 섰기에 이런 일이 생기게 만드느냐는 눈빛이었다.

"나도 몰라. 새로 생긴 전장이라 허술할 줄 알고 돈이라도 훔치려 했던 모양이지."

설상일은 쓰러진 오카민의 전신을 유심히 훑어보며 아무것도 모르는 척 말했다.

가무잡잡한 피부에 긴 속눈썹! 그리고 야성미가 넘치는 몸매는 중원 여인들에게서 느낄 수 없는 색감을 느끼게 만들었다.

이렇게 잡은 이상 필히 죽여 없애야 할 것들이었지만 그전에 며칠 데리고 놀기엔 더없이 적합한 계집 같았다. 이름있는 문파의 제자도 아니니 뒤끝마저 걱정할 것이 없어 금상첨화가 아니겠는가?

"오빠!"

설상일의 의중을 간파한 설상희가 고함을 질렀다.

"정말 모른다구. 갑자기 쳐들어와서 칼을 휘두르는 걸 너처럼 잡았을 뿐이야. 모두 파묻어 버려."

설상일이 변명을 하며 부하들에게 무뚝뚝하게 명령했다. 그러나 그 중 한 명에게 의미심장한 눈길을 주는 것을 잊지 않았다. 눈길을 받은 놈은 평소 하던 대로 알아서 계집은 살려둘 것이다. 이제껏 전리품은 그렇게 처리했으니까.

"누구……?"

파이추와 오카민을 끌고 나가던 사내들은 언제 나타났는지 모를 한 인영을 보고 신형을 멈추었다.

전혀 의식하지 못하는 사이에 나타나 자신들 앞에 서 있는 인영을 보고 사내들은 어리둥절한 눈으로 그 인영을 쳐다보았다.

처음 이 두 연놈이 숨어들어 왔을 때는 방심해서 그렇다 치더라도 칼 부딪치는 소리가 들리는 즉시 엄중한 경계망을 쳤기에 또 다른 침

입자는 상상할 수가 없었다.

파앗—

자운엽의 손에 들려 있던 몽둥이가 대답을 대신하며 뿌려졌다.

파이추와 오카민을 잡고 있던 사내들의 어깨에서 파육음이 터져 나오며 고통스런 비명과 함께 뒤로 물러났다.

'적의 적은 일단 친구라 했겠다?'

자운엽은 오카민과 파이추의 어깨를 잡아 일으켰다. 그리고 정문 쪽으로 던져 주었다.

정문을 박차고 들어온 단철패 일행이 두 남녀를 받아 들고 정신을 일깨웠다.

"이건 또 뭔가? 꼴에 일행이 있었단 말인가?"

설상일이 문밖의 소란에 밖으로 나오다 자운엽과 단철패 일행을 발견하고는 피식 미소를 지었다.

제법 그럴듯한 움직임으로 소리없이 숨어들었지만 검은 등 뒤에 멀쩡히 메고 몽둥이를 손에 들고 있는 모습은 광대가 따로 없어 보였다. 아마도 비슷한 실력을 가진 어중이떠중이들 같았다. 단지 놈들 중에는 계집이 하나도 없는 것이 아쉬울 뿐이었다.

"뭣들 하느냐! 모두 없애라!"

설상일의 신경질적인 목소리에 사내들이 자운엽과 단철패 일행에게로 달려들었다.

제일 먼저 자운엽에게로 달려들던 사내들이 한꺼번에 뒤로 나자빠졌다. 그리고는 움직이지 않았다.

"한가닥 하는 놈이란 말이지?"

설상일의 얼굴에 미소가 짙어졌다. 그동안 장부나 정리하느라 굳었던 몸을 풀 수 있는 좋은 기회라는 생각이 들었다. 그리고 무엇보다 뺏긴 계집을 도로 찾아와야 했다.

"내가 나설 테니 오빠 구경이나 해!"

여전히 계집에게 더 신경 쓰는 설상일을 보며 설상희가 눈을 한 번 흘기고는 앞으로 나섰다. 오카민에게 다 못 푼 화를 다른 놈들에게 풀고 싶었기 때문이다.

'후후! 알아볼 리가 없지.'

자운엽은 설상희와 설상일을 쳐다보며 얼음장보다 더 차가운 미소를 피의 올렸다.

어둠이 짙게 내리긴 했지만 사방에서 횃불을 들고 서 있는 자들에 의해 장내는 대낮처럼 밝혀져 있었다. 그 불빛 속에서 마주한 설상일과 설상희의 얼굴은 선명하게 드러났다. 자신의 얼굴 역시 그들에게 그렇게 드러났을 것이다. 그러나 둘은 자신을 전혀 알아보지 못했다.

그거 정상일 것이다.

그 많은 하인들 중에서 오래전에 사라진 하인 놈을 기억할 수는 없을 것이다. 또한 자신을 때린 놈은 악착같이 기억하지만 자기가 때린 놈은 기억 못하는 것이 인간의 생리니까 말이다.

'이젠 내가 각인시켜 줄 차례인가? 쿡쿡!'

자운엽은 터져 나오는 웃음을 가까스로 억눌렀다. 그러나 억누른 것은 소리뿐이었다.

"이 자식이?"

검을 들고 다가온 설상희가 도끼눈을 떴다.

이턴 상황이 아니라면 온통 방심을 흔들 만한 놈이었지만 지금은 적으로 마주한 놈이다.

그런 놈이 비웃음까지 물고 있었다.

설상희가 검을 잡은 손에 힘을 주었다.

"못생긴 계집은 꺼져. 설치면 냄새가 진동할 것 같으니까."

설상희의 발끝이 막 땅을 박차려는 순간 자운엽의 목소리가 허공을 갈랐다.

"뭐, 뭐라고……! 이, 이 자식!"

순간적인 진기의 역류와 함께 고막을 선명하게 파고드는 모욕적인 말에 설상희는 말을 제대로 내뱉지 못하며 이를 갈았다.

"죽여 버릴 테다, 이 개 같은 놈!"

잠시 거친 호흡을 내뿜었던 설상희가 벌겋다 못해 시커멓게 변색된 얼굴을 하며 자운엽에게로 쇄도해 들었다.

'목숨은 붙여주겠다. 목숨만큼은……!'

어린 시절 이들에게 죽도록 두들겨 맞고 드러누웠을 때 약을 건네주고 방문을 나서는 설수연을 보며 했던 약속을 읊조린 자운엽은 슬쩍 신형을 움직였다.

설상희의 검이 부질없는 허공을 가르고 지나갔다.

"역시 악취가 진동을 하는군. 평소 목욕도 안 하는 모양이지?"

"이, 이 자식!"

옆에서 다시 들려오는 목소리에 설상희는 분기탱천한 표정으로 검을 휘둘렀다.

백학검법 초식이 화려하게 펼쳐졌다.

인연이 깊은 백학검법의 초식에 자운엽은 슬쩍 몽둥이를 움직였다.

완벽히 펼친다 해도 치명적인 허점 하나를 간직한 백학검법! 그러나 설상희의 검법은 완벽하지도 않았다. 아마도 설상희 자신의 기준으로 본다면 완벽했을 것이지만 그 초식의 변화를 훤히 읽고 있는 자운엽의 눈에는 허점투성이였다.

그 허점 하나를 가르며 몽둥이가 날아들었다.

따악—

둔중한 격타음과 함께 몽둥이가 설상희의 머리를 때렸다.

건초 더미 속에서 곤한 낮잠을 자다 얻어맞은 바로 그 자리였다.

그때 때린 사람은 설상일이었지만 건방지게 먼저 나선 설상희가 맞은 것이다.

"으윽!"

머리 한복판에 느껴지는 지독한 통증에 설상희는 비명을 내질렀다.

아프기도 아팠다. 그러나 그건 둘째 문제였다.

완벽하게 펼친 백학검법의 초식 속으로 너무나 쉽게 스며든 몽둥이!

그것이 몽둥이가 아니라 검이나 칼이었다면 머리가 두 쪽 났을 것이다.

그 사실이 지독한 통증을 반감시키며 등줄기에 식은땀을 흐르게 했다.

"저리 비켜라!"

다시 사생결단을 낼 듯 달려드는 설상희를 만류한 설상일이 앞으로 나섰다.

"비켜, 오빠! 이 자식은 내가 죽일 거야!"

분을 이기지 못한 설상희가 팔짝팔짝 뛰며 설상일을 밀어냈다.

"냄새는 그런대로 참겠는데… 못생긴 건 정말 못 참겠으니 네 오라비에게 맡기고 비켜."

자운엽의 목소리가 다시 설상희의 고막을 파고들었다.

"이, 이……."

설상희가 폭발이라도 일으킬 듯 온몸 가득 분기를 뿜었다.

"불나방 같은 자식!"

설상일이 더 이상 참지 못하고 허공으로 몸을 솟구쳤다. 그리고 빠르게 검을 휘둘렀다.

횃불 아래로 검영이 난무하며 자운엽을 향해 날아들었다.

설상희의 백학검법과는 비교도 되지 않는 초식이 쏟아져 들었다.

'변형시켰군!'

자운엽은 빠르게 신형을 이동시키며 내심 중얼거렸다.

백학검법의 초식과 비슷했지만 그 안에 다른 초식이 스며들어 있었다. 설수범과 싸우던 이상한 지팡이를 쓰는 요승의 초식과 뿌리를 같이하는 것 같았다. 아마도 서천맹의 무공이리라.

자운엽은 신속히 몽둥이를 휘둘러 설상일의 검을 막아갔다. 살기등등한 초식이 몽둥이를 자를 듯 이빨을 들이댔지만 빠르게 진동하는 몽둥이는 번번이 그 이빨을 비켜나며 검신을 두드렸다.

따악!

어느 순간 설상일의 옆구리에 자운엽의 몽둥이가 작렬했다.

몽둥이에서 전해져 오는 느낌으로 보아 갈비뼈 몇 대는 충분히 나갈 것 같았다.

"크윽!"

설상일이 두 눈을 부릅뜨며 입을 딱 벌렸다. 그러나 아무리 입을 크게 벌려도 숨은 쉬어지지 않을 것이다.

'감숙설가 후원 대밭 아래에서 절실히 경험했으니 그 느낌은 충분히 잘 알지.'

입을 딱 벌리고 등을 구부린 설상일을 보며 자운엽은 몽둥이를 쥔 손에 점점 힘을 주었다.

"오, 오빠!"

거품을 물고 무릎을 꿇는 설상일을 보며 설상희가 비명을 질렀다.

서천맹의 일원이 된 후로, 그리고 기련산 깊은 곳에서 지옥수련을 하고 철기대 대주가 된 후부터는 이제껏 패하는 모습을 볼 수 없었던 오빠였기에 설상희의 눈은 찢어질 듯 커졌다.

따악!

설상일의 숨이 한 모금 트이는 것을 본 자운엽이 다시 몽둥이를 휘둘렀다.

상처를 굽힌 설상일은 등줄기에서 지독한 통증이 다시 전해지는 것을 느끼며 겨우 한 모금 들이마신 숨을 내뱉지도 못하고 바닥으로 거꾸러졌다.

"뭐 하는 거야, 이 멍청이들아! 어서 쳐!"

설상희가 발작적으로 고함을 지르며 주위에 있는 사내들을 둘러보았다. 그러나 몽둥이 하나로 간단히 자신들 상관을 무너뜨린 자운엽을 보고 함부로 달려들 생각을 못한 사내들은 멀뚱히 서 있기만 했다.

"야! 이, 개자식들아, 어서 덤비지 않고……."

고함을 치던 설상희는 목에 와 닿는 몽둥이에 입을 다물었다.

"네가 못하는 것을 아랫사람에겐 왜 시키는 거지? 배다른 오빠의 장롱 속에 땅문서를 숨기던 그 악독한 심성은 변함이 없는 것 같군."

자운엽의 말을 들은 설상희가 잠시 말뜻을 못 알아듣고 멍하니 자운엽을 쳐다보다가 두 눈을 크게 떴다. 기척도 없이 목덜미에 닿는 몽둥이에 제정신이 아니었지만 배다른 오빠와 땅문서란 말은 한줄기 두려움과 함께 간직되어 있던 오랜 기억 속의 장면 하나를 되살려주었다.

설상희는 온몸에 얼음물을 뒤집어쓴 것 같은 느낌이 들었다.

"누구냐, 네놈은?"

설상희가 자운엽의 얼굴을 뚫어질 듯 쳐다보며 말했다. 자신과 그 일을 시킨 어머니밖에 몰라야 할 일이었다. 큰오빠 설수범조차도 그 일을 자신이 했다는 것은 몰랐다고 자위하고 싶었다.

하지만 큰오빠 설수범은 그걸 짐작하고 있을 것이다. 충분히 그럴 사람이니까…….

그런데 그 일을 아는 이놈은 뭔가?

설상희의 눈빛이 어지럽게 흔들렸다.

"저기 등을 꼬부리고 누워 있는 네 오빠란 놈의 자세가 낯익지 않나?"

차갑게 가라앉은 자운엽의 목소리에 설상희는 막혔던 숨을 겨우 토해내며 새우처럼 등을 구부리고 누워 있는 설상일을 바라보았다. 그러나 자운엽의 말을 알아들을 수 없기는 매한가지였다.

따악!

자운엽의 몽둥이가 다시 설상희의 머리 위로 떨어졌다. 뻔히 보면서도 도저히 피할 수 없는 움직임이었다.

"아악—"

설상희가 비명을 질렀다.

맞은 자리에 또 맞은 몽둥이기에 아픔은 배로 컸다. 그러나 불행은 끝나지 않았다.

퍼억—

퍽!

자운엽의 몽둥이가 설상희의 허리와 등줄기에 연속적으로 내리꽂혔다.

'네깐 놈들이 날 기억해 주는 걸 원하진 않았다. 중요한 건 내가 그때 일을 조금도 잊지 않고 있다는 것이지. 후후!'

자운엽은 설상일과 설상희의 온몸에 몽둥이를 휘둘렀다.

"숨을 쉬지 못할 정도로 몽둥이에 맞아보니까 어떤가? 썩 좋은 기분은 아닐걸!"

자운엽은 쓰러진 설상일 남매에게 다가가 비웃음을 흘렸다.

"네놈은……?"

잠시 후, 설상일이 억지로 고개를 들며 자운엽을 쳐다보았다. 모진 고통 속에서 한줄기 깨달음을 얻은 표정이었다.

"원 소란들이냐?"

격렬한 싸움이 벌어지고 있는 것 같지는 않았지만 온통 횃불이 밝혀진 바깥의 분위기가 이상했던지 안채에서 몇 명의 인영이 모습을 드러냈다.

"이, 이게 어찌 된 일이냐?"

싸우는 기색이 보이지 않아 느긋하게 걸어오던 중년인이 쓰러져 있는 설상일과 설상희를 보고는 고함을 질렀다.

"상일아! 상희야!"

날카로운 여인의 목소리가 뒤이어 터져 나오며 중년 여인 하나가 쏜살같이 달려왔다.

추산미였다.

십여 년 전에 비해 많이 늙었지만 그 표독스런 눈매만큼은 조금도 변하지 않았다.

자운엽의 눈빛이 점점 더 차가운 빛을 뿜었다.

'근 십 년 만에 옛 상전을 만났으니 엎드려 절이라도 해야 하나?'

자운엽은 손에 든 몽둥이를 옆으로 던지고 어깨에 멘 묵령을 손으로 가져왔다. 같이 걸어오는 중년인의 몸에서 자욱한 살기를 느꼈기 때문이었다.

"대체! 이게 어찌 된 일들이냐?"

추산미가 바닥에 뒹굴고 있는 자식들을 서둘러 부축하는 것을 본 중년 사내가 주변에 선 사내들에게 소리쳤다.

"저, 저놈이 갑자기 나타나…… 크악!"

자운엽을 쳐다보며 대답하던 사내는 말을 끝내지도 못하고 고함을 질렀다. 중년인의 손가락이 쇠갈고리처럼 어깨를 파고들었기 때문이다.

"쓸모없는 것들……."

손가락으로 어깨를 찍은 부하 하나를 공깃돌 집어 던지듯이 벽 쪽으로 집어 던진 중년인은 싸늘한 한광을 빛내며 자운엽을 쳐다보았다.

"웬 놈인지는 모르겠지만 실로 겁이 없는 놈이로구나."

중년인은 단신으로 설상일과 설상희를 간단히 제압한 자운엽을 경시할 수 없다고 생각했는지 신중하게 거리를 좁혔다.

"오랜만이군."

자운엽은 다가오는 중년인은 쳐다보지도 않은 채 중년인과 같이 온 청년 하나에게로 시선을 던지며 인사를 건넸다.

설마 하는 눈빛으로 자운엽을 쳐다보고 있던 사내 추달화의 표정이 돌처럼 굳어졌다.

그에게 있어서 자운엽은 죽을 때까지 잊을 수 없는 인간이었다.

낙양 사해표국에서 일을 벌이다 실패하고, 사해표국의 식솔들을 모두 몰살시키려 습격했다가 만난 놈이었다. 그때 저놈의 연검에 처참하게 패한 후 이를 갈며 지옥을 넘나들었다.

그런 놈을 여기서 다시 만날 줄이야…….

"정말 재미있는 세상이군. 세상이 이렇게 좁은 곳인가? 하하하!"

한동안 자운엽의 얼굴을 쳐다보던 추달화가 고개를 설레설레 흔들며 웃음을 터뜨렸다.

언젠가는 온 세상을 뒤져서라도 찾아내어 그때의 수치를 갚고 싶었던 놈이 제 발로 기어들어 온 것이 도통 현실이 아닌 것 같았다.

"뭣들 하는 거냐? 어서, 어서 저놈을 잡아라!"

추산미가 동생 추산영(推傘英)과 조카 추달화에게 고함을 질렀다. 영문은 모르겠지만 자신의 자식들을 이렇게 만든 놈은 저놈이 확실한 것 같으니 만사를 제쳐 놓고 잡아서 찢어 죽이고 싶었다.

"숙부님, 이놈은 제게 맡겨주십시오. 오래전에 진 빚이 있습니다."

추달화가 소매를 슬쩍 걷어 올리며 앞으로 나섰다. 그런 추달화를 추산영이 막았다. 추달화가 아무리 예전과는 달라졌다고 하지만 설상일과 설상희 두 사람을 한꺼번에 바닥에 누일 정도는 아니었다. 그러나 추달화의 눈은 광기에 사로잡혀 있었다. 여기서 말렸다간 그 광기가 폭발하여 폐인이 될 것 같았다.

추산영은 들어 올렸던 손을 내렸다.

"하앗—"

추달화의 신형이 자운엽을 향해 날아올랐다. 훌쩍 날아오른 후 창응박토(蒼鷹搏兎)의 단순한 수법으로 떨어져 내렸지만 순간적으로 온 사방이 팔 그림자로 뒤덮인 듯한 착각을 일으키게 하는 공격이었다.

예전에 사해표국에서 마주쳤을 때보다는 한참 더 높은 성취를 이룬 것 같았다. 그러나 그건 어디까지나 상대적인 것!

환영심공을 펼친 자운엽의 신형이 어느새 그 자리에서 사라지며 추달화의 왼쪽에서 나타났다.

추달화가 연속 동작으로 다시 자운엽의 목을 향해 왼손을 찍어갔다. 손 그림자 사이에서 강력한 한줄기 바람이 피부를 찢어발길 듯 쏟아져 나왔다.

"여전히 겉멋은 버리지 못했군. 그래서야 병든 두꺼비 한 마리라도 잡을 수가 없지."

한줄기 비아냥과 함께 자운엽이 검집째 묵령을 찔러 넣었다.

완벽히 메웠다고 생각했던 귀조탈명(鬼爪奪命)의 초식 사이로 파고드는 한 자루 묵검에 추달화는 경악의 눈을 부릅떴다. 그동안 각고의 노력으로 갈고닦았던 귀조탈명의 초식에 순식간에 커다란 구멍이 뚫린 것이다. 자신의 능력으로는 도저히 메울 수 없다고 생각했던 미세한 틈을 한 자루 검집은 자기 집 대문을 열고 들어오듯 너무나 여유롭게 찌르고 들어왔다.

추달화는 도저히 믿을 수 없다는 눈으로 자신의 하복부를 찌르는 검집을 쳐다보았다.

퍼억!

검집은 정확히 아랫배에 틀어박혔고 떨어져 내리던 추달화는 날개 꺾인 독수리처럼 바닥으로 추락했다. 그 모습은 예전에 당했을 때보다 열 배는 더 수치스러운 모습이었다.

"끄윽—"

바닥에 꼬꾸라진 채 신음을 토해내는 추달화의 입에서 거품이 끓어

올랐다.

"모두, 모두 한꺼번에 쳐라! 저놈을 잡지 못하면 네놈들 목을 대신 칠 것이다!"

추달화마저 단번에 나가떨어져 바닥에 뒹굴자 추산미가 눈에 불을 켜며 소리를 질렀다.

평소 추산미의 심성이 어떻다는 것을 잘 알고 있던 금원전장의 무사들은 살기등등한 눈빛으로 자운엽의 주변을 둘러쌌다. 달려든다고 해서 잡을 수 있을 것 같지 않았지만 추산미의 손에 당하는 것보다는 나을 것 같았다. 자신들이 상대할 자는 아직 검도 뽑지 않고 있으니 당해도 죽지는 않을 것이다.

"네놈들 상대가 아니다! 너희들은 저놈들이나 잡아라!"

추산영이 포위망만 굳힌 채 어느 정도 거리 이상을 좁히지 못하고 있는 브하들을 향해 고함을 질렀다.

"얼씨구! 그럼 우린 네놈들 상대가 된다더냐?"

자운엽을 둘러싸고 있던 포위망이 모두 자신들에게로 가세되어 이중삼중으로 두터워지는 것을 본 단철패가 콧김을 내뿜었다. 그리고 제일 가까이 다가온 놈을 향해 검을 휘둘렀다. 그러지 않아도 뒤늦게 익히기 시작한 가문의 검법인 유성검법을 시전해 보고 싶어 몸이 근질근질하던 단철패의 검은 순식간에 사내 한 명의 목을 갈랐다.

"멋지군!"

자운엽의 말투를 그대로 흉내 낸 단철패가 이를 드러내며 웃었다. 예전과 비할 수 없는 내력이 바탕이 되고, 검리까지 쏙쏙 머리에 들어오는 상태에서 익힌 유성검법은 아직 초반부뿐이긴 하지만 수십 년이 훨씬 지나 다시 세상에 나와 울음보를 터뜨렸다.

"우리도 돕겠어요!"

단철패 부하들에게 부축을 받고 몸을 추스른 오카민도 만도를 다잡았다. 그리고 정면의 사내를 향해 쏘아져 나갔다.

본격적인 격전은 그렇게 단철패 쪽에서 먼저 벌어졌다.

"뭐 하는 놈이기에 우리 전장에 함부로 뛰어든 것이냐? 돈이 필요한가?"

정문 쪽에서 벌어지는 싸움은 아랑곳하지 않는 추산영이 신중한 표정으로 자운엽을 쳐다보며 물었다. 설상일 남매와 추달화까지 간단하게 처치한 놈이라면 충분히 위험한 놈이다. 그런 놈이 푼돈이나 뜯어가자고 전장에 처들어오지는 않았을 것이다. 최악의 경우 무림맹의 인물이라면 자신들의 정체가 탄로나고 전면전을 벌여야 하는 것이다.

"저놈, 저놈이 바로 그놈입니다, 어머니!"

설상일이 허리를 제대로 펴지 못한 상태에서도 악을 쓰며 자운엽을 쳐다보았다.

"그놈이라니?"

추산미에 앞서 추산영이 득달같이 질문을 던졌다.

"그때 황 노인이란 행랑채 노인과 연관되어 있던 그놈입니다! 저놈 때문에 누나……."

거기까지 말한 설상일은 입을 다물었다. 끈적끈적한 가족 간의 비사를 모두 토해낼 수는 없었기 때문이다.

"방금 무엇이라 했느냐? 저놈이 그때 그 영감이 말했던……. 그렇다면 저놈이 흑랑?"

그렇게 무의식적으로 고함을 지른 추산미의 상체가 어느 순간 학질에라도 걸린 듯 떨렸다.

중원으로 온 최근에서야 모든 것을 알 수가 있었다.

그동안 현무당주 야율사한의 정보 차단으로 인하여 설수연의 도주에 저놈이 개입되었다는 것은 짐작도 못하고 있었다. 그때 겨우 열 서너 살의 코흘리개 하인 놈이 모든 것을 눈치 채고 자신과 그 계집 사이에서 그런 수작을 부렸을 것이라고는 꿈에도 상상 못한 일이었다. 어느 정도 위기를 느낀 계집의 오라비가 연락을 해서 홀연히 집을 뛰쳐 나갔을 것이라 생각했다.

그러나 서천맹의 청룡당주가 흑랑이란 놈에게 죽고 나서는 더 이상 비밀이 될 수 없었다.

온 서천맹!

지금은 온 무림을 발칵 뒤집어놓은 흑랑이란 놈의 정체가 어이가 없어 나자빠지게도 자신 집의 하인 놈이었다.

한때 자신과 혼담이 오간 계집이 하인 놈과 눈 맞은 더러운 계집이란 소리가 듣고 싶지 않아 그 사실만은 함구하고 있었던 현무당주 야율사한의 심정은 이해가 가지만 이제야 그걸 알게 되었다는 사실은 통탄할 일이었다.

천하디천한 어린놈 하나 때문에 자신의 계획이 철저히 무너지고 정랑(情郞)의 복수마저 못한 채 지샌 밤이 얼마였던가?

계집이라도 잡아 껍질을 벗겼더라면 나중 일은 어떻게 되더라도 조금은 한이 풀렸을 것이다.

그러나 이젠 그게 문제가 아니다.

저놈이 정녕 흑랑이란 놈이라면 자신은…… 아니, 상일과 상희는 어찌 되는 것인가?

맹의 네 개 기둥 중 제일 큰 기둥인 청룡당주를 죽인 놈이니 이곳에

있는 인원들 두 배가 달려든다 해도 어림없다. 청룡당주는 그런 존재
였다.

추산미의 어깨가 더욱 심하게 떨렸다.

그 계집을 도주하게 한 놈도 저놈이었고, 감숙에서 구해간 놈도 저
놈이라면 자신이 행한 일을 모를 리 없다.

"상일아, 상희야! 어서 들어가거라! 그리고 모두들 멈추거라!"

추산미가 바짝 마른 입술을 움직여 소리를 질렀다. 그 소리에 정문
쪽의 싸움도 멈추어졌다.

"역시 영리하군, 단번에 상황을 파악하다니 말이야."

짧은 순간 자신을 쳐다보며 수십 번도 더 눈빛이 변한 후, 덜덜 떠는
목소리로 설상일과 설상희를 단속하는 추산미를 보며 자운엽이 차갑게
말했다.

자신의 정체를 알아채고 하인 놈이니, 종놈이니 하는 따위의 말을
한마디라도 했더라면 목을…… 목은 자신보다 훨씬 더 날리고 싶어하
는 사람이 있으니 팔 하나 정도는 날려 버렸을 것이다.

그러나 추산미는 단 한 마디도 그런 말을 내뱉지 않았다.

처음에는 찢어 죽일 듯이 내뿜던 눈빛이었지만 상황을 파악한 순간
번개처럼 갈무리하고 서서히 바꾸어가더니 지금은 오히려 가련해 보이
기까지 하는 빛을 발하고 있었다.

감숙제일가를 장악하고, 감숙을 손아귀에 넣을 만한 타고난 요부라
는 생각이 들었다.

"어머니, 저놈은……."

바닥에서 겨우 몸을 일으킨 설상희가 이를 갈며 말했다. 어렴풋이나
마 기억이 났고, 역시 어렴풋이나마 상황 파악이 된 것이다.

"닥치지 못하겠느냐! 그리고 내 말 듣지 못했느냐!"

추산미가 설상희의 말 꼬리를 자르며 발작적으로 소리쳤다.

"왜 그러나? 썩은 고기 눈깔이란 말이라도 하고 싶은 모양이지?"

추산미의 말에 입은 다물었지만 원독 가득한 눈빛으로 자신을 쳐다보는 설상희를 보며 자운엽은 냉소를 머금었다. 그리고 묵령을 빼 들었다.

묵령이 검갑에서 빠져나오며 묵광을 뿜어냈다. 횃불에 반사된 묵광이 새하얀 검광보다 더 섬뜩하게 사방으로 퍼져 나갔다.

"아직 철없는 아이다. 그러니……."

"나이는 나하고 비슷한 것 같은데 아직 철이 덜 들었다면 자식을 한참 잘못 키웠단 말이군. 그 철없는 인간들에게 숨이 끊길 정도로 맞았지. 나 역시 똑같이 두들겼지만 십 년이면 이자가 원금보다는 몇 배 많은 법이거든."

자운엽이 슬쩍 묵령에 내력을 불어넣었다. 묵령이 으르렁거리며 설상희를 향해 이빨을 드러냈다.

"그래도 한때는 널 거두고, 먹을 것을……."

추산미의 말이 목을 짓눌러오는 묵령의 검기에 멈추어졌다.

"한때는 주인이었다는 말을 강조하고 싶은 모양인데, 난 당신을 단 한 번도 안주인으로 생각해 본 적이 없소. 내 안주인은 노마님이었지. 날 거둔 사람도 노마님이었다고 아는데, 그렇지 않소?"

자운엽의 말에 추산미가 입술을 달싹거렸지만 목소리는 새어 나오지 않았다.

"당신은 민가영이라는 전 안주인을 죽이고 그 자리를 차지한 천하의 요부일 뿐이지."

자운엽이 묵령 끝을 조금 더 밀며 추산미의 표정을 살폈다. 추산미의 표정이 하얗게 탈색되었다.

"나한테까지 그런 표정 지을 필요없소. 난 그냥 구경꾼으로서 짐작만 할 뿐이니까. 하지만 천마성주의 제자란 사내는 그걸 기정사실화하고 뼈에 새기고 있는 것 같더군."

자운엽이 흥미진진하다는 표정을 지으며 설상일 등에게 눈길을 돌렸다. 민가영이란 여인을 추산미가 죽였다는 자운엽의 말에 그들의 표정도 돌처럼 굳어지고 있었다.

"우리를 어떻게 할 작정이냐?"

지독한 두려움을 느끼며 쓰러질 듯한 표정이었지만 요부 추산미의 눈빛은 한 가닥 냉정을 유지하고 있었다.

"당신이 그렇게 잡고 싶어했던 설수연이란 여인에게 한 약속이 있으니 당신 소생들에게 불어난 이자는 받지 않겠소. 그리고 당신 목 역시 다른 사람 몫이니 검은 거두겠소. 그러나 설수연이란 여인을 잡기 위해 다시 한 번 현상금 같은 걸 풀면 저 둘을 죽여 버리겠소."

말과 함께 묵령의 검첨에서 경력이 쏟아졌고, 설상일과 설상희의 발 옆 땅바닥에 커다란 구멍이 파였다. 그리고 그 구멍에서 불길이 솟아올라 땅을 벌겋게 물들이다 한참 만에 사그라졌다.

"이곳의 원래 주인은 따로 있으니 몸만 빠져나가시오."

한마디 지시와 함께 자운엽이 검을 거두어들이자 추산미가 신속히 움직이기 시작했다.

자운엽은 추산미를 물끄러미 쳐다보았다.

어쨌든 강단있는 여자임에는 틀림없다. 그녀가 없었으면 자칭 철없는 그녀의 소생들은 목숨은 붙어 있겠지만 아마도 병신이 되었을 것이다.

신속한 상황 판단과 혀를 내두를 만한 처신으로 더 이상 아무 상처 없이 자식들을 데리고 가는 추산미를 보며 자운엽은 짧은 한숨을 내쉬었다.

"그런데 여기 자산이 얼마나 되오?"

자운엽이 대문을 향해 걸음을 옮기는 추산영을 향해 말했다.

"황금… 오천 냥이다!"

추산영이 이를 악물다 추산미의 시선을 받고는 답했다.

"쿡쿡! 어딜 가나 재물 복은 따른다니까."

자운엽의 웃음이 낮게 내려앉았다.

"뭐 이리 싱겁소, 사숙?"

썰둘처럼 빠져나가는 사람들을 보며 단철패가 투덜거렸다. 몇 초식 익힌 우성검법을 실전에서 써먹을 좋은 기회였는데 어느 순간 싸움이 멈춰지며 기권승을 거둔 것이다.

"대형도 참! 자고로 싸우지 않고 이기는 것이 최상책이라 했지 않습니까? 그러니 개백정 소리 듣지 않으려거든 어서 검을 거두십시오."

여섯 백정 중 다섯째 위치의 지종하(池宗河)가 아직도 검을 흔들고 있는 단철패를 보며 말했다.

"한참 열 오르는데 멈추니 속이 울렁거려 못살겠다. 그러니 네놈을 상대로 몸 좀 풀어야겠다."

단철패가 지종하를 보며 검을 들어 올렸다.

"쓸데없는 짓 말고 돈부터 계산해 보시오. 그리고 그 돈으로 내일부터 최대한 많은 무사들을 고용하시오."

"돈이라……. 그거 좋지. 황금 오천 냥이면 남부럽지 않은 문파 하나는 당장 세울 수 있겠소.”

자운엽이 단철패를 쳐다보며 말하자 단철패가 검을 집어넣고 희희낙락했다.

“애초에 이곳을 차지할 생각 없이 협상이나 하자고 왔다가 계획에 없는 서천맹의 소굴 하나를 탈취하게 되었으니 당장 위험에 직면했다고 볼 수 있소. 그러니 어서 돈을 챙기고 오늘 밤은 한숨도 자지 말고 보초를 서시오.”

자운엽이 약간은 긴장된 목소리로 말하자 굴러 들어온 재물에 희희낙락하던 사내들의 표정이 굳어졌다. 엄밀히 말하면 이곳은 적진이나 마찬가지였다. 그런데 서천맹의 졸개들로 보이는 이곳 인간들을 쫓아냈으니 뒷일은 충분히 예상이 되었다.

잠시 돈에 눈이 멀어 생각이 미치지 못했을 뿐!

“빌어먹을! 서천맹의 소굴이라면… 그야말로 호랑이 굴이 아닌가?”

위충겸이 심각한 표정으로 말하고는 얼른 신형을 움직였다.

“누군지 모르겠지만 당신들도 일단 들어갑시다. 적의 적은 친구라 했으니…….”

자운엽의 말에 파이추와 오카민도 흔들리는 눈빛으로 신형을 옮겼다.

*　　　　*　　　　*

광집자 초서풍은 허탈한 표정으로 의자에 앉았다.

며칠간의 노력이 수포로 돌아간 것이다. 이건 믿을 수 없는 일이다. 그리고 자신의 별호 광집자에 큰 오점을 남기는 일이다.

삼십 년 이상을 수집에 미쳐 날뛰다 보니 한 번 보면 '아, 이건 물건이다!' 그리고 '돈 되겠다!' 하는 것을 판단하는 눈과 그것들의 출산지를 역추적하는 실력은 타의 추종을 불허했다.

대체로 돈이 될 것 같은 물건들은 그 출산지를 역추적해 가다 보면 알맹이는 따로 있었다. 그것을 알아보지 못하는 인간들이 알맹이는 버려두고 껍데기만 그럴듯하게 광을 내서 팔아넘기는 것이다.

탁자 위에 올려져 있는 물건 역시 그랬다.

이건 그야말로 아무 가치가 없었다. 정말로 가치가 있는, 그리고 돈이 되는 것은 이것과 같이 있을 설계도와 약왕의 신단, 그리고 그 제조 비법서였다.

자신의 일생 그 어느 때보다 큰 대어가 입질은 했는데 그 서식지를 찾을 방법이 생각나지 않았다.

장오기의 설계도와 약왕 구마정의 연단술이 적힌 비서를 입수하기만 한다면 더 이상은 아무 미련이 없을 것 같았다.

광질자 초서풍은 하루 종일 의자에 앉아서 궁리에 궁리를 거듭했다.

"그 방법이 있었군!"

혼신의 힘을 다하여 대어의 서식지를 역추적할 방법 한 가지를 떠올린 초서풍은 의자를 박찼다.

제101장

가신(家臣)

가신(家臣)

다행히 밤 동안은 아무 일도 일어나지 않았다.

이렇게 무력으로 옛 유성검문의 터전을 빼앗으리라고는 생각하지 않았던 일이기에 서천맹의 세력들 역시 즉각적인 대응은 불가능했을 것이다. 그러나 자신의 신분이 모두 밝혀진 상황에 이런 일까지 벌어진 이상 놈들은 절대로 가만히 있지 않을 것이라 판단한 자운엽은 아침 일찍부터 단철패 일행을 채근해 사람들을 사들였다.

평균적인 몸값의 두 배이면 아무리 흉흉한 세상이라도 사람들은 구할 수 있었다.

첫날은 그렇게 돈의 힘으로 이곳이 사지가 될지도 모른다는 말에도 불구하고 사람들이 모였다.

둘째 날 밤도 위험이 없었다. 셋째 날 아침이 밝았을 때는 금원전장 내에 필요한 인원을 거의 채울 수 있었고, 더 이상 인원을 모집하지 않았다. 지금부터는 현재까지 모집한 인원들을 최대한 조직적으로 배치하고 움직여 체계를 잡는 것이 더 중요했다.

모집한 인원들을 몇 개의 조직으로 나누고 조장을 정하던 자운엽은 옥신각신하는 바깥의 소란에 고개를 돌렸다.

한 명의 노인과 한 명의 청년이 인원 모집이 끝났다는 말에도 불구하고 대문을 밀고 들어왔다.

"우리도 써주시오. 길이 멀어 좀 늦었소."

검을 든 노인이 자운엽과 단철패를 쳐다보며 차분하게 말했다.

대문을 막는 사내들을 밀치고 들어오던 저돌적인 기세와는 달리 노인의 행동과 말투에서는 착 가라앉은 호흡이 느껴졌다. 그리고 노인 옆에 서 있는 청년 역시 표홀한 걸음걸이 속에 바위 같은 무게를 느끼게 해주었다.

"인원 모집은 끝났다고 했을 텐데, 웬 고집이시오?"

단철패가 무뚝뚝한 음성으로 일노일소를 보며 말했다.

"수백 명이나 되는 사람을 모집하는 곳이니 한두 명 더 모집한다고 해서 안 될 건 없지 않겠소?"

청년이 단철패를 쳐다보며 차분하면서도 강한 의지가 느껴지는 말투로 응수했다.

"글쎄, 더 이상은 필요없소. 언제까지 계속 받을 수도 없고……. 그러니 꼭 일자리가 필요하면 노잣돈 정도는 보태줄 테니 다른 데로 가 보시오."

단철패가 다시 한 번 거절하며 고개를 돌렸다. 그러나 노인과 청년은 조금도 움직일 생각을 하지 않고 단철패와 자운엽을 뚫어지게 쳐다보았다.

뭔가 예사롭지 않은 노인의 눈빛에 자운엽은 빠르게 노인의 행색을 훑었다.

나이는 들었지만 평생을 검을 휘두르며 산 강호인의 흔적이 온몸에 새겨져 있었다.

자세와 팔의 근육으로 보아 일검에 승부를 가르는 쾌검술을 익힌 것이 분명해 보였다. 하지만 그건 별문제가 아니었다.

문제는 자신과 단철패를 쳐다보던 그 눈빛이었다.

짧은 순간 번쩍 하며 쏟아지던 눈빛은 너무 강렬하고 날카로워 잠시 동안 몸을 굳게 만들었다. 만약 이 노소가 서천맹의 첩자라면 자신들에게 더없이 무서운 내부의 적이 될 것 같았다.

"내 얼굴에 뭐라도 묻었소?"

노인의 눈빛에 볼이 근질거리는 것을 느낀 단철패도 눈살을 찌푸리며 노인을 쳐다보았다.

"아닐세. 다른 일자리를 찾는 데 노잣돈을 보태줄 만한 인심이면 지친 노손에게 며칠 쉴 방 하나와 밥 몇 끼 정도는 대접해 줄 수도 있겠지?"

노인은 말릴 겨를도 없이 휘적휘적 안으로 걸음을 옮겼다.

"노인장! 여기 며칠 머무는 것은 상관없지만 뒷일은 책임질 수가 없습니다. 잘못하면 오늘 밤 당장 이곳이 지옥이 될지도 모르니 말입니다!"

자운엽은 아직 적인지 친구인지 구별이 안 되는, 예사롭지 않은 기운을 풍기는 노인에게 경계심을 늦추지 않고 소리쳤다.

"이 나이가 되면 제일 겁 안 나는 소리가 바로 그런 소리라네."

그 말과 함께 노인은 청년을 이끌고 안으로 사라졌다.

잠시 긴장한 눈빛으로 노소의 모습을 쳐다보던 자운엽은 단철패를
쳐다보았다.

"누굴 것 같소?"

"적 아니면 친구! 둘 중 하나겠지요."

단철패도 뭔가 느꼈는지 굳은 표정으로 노소가 사라진 방향에 시선
을 고정시키고 있었지만 대답은 간단하게 흘러나왔다.

들으나마나 한 대답을 들은 자운엽은 가볍게 한숨을 내쉰 후 단철패
의 부하들에게 각별히 경계하라는 지시를 내리고는 부지런히 인원들의
배치도를 작성해 나갔다.

와르르─

제법 그럴듯한 모양으로 쌓아 올려지던 돌탑 한쪽이 무너져 내렸다.
제대로 이빨이 맞지 않은 돌 몇 개가 가중되어지는 무게를 이기지 못
하고 밖으로 빠져나왔기 때문이다.

돌탑을 쌓아 올리던 청년은 가볍게 발을 움직여 발등 위로 떨어져
내리는 돌 더미를 피했다. 슬쩍 움직일 뿐이었지만 무너져 내리는 돌
더미는 단 한 개도 사내의 발을 건드리지 못했다.

예민한 신경 조직이 느껴지는 몸놀림이었다.

"제대로 하지 못하겠나? 자네들 두 사람의 진도가 제일 늦다!"

뒤에서 사내의 움직임을 지켜보던 청의사내가 싸늘한 목소리로 고
함을 질렀다.

"우라질!"

돌 더미를 무너뜨린 청년의 반대쪽에서 욕지거리가 튀어나왔다. 같
이 돌탑을 쌓아 올리던 사내였다.

그 사내의 목소리에 등을 돌리려던 청의사내가 움직임을 멈추었다. 그리고 돌탑 쪽으로 다가왔다.

청의사내는 묵묵히 무너뜨린 돌탑을 다시 쌓아 올리는 청년을 한 번 쳐다본 후 반대쪽에서 욕지거리를 내뱉은 사내에게로 눈길을 돌렸다.

"내가 한 말에 대해서 불만이라도 있나?"

청의사내의 목소리에 욕설을 내뱉었던 사내는 들고 있던 돌덩이 하나를 바닥으로 내던지며 청의사내를 쏘아보았다.

"당신 같으면 불만이 없겠소? 하루 밤낮을 꼬박 돌탑이나 쌓자고 칼을 익힌 건 아니오."

돌을 바닥에 내던지고 허리를 쭉 펴자 사내의 키는 청의사내보다 한참 커 보였다.

"돌을 쌓든 칼춤을 추게 하든 그건 고용한 사람의 마음이다. 싫으면 보수를 되돌려 주고 떠나면 되는 것이 아닌가?"

청의사내의 눈이 싸늘한 빛을 뿜어냈다.

"더러워서 못……."

다시 불평을 뱉어내려던 사내는 어느새 목젖에 닿아 있는 한 자루 소도에 눈을 부릅떴다.

청의사내에 앞서 말없이 돌탑을 쌓고 있던 동료 청년이 내민 소도였다.

"네놈 때문에 내 몫이 더 많아졌다. 계속 탑을 쌓을지 떠날지 그것만 결정해라."

어제 오후 노인과 함께 인원 모집이 끝났다는 말을 듣고도 막무가내로 밀그 들어왔던 청년은 싸늘한 음성으로 말하며 소도를 조금 더 밀어 올렸다.

　언제 소도를 꺼내 목젖에 갖다 댔는지 느끼지도 못한 사내는 새파랗게 질린 얼굴로 입술을 움직였다.

　“싸, 쌓겠다.”

　“그렇다면 호칭부터 바꿔라. 저 사람은 당신이 아니라 우리 조 조장이다. 아무리 급조된 조직이라도 규율은 지켜져야 한다. 그래야 살 확률이 조금이라도 더 높아진다.”

　청년은 소도를 치우며 불평을 늘어놓던 사내를 쏘아보았다.

　자신보다 나이도 어려 보이고 덩치 또한 자신에 비할 바가 아니었지만 결코 만만해 보이지 않는 청년의 눈빛에 불평을 토하던 사내는 눈을 내렸다.

　“자네! 이름이 뭔가?”

　청년과 사내가 속한 조의 조장을 맡게 된 청의사내가 물었다.

　“평초(萍草)!”

　청년이 짧게 답했다.

　“성은?”

　“부(浮)!”

　“그럼… 부평초(浮萍草)?”

　“그렇소!”

　“멋진 이름이군. 부조장 자리가 비어 있는데, 맡겠나?”

　청의사내가 부평초란 청년의 얼굴을 유심히 뜯어보며 물었다. 부조장의 선출은 자신의 권한이었다.

　“보수만 올려준다면…….”

　“은자 한 냥 추가일세.”

　청의사내의 손끝에서 은자 한 냥이 튕겨져 날았다.

“두 냥.”
“좋아, 두 냥!”
다시 한 개의 은화가 허공을 날았다.

“돌탑은 다 쌓았소?”
저녁이 되었을 때 자운엽이 단철패에게 물었다.
“전부 다 쌓았습니다.”
단철패가 답했다.
“그럼 정해진 대로 연습하시오. 최대한 빨리 몸에 익혀야 하오.”
“여부가 있겠습니까, 시숙 어른!”
단철패가 씨익 웃으며 고개를 꾸벅 숙였다. 그리고 밖으로 나갔다.

낮게 가라앉아 있던 하늘이 새벽이 되자 칠흑처럼 장막을 드리웠다.
달빛은 물론 별빛 한 점까지 차단된 사위는 먹물이라도 뿌린 듯 코
앞을 분간하기 힘들었다.
그 어둠 사이로 일련의 움직임들이 물결치듯 흘러들었다.
잠시 움직임이 멈추며 폭풍 전야의 긴장감이 정적 속에서 피어올랐
다.
파앙—
한 개의 신호탄이 터져 오르며 응축되었던 긴장이 사방으로 발산되
었다.
휘이익!
옷자락 스치는 소리들이 적막을 일깨우며 퍼져 나갔다.
“크윽!”

비명 소리와 함께 화살들이 쏘아져 나왔다.

"매복이다! 조심해라!"

짧게 고함을 지르며 앞으로 쏘아지던 한 인영은 급격히 신형을 멈췄다. 커다란 암벽이 앞을 가로막고 있었기 때문이다.

사내는 어둠 속에서 사방을 두리번거렸다.

주변 지형은 지도상으로 이미 완벽하게 숙지해 두었던 곳이다. 그런데 암벽이라니? 그리고 뒤를 따르던 부하들도 보이지 않았다.

도저히 이해할 수 없는 상황에 사내는 암벽을 향해 손을 뻗었다.

피잉—

암벽에 손이 닿는 찰나, 화살 몇 개가 바람을 가르며 튀어나왔다.

'사람의… 힘이… 아니다.'

심장으로 파고드는 화살을 쳐다보며 사내는 생각했다.

"기관진식……."

사내는 그 한마디를 남기고 무릎을 꿇었다.

"진이 설치되어 있다고?"

서천맹 호교오령주(護敎五令主)는 눈살을 찌푸렸다.

일각이면 무너질 줄 알았던 방어막이 근 반 시진째 굳건히 버티고 있었다. 거기에 더해 상대방은 코빼기도 보이지 않고 어둠을 뚫고 날아오는 화살에 부하들만 수없이 희생되었다.

"역시 사중협의 제자답군. 금원전장 주변으로 탑진(塔陣)을 펼쳐 놓았단 말이지?"

호교오령주는 고개를 끄덕였다. 그와 함께 긴 은발이 횃불 아래에서 휘날렸다. 세월의 흐름에 의해 자연적으로 변색된 은발이 아닌, 뭔가 그가 익힌 무공과 연관이 있을 것 같은 푸른빛이 감도는 은발이었다.

호교오령주의 은발에서 푸른빛이 더욱 강해졌다.

"하지만 범 아가리 속으로 자진해서 기어들어 온 이상 먹이가 될 수밖에 없다."

호교오령주는 손을 들어 올렸다.

삐익—

호교오령주의 손짓에 의해 호각 소리가 길게 울려 퍼졌다. 금원전장의 사방을 공격해 들던 인영들이 긴 호각 소리에 신속히 뒤로 물러나기 시작했다.

"호교사령주(護敎四令主) 그 영감쟁이가 도착하면 코웃음을 치겠군."

부하들이 모두 물러난 것을 보며 호교오령주는 입맛을 다셨다.

"화탄을 던져라! 탑이 무너지고 나면 총공격한다!"

싸움이 멈춰진 후 잠시 생각에 잠겼던 호교오령주는 두 눈을 번쩍 뜨며 소리를 질렀다.

먹물 같은 어둠을 가르며 사내의 눈에서 푸르스름한 빛이 쏟아져 나왔다.

"무너지고 있습니다."

단철패가 금원전장 주변에서 터지는 폭음과 불길을 바라보며 자운엽에게 말했다.

"화탄까지 준비하며 아주 작정을 한 모양인데 탑이 너무 견고하군."

자은엽은 탑이 어서 무너지지 않는 것이 불만인 듯 단철패를 쳐다보며 말했다.

“보수를 너무 많이 주었습니다. 받은 돈 값은 꼭 해내야 한다는 신조가 몸에 박힌 인간들이다 보니 생각보다 두 배는 더 튼튼하게 쌓았나 봅니다.”

단철패가 입맛을 다시며 말했다.

“해가 뜨려면 아직 멀었으니 어서 무너지기를 기다려 봅시다.”

자운엽은 전장 주변의 화염을 주의 깊게 살피며 대꾸했다.

“저놈을 부숴라! 그러면 진의 한 축이 무너진다!”

호교오령주의 고함에 다시 한 개의 화탄이 터졌다.

우르르—

돌이 구르는 소리와 함께 먼저 무너진 석탑들보다 두 배는 더 크고 높은 석탑 하나가 무너져 내렸다. 그 석탑이 무너져 내림과 동시에 금원전장 주변을 감싸고 있던 암벽 한곳이 거짓말같이 물러나고 전장의 벽이 드러났다.

“됐다! 모두 경거망동하지 말고 일러준 대로 움직여라!”

호교오령주는 고함을 지르면서도 얼굴 한곳에는 은은한 감탄의 기운을 감추지 못했다. 진식에 대한 조예가 깊은 자신이었지만 석탑을 이용한 이 절진은 여간 견고하고 복잡하지가 않았던 것이다. 그런 정도라면 담장 안이라고 해서 결코 만만치가 않을 것이란 생각을 한 호교오령주는 조심스럽게 담을 넘었다. 그 뒤를 따라 부하들도 금원전장의 담을 넘었다.

피피핑—

강전 몇 대가 장원 안에 발을 디디기도 전에 날아왔다.

호교오령주는 급히 손을 움직였다.

호교오령주의 소매에서 뿜어져 나온 바람에 강전이 방향을 꺾으며 어둠 속에 묻혔다.

퍼엉!

강전을 다른 방향으로 날려 보낸 호교오령주가 연속 동작으로 강전이 날아왔던 방향을 향해 장력을 뿌렸다.

“기관?”

호교오령주의 눈이 기광을 발했다.

자신들이 담을 넘는 순간을 정확히 포착하고 강전을 날린 존재는 사람이 아니라 진식과 함께 정교하게 움직이는 기관이었다.

피피핑—

이번에는 수십 발의 강전이 한꺼번에 쏟아졌다. 담을 넘어 들어온 사람들의 숫자에 대응하여 그만큼 더 많이 쏟아져 나온 강전이었다.

“크윽!”

비명과 함께 수하 몇 명이 바닥을 뒹굴었다.

“이놈들이!”

호교오령주가 와락 눈살을 찌푸렸다. 수하가 여럿 쓰러졌으나 적의 코빼기도 보지 못했기 때문이다.

“기관이든 매복이든 부수면 될 뿐!”

호교오령주는 빠르게 앞으로 쏘아지며 장력을 내뻗었다. 그와 함께 부하들도 바람처럼 금원전장 안채를 향해 쏘아졌다.

“지금이오!”

금원전장 주변에서 더 이상 전진하지 못하고 있던 사내들이 호교오령주의 활약으로 모두 담을 뛰어넘자 자운엽이 즉시 고함을 질렀다.

고개를 끄덕인 단철패가 불화살 하나를 허공에 쏘아 올렸다.

솟아오르기만 하던 불화살이 포물선을 그리며 떨어져 내리는 순간, 금원전장 밖에서 매복하고 있던 사내들이 고함 소리와 함께 금원전장을 향해 쏟아졌다.

"공성계(空城計)에 수망대어(守網待魚)라……."

많은 사상자를 내며 전장을 완전히 장악했건만 전장 안에서 기다리는 것은 치명적인 함정뿐인 것을 간파한 호교오령주는 빙긋 미소를 떠올렸다.

"가슴이 쓰리기는 하지만 사중협의 제자가 이 정도가 아니라면 재미가 없겠지?"

호교오령주는 손을 들어 올려 부하들의 움직임을 제지했다.

"이제부터 우리가 놈들의 공격을 막는다. 아무리 함정에 빠졌지만 놈들은 오합지졸일 뿐이다!"

호교오령주는 여전히 미소를 잃지 않고 소리를 질렀다. 부하들을 제법 잃었지만 호교오령주 직속의 호교오령대는 한 사람도 잃지 않았다. 이들이면 사중협 제자가 아니라 사중협이라도 잡을 수 있다고 자부했다.

"전열을 형성해라!"

밖에서 들리는 고함 소리가 담 근처에까지 다가왔을 때 호교오령주는 부하들을 포진시키며 소리를 질렀다. 그리고 담장 위로 시선을 고정시켰다.

피피핑!

호교오령주를 따라 그 부하들도 담장 위로 시선을 고정시키는 틈을 타 담장 아랫부분에서 섬뜩한 소리들과 함께 강전들이 튀어나왔다.

“크윽!”

“큭!”

담장 위로 넘어올 적들에 대비해 시선을 위로 고정시키는 그 짧은 순간을 정확히 포착하여 담장 아래쪽에서 솟아오른 화살에 호교오령주 직속 부하 몇 명도 짧은 비명을 질렀다. 시선을 위로 돌린 사이 아래쪽에서 솟아오른 화살은 호교오령주가 믿고 있던 호교오령대 몇 명의 몸을 벌집으로 만들었다.

“죽일 놈들!”

호교오령주의 입에서 최초로 험구가 튀어나왔다. 다른 부하들이 죽어갈 때는 눈썹도 까닥하지 않았지만 호교오령대 대원들이 당하자 호교오령주의 눈이 청광을 뿜었다.

“죄송…….”

“크윽!”

호교오령주의 질책에 황급히 고개를 숙이며 답하던 사내의 목소리는 뒤에서 들려오는 비명 소리에 묻혀졌다. 호교오령대원 세 명이 다시 쓰러지고 있었다.

파앗—

묵령이 섬광을 토하며 다시 호교오령대원 한 명의 목을 날렸다.

호교오령주의 기대와는 달리 담장 위로는 아무도 넘어오지 않았다. 단지 어디를 통해 들어왔는지 모를 인영 몇이 호교오령대원들 사이를 휘젓고 있었다.

“드디어 모습을 드러냈군. 하지만 부질없는 만용이야.”

호교오령주가 빠르게 손짓을 하며 부하들을 지휘하자 자운엽과 단철패 등의 기습 공격에 흩어지던 호교오령대원들이 바람처럼 움직이며 자운엽 등을 포위했다.

"부하들이 이것뿐인가?"

호교오령대원들의 포위망 안에 갇힌 자운엽과 단철패 등을 향해 느긋이 다가온 호교오령주가 질문을 던졌다.

"밖에서 조여오는 놈들을 막기도 벅찬 모양이오."

자운엽이 호교오령주를 향해 답했다.

"늙은이가 제때에 도착했군."

호교오령주의 입가에 득의에 찬 미소가 번져 나갔다.

호교사령주도 도착하여 외곽을 조이고 있는 모양이었다. 때문에 이 놈들만 안에서 고립된 셈이다.

자신의 호교오령대, 그리고 호교사령주와 호교사령대면 해가 서쪽에서 뜨지 않는 한 이놈들은 죽은 목숨이다.

드디어 청룡당주의 복수를 할 수 있고, 더 나아가 전공이 참작될 것이다. 호교사령주 그 늙은이가 담을 넘기 전에 잡으면 그 공은 고스란히 자신에게로만 돌아올 것이다.

서천맹 무림 침공 선봉은 호교일령에서부터 팔령이 맡고 있다. 이젠 당주 세 명이 죽었으니 그 자리는 자신을 포함한 여덟 명의 호교령주 중에서 차지하게 될 것이다. 이놈을 잡으면 그 자리 하나는 따놓은 당상이 된다.

호교오령주는 검을 뽑아 들었다.

파앗—

포위망 안으로 들어선 호교오령주는 검을 휘둘렀다. 청룡당주를 죽인 놈이니 혼자서는 벅차겠지만 우선은 자운엽의 무위를 견식해 보고 싶은 것이다.

쨍!

검명이 울리며 포위망 안에서 두 사람이 빛살처럼 움직였다.

"혼자서 상대하겠다니 만용을 부리는 것 아니오?"

자운엽이 호교오령주를 보고 미소를 지었다.

"아직은 견딜 만하다네, 어린 친구. 그리고 만용은 자네가 부린 것이지. 똑똑하다고 들었는데 도망치지 않고 이렇게 우리를 기다려 줄 줄은 몰랐네."

그러는 사이 호교사령주가 더 가까이 다가왔는지 밖에서 함성 소리가 높아졌다.

"도망 다니는 것이 이젠 지겹기도 하고… 솔직히 이 정도로 환대해 줄 줄은 몰랐소."

말을 마친 자운엽이 속전속결을 결심한 듯 묵령을 흔들었다.

자운엽의 어깨가 슬쩍 움직이는가 싶은 순간 자운엽을 포위망에 가두고 느긋하게 쳐다보는 호교오령주를 향해 묵령이 직선으로 찔러 나갔다.

묵령의 검첨에서 쏟아져 나오는 섬뜩한 기운을 느낀 호교오령주가 두 눈을 부릅뜬 채 신속하게 신형을 뒤로 날렸다. 바늘처럼 가늘면서도 섬전처럼 찔러오는 기운이 호교오령주의 미간을 꿰뚫으려는 찰나, 호교오령대 사내들이 자운엽의 측면으로 쏟아져 들었다.

직선으로 찔러가던 묵령이 사선을 그으며 떨어져 내렸다.

마주 오는 두 사내의 목으로 묵령이 가볍게 스치고 지나갔다.

자욱한 혈화가 피어오르며 두 사내의 목이 동시에 바닥을 굴렀다.

부하 두 명의 희생으로 저승 문턱에서 간신히 기어 나왔다 싶은 순간, 환경심공을 극성으로 끌어올린 자운엽의 신형이 호교오령주의 코

앞으로 다가들었다.

"어헉, 이놈이!"

호교오령주가 경호성을 토해냈다.

자운엽이 이렇게 기습적으로, 그리고 악착같이 자신만을 노릴 줄 몰랐기 때문이다.

호교오령주는 필사적으로 검을 들어 올려 묵령을 막았다. 수십 개로 변하며 날아드는 날개들이 호교오령주를 덮쳐 갔다.

"한꺼번에 달려들어 령주님을 구해라!"

다급한 목소리와 함께 호교오령대 사내들이 모두 자운엽을 향해 달려들었다.

이제까지 포위망만 굳건히 하고 있던 호교오령대가 한꺼번에 달려들자 단철패와 그 부하들의 손이 몇 배는 바쁘게 움직였다.

자운엽의 신형이 바람처럼 움직이며 호교오령대원들을 베어갔다.

자운엽 앞을 막은 호교오령대원들이 무너지며 포위망이 옅어졌지만 단철패 일행에게 날아드는 도검은 점점 더 거세어져 갔다.

'조금만 더!'

자운엽은 호교오령주의 목을 지속적으로 노리며 묵령을 휘둘러 나갔다.

호교오령주를 베고 나면 단철패 등에게 손을 빌려줄 수 있을 것 같았다.

"크윽!"

단철패의 부하 하나가 비명을 질렀다.

호교오령대의 검에 허리가 갈라져 바닥에 나뒹굴었다. 그를 향해 다른 사내 하나가 다시 검을 내려쳤다.

까앙!

단철패의 검이 가까스로 부하의 목을 날리려는 밀령대의 검을 막았지만 자신을 지키기에도 바빴다.

"으윽!"

단철패도 어깨에 가볍지 않은 상처를 입고 답답한 비명을 터뜨렸다.

자운엽은 단철패를 공격하는 사내를 향해 신속히 혈접쇄풍의 초식을 펼쳐 단철패를 위기에서 구했다.

자운엽의 무위를 견식한 호교오령주와 호교오령대 사내들이 접근전을 피하며 서서히 조여들었다.

'이러다 저들이 모두 죽고 말겠다!'

자운엽은 내심 초조한 마음을 억누르며 쾌속하게 묵령을 휘둘렀다.

몇 명의 호교오령대원들이 더 바닥에 나뒹굴고 단철패 일행에게로 가려는 사이, 두 개의 인영이 담을 넘어 단철패에게로 바람처럼 날아들었다.

며칠 전 자운엽의 신경을 긁었던 노소였다.

자운엽은 마음이 급해졌다.

같은 편인 척 접근한 저들이 적으로 변해서 단철패를 공격하면 단철패는 죽은 목숨이었다.

자운엽은 최대한 빠르게 앞으로 치고 나갔다.

그 순간 노인의 검이 쾌속하게 단철패를 향해 날아들었다.

"크윽!"

비명이 울려 퍼지며 단철패를 공격하던 호교오령대원 한 사람의 목이 허공으로 솟구쳤다.

'유성검법!'

자운엽은 내심 고함을 질렀다.

노인과 부평초의 검에서 유성검법의 초반부 초식이 섬전처럼 쾌속하게 펼쳐졌다.

단철패와는 비교할 수 없는 완벽하고 빠른 쾌검이었다.

'유성검문의 사람이었던가?'

뜻밖의 상황에 자운엽은 안도의 한숨을 내쉬며 자신에게 날아오는 검을 쳐내갔다.

누군지는 살아남게 된다면 자연히 알게 될 일이었고, 지금은 적이 아니라는 것만으로도 천만다행이었다.

"어서 그놈을 잡게! 자고로 뱀은 머리를 치고 나면 쉬운 일일세!"

노인은 단철패를 향해 달려드는 사내들을 향해 검을 휘두르며 자운엽에게 고함을 질렀다.

자운엽의 앞을 막던 사내의 가슴이 갈라지고 호교오령주 모습이 눈에 들어왔다.

뱀의 목을 치고 최대한 빨리 안을 정리해야 바깥에서 조여오는 자들도 막을 수가 있을 것이다.

기관과 진식이 다시 발동되었지만 이들과 비슷한 자들이라면 얼마 가지 않아 합세할 것이다.

우웅—

묵령이 연속적으로 진동음을 토했다.

묵령의 길이가 두 배로 길어지며 호교오령주의 심장을 갈라갔다.

묵령에서 뻗어져 나온 검기를 막은 호교오령주의 검이 유리잔 깨어지는 소리를 내며 잘라져 나뒹굴었다.

가까스로 목숨은 건졌지만 이제 적수공권이 된 호교오령주는 재빨리 머리를 흔들었다. 호교오령주의 머리카락이 파랗게 빛나며 밤송이처럼 일어섰다.

번쩍―

호교오령주의 눈에서도 귀기 어린 빛 한줄기가 뻗어 나오며 공격해 들어가는 자운엽의 심령을 흔들었다.

벽력의 힘으로 마지막을 장식하려 사선으로 묵령을 그어내리던 자운엽이 호교오령주의 눈에서 쏟아져 나오는 청광에 주춤 시선을 돌렸다.

순간, 호교오령주의 은발이 푸른색을 띠며 자운엽의 손목과 목을 감아왔다.

'으윽!'

호교오령주의 머리카락이 칼날처럼 살 속으로 파고드는 것을 느낀 자운엽은 고통스런 표정을 지었다.

푸른색이 감도는 호교오령주의 머리카락은 이제 완전히 청발(靑髮)이 되어 자운엽의 목과 손목을 조여왔다.

호교오령주의 머리카락이 더 깊이 목을 파고들기 전에 묵령을 휘둘러야 했지만 묵령을 쥔 손목에 잠긴 머리채에서 전해지는 힘이 만만치가 않았다.

'아예 태워 버려야겠다.'

내력을 끌어올린 자운엽이 오른 손목을 감은 호교오령주의 머리채를 잡아당겼다. 그리고 공력을 주입했다.

노도처럼 밀려드는 공력에 호교오령주의 얼굴이 붉게 달아올랐다.

푸스스―

호교오령주의 머리채가 불길로 변하며 머리 가죽까지 그 열기가 전해졌다.

"으아악!"

머리 가죽이 익는 느낌을 받은 호교오령주가 비명을 지르며 자운엽의 목과 손목을 감은 머리카락을 거두어들였다. 그러나 자운엽의 손에 잡혀 타버린 머리카락은 호교오령주를 반대머리로 만들어 버렸다.

"이 죽일 놈!"

호교오령주가 온통 일그러진 표정으로 주변을 둘러보았다.

"모두 이놈부터 죽여라!"

일 대 일로는 도저히 상대가 안 됨을 인정한 호교오령주가 부하들을 획책했다. 호교오령주의 고함에 호교오령대원 대부분이 자운엽을 향해 달려들기 시작했다.

"크윽!"

"큭!"

혈접낙화의 날갯짓에 호교오령대원들이 달려들던 속도보다 더 빨리 뒤로 날려가며 비명을 질렀다.

"이젠 좀 숨을 쉬겠구나!"

단철패를 보호하기 위해 부평초와 함께 사력을 다해 싸우던 노인이 자운엽에게로 몰려가는 호교오령대 대원들을 보며 가쁜 숨을 내쉬었다.

그러나 노인의 말이 끝남과 때를 같이하여 밖에서 여러 명의 사내가 급급히 담을 넘었다. 노인은 다시 검을 쥐며 눈을 부릅떴지만 그들은 밖에서 수비망을 펼치던 아군이었다.

아군의 인원이 늘었으니 의당 좋아해야 할 일이지만 호교오령대원들을 베어 넘기던 자운엽의 표정은 무거워졌다. 담을 넘는 사내들은 도와주기 위해서가 아니라 누군가에게 쫓겨서 장원의 담을 넘고 있었기 때문이다.

짐작대로 또 다른 서천맹의 세력들이었다. 그들을 본 호교오령대원들이 즉시 뒤로 물러서며 더 넓게 자운엽 일행을 포위했다.

"이제부턴 제발 우릴 신경 쓰지 말고 저놈들을 죽여주시오, 사숙!"

단철패가 혈귀 같은 모습으로 자운엽을 향해 소리를 질렀다.

그 역시 새로 나타난 무리들을 보며 절망적인 표정을 하고 있었다. 자운엽이 동분서주했지만 단철패의 부하 셋은 부상을 입고 쓰러져 싸움은커녕 일어설 수도 없었다. 그리고 남은 셋도 몰골이 말이 아니었다. 더 이상 자운엽의 짐이 되지 않게끔 사생결단을 내고 말겠다는 생각이 단철패의 얼굴에 흘러내렸다.

"쓸데없는 행동 하지 말고 최대한 밀집 대형으로 모이시오."

칼로 자르듯 지시를 내린 자운엽은 물샐틈없이 사방을 포위한 또 다른 서천맹 인원들을 쳐다보았다. 호교오령주보다 조금 늦게 도착한 호교사령주와 호교사령대였다.

자운엽은 호교사령주를 보며 바르게 상황을 파악했다.

아마 저 노인도 이 은발 중년인과 비슷한 수준이거나 오히려 반 푼쯤은 더 강할 것 같았다.

벅찬- 상대들이었다.

한 명 정도라면 충분했지만 저 두 괴물이 합공해 온다면 단시간 내에 승부를 가리기는 불가능할 것 같았다. 그사이 단철패 일행과 낭인 무사들은 모두 몰살을 당할 것이다.

자운엽은 긴 한숨을 내쉬며 사방을 둘러보았다.

희뿌옇게 날이 밝아오고 있었다. 어둠 속에서 검을 휘두르는 갑갑함은 사라졌지만 오히려 불리해졌다.

협상을 하러 왔다가 갑작스레 금원전장을 차지한 것이 화근이었다. 또한 추산미와 그 소생들을 살려 보낸 것이 그 화근에 기름을 들이부은 격이었다.

다른 사람들이었다면 절대로 살려 보내지 않았을 테지만 설수범과 설수연의 이복 동생들을 자신의 손으로 목숨까지 뺐을 수는 없었다. 어쨌든 그것이 지금의 곤경을 만든 결정적인 요인이었다.

'우선은 시간을 벌어 호흡부터 가다듬어야겠다.'

자운엽은 밤을 꼬박 새운 싸움으로, 그리고 과도한 긴장으로 숨을 헐떡이고 있는 사람들을 보며 천천히 앞으로 나섰다.

"네놈이 사중협의 제자이냐?"

장원으로 들어서자마자 한시도 눈을 떼지 않고 자운엽을 쳐다보던 호교사령주가 물었다.

"난 한 번도 그런 말 내뱉은 적이 없는 걸로 아는데……. 그러는 노인장은 뉘시오?"

자운엽이 권태로운 표정으로 최대한 뜸을 들이며 답했다. 그러나 호교사령주는 조금도 급할 게 없다는 듯 느긋이 자운엽을 쳐다보았다.

"네놈에게 청룡당주님이 죽었다니 도저히 믿을 수가 없구나."

떠오르는 햇살에 비친 자운엽의 얼굴이 자신이 보기엔 아이에 불과하다는 생각에 호교사령주는 혀를 찼다.

—뒤쪽의 포위망에 구멍을 내고 저 두 사람을 막겠소. 그러니 최대한 빨리 빠져나가시오.

호교사령주가 시선을 돌리는 순간을 이용해 자운엽이 단철패에게 전음을 날렸다.

그리고 그 자리에서 자운엽의 신형이 사라졌다.

"크윽!"

"으윽!"

포위망 뒤쪽에서 비명이 들리며 사내들 몇 명이 쓰러졌다.

파앗—

순식간에 뒤쪽의 포위망을 무너뜨린 자운엽은 어느새 앞쪽에서 솟아올라 호교사령주와 오령주를 향해 쏘아졌다.

"교활한 놈!"

호교사령주가 일갈을 터뜨리며 쌍장을 내질렀다. 동시에 호교오령주도 검을 휘둘렀다.

파팡!

예상대로 두 사람은 합공을 했다. 호교팔령 중 각기 사, 오령을 맡고 있을 수괴들이었지만 서로 한 조가 되어 합격술이라도 익힌 듯 두 사람의 공격은 빈틈없이 맞물려 돌아갔다.

"어림없다!"

호교사령대원 중 하나가 고함을 치며 검을 휘둘렀다.

자운엽의 기습 공격으로 뒤쪽의 포위망이 일시 뚫리긴 했지만 그건 잠시 동안의 일이었고, 호교사령대까지 합세한 인원들은 순식간에 도주로를 차단하며 단철패 등을 막아갔다.

"공자! 여기는 우리가 맡겠소. 그러니 어서 공자라도 몸을 피하시오. 유성검문의 후손이 한 사람이라도 살아 있다는 것을 알았으니 난 이제 여기서 죽어도 여한이 없소."

노인은 부평초와 그를 따르는 몇 명의 사내들과 함께 단철패를 둘러싸며 급하게 말했다.

그러는 중에도 검과 도는 계속해서 날아들었다.

"누구신지 제대로 인사조차 나눌 틈이 없었지만 그런 마음 약한 소리는 싫소! 살아나시오. 그래서 최소한 정식으로 인사를 나눌 기회라도 주시오!"

단철패는 유성검법 전반부 초식을 자신보다 훨씬 정교하게 펼쳐 내는 노인과 부평초들을 향해 고함을 질렀다. 전반부밖에 펼치지 못하는 것으로 봐서 혈족은 아닐 것이다. 혈족이 있을 리도 없고. 아마 가신들 중 살아남은 사람인 모양인데 그것만으로도 가슴속으로 피눈물이 흘렀다.

"공자!"

노인의 눈에서도 눈물이 흘렀다. 그러나 계속해서 눈물을 흘릴 처지가 못 되었다. 노인은 다시 사력을 다해 검을 휘둘렀다.

"고정하시오, 공자! 냉정을 잃으면 죽음뿐이오!"

노인이 광분하며 검을 휘두르는 단철패를 향해 다급하게 소리를 질렀다.

콰아앙─

묵령에서 뿜어져 나온 벽력의 기운이 호교사령주와 오령주 두 사람이 뿌린 경력에 부딪쳐 폭음을 토해냈다. 두 사람이 하나가 된 듯 동시에 뿜어내는 장력과 검기에 마주친 벽력의 기운은 두 사람을 단번에 태워 죽이지는 못했다. 하지만 의복과 머리가 온통 그슬린 두 사람은 각각 내상을 입은 듯 입에서는 선혈이 흘러내리고 있었다.

두 번만 더 공격하면 이 두 괴물들을 처치할 수 있을 것 같았다. 하지만 지금은 그게 문제가 아니었다. 이족의 청년 남녀 두 명의 목숨이 경각에 달려 있었다.

자운엽의 신형이 그 자리에서 사라졌다.

창―

파이추의 목을 잘라오던 검 두 개가 자운엽의 묵령에 의해 막혔다.

묵령이 다시 날갯짓을 하며 벌 떼처럼 달려들던 사내들의 가슴을 찔러갔다.

혈접낙화의 초식이 펼쳐지며 묵령의 끝에서 수십 개의 화살이 날아들 듯 경력이 쏟아져 나왔다.

가까이에 있던 사내들이 두 눈을 부릅뜬 채 구멍이 뚫린 자신의 가슴을 쳐다보다 바닥으로 쓰러졌다.

“정말 기도 안 차는 일이오. 저놈 하나 때문에 우리 두 조직이 각각 반으로 줄다니…….”

“우리도 하마터면 죽을 뻔했지요.”

다시 저승 문턱까지 갔다가 겨우 숨을 돌린 호교사령주와 오령주는 두어 번 한숨을 내쉬며 탁기를 뱉어냈다.

자운엽의 생각대로 한두 번만 더 공격을 받았다면 내장이 뒤틀려 쓰러졌을 것이다. 그러나 이젠 다시 원점으로 돌아왔다.

다시 한 번의 호흡으로 들끓는 진기를 다스린 호교사령주와 오령주는 몸을 날렸다.

씨이잉―

호교오령주의 검이 호교오령대를 베어 넘기던 자운엽을 향해 쇄도해 들었다. 그리고 뒤에선 호교사령주의 장력이 뿜어져 나왔다.

파이추와 오카민의 목숨을 구한 자운엽은 다시 기력이 되살아난 두 사람의 공격을 받고 신속히 묵령을 휘둘렀다.

그와 함께 여러 개의 검이 다시 파이추와 오카민을 향해 날아들었다.

“크윽—”

“큭!”

절체절명의 순간, 비명과 함께 무시무시한 한줄기 경력이 전장을 가로지르며 지나갔다.

계속해서 다른 사람들을 신경 쓰며 묵령을 휘두르던 자운엽은 무서운 힘을 지니고 날아오는 암력(暗力)에 대경하며 몸을 뒤로 뺐다.

갑자기 쏟아져 날아오는 경력은 회오리를 일으키며 자운엽과 호교 사령주, 오령주 사이를 가르며 지나갔다.

이제껏 자운엽이 뿌리던 무시무시한 기운에 못지않은 기운이었다.

호교오령주도 자운엽 못지않게 놀란 눈으로 자신들 사이를 가르고 지나가는 암력에 시선을 돌렸다.

쾌앙—

암력에 마주친 담장이 포탄에 맞은 듯 뻥 하고 터져 나갔다. 그리고 그 자리에서 검으로 보이는 물체가 산산조각나며 튀어 올랐다.

암력의 정체는 무서운 속도로 회전하며 날아온 검 한 자루였다.

또 다른 고수의 등장에 장내의 싸움이 일시 정지되었다.

검에 실린 힘은 순간적으로 모든 사람의 움직임을 멈출 만큼 엄청났기 때문이다.

“영리한 줄 알았더니 멍청하기 짝이 없는 녀석이구나!”

냉막한 목소리가 들리며 땅에서 솟아오르기라도 한 듯한 사내의 체취가 자운엽의 등 뒤에서 느껴졌다.

뜻밖의 사태에 잠시 경직되어 있던 자운엽의 입가에 흐릿한 미소가 걸렸다.

“남의 절기를 훔칠 줄도 아시오?”

한줄기 미소를 배어 문 자운엽의 등에 철벽같은 사내의 등이 느껴졌다.

묵령을 쥔 손에 불끈 힘이 들어갔다.

이젠 세상 모든 사람들이 적이 되어 달려든다고 해도 겁날 일이 없을 것 같았다.

"설가 수연이가 저 안에 있는 건 아니겠지?"

폐사찰같이 변한 금원전장 건물들을 쳐다본 설수범이 싸늘하게 말했다.

"같이 왔다면 돈만 챙겨 벌써 사라졌지, 이렇게 만용을 부리며 게거품을 물지는 않을 것이오."

"당랑 같은 놈!"

설수범이 혀를 찼다.

"잠시만 좀 맡아주시오, 못 가린 승부가 있으니!"

설스범에게 단철패 일행을 맡긴 자운엽은 천천히 호교사령주, 오령주를 향해 다가갔다.

이젠 반대로 느긋해진 자운엽의 모습에 두 사람의 눈동자가 어지럽게 흔들렸다. 정체를 파악할 길은 없었지만 이놈 역시 절대로 만만치 않다는 생각이 든 것이다.

털썩—

설수범의 정체를 파악하기라도 할 요량으로 달려들던 사내 하나가 가볍게 튕긴 설수범의 지풍에 가슴이 뚫리며 비명도 지르지 못한 채 뒤로 자빠졌다.

"쥔마협의 제자?"

설수범의 무공을 본 호교사령주가 나직하게 중얼거렸다.

간단한 지풍 한줄기였지만 지풍에 실린 힘과 상처 부위에 나타나는 흔적은 정마협의 무공이었다.

호교사령주의 눈에 공포감이 어렸다.

백호당주가 천마성을 무너뜨리려 한 후부터는 서천맹과는 철저히 적대적인 천마성이었다. 그러나 그것은 멀고 먼 감숙과 청해성의 일이었다. 비천용문이 놈의 손에 무너졌다고 했지만 그건 태상맹주와 현무당주가 알아서 할 일이었고, 자신들은 자신들이 맡은 임무만 충실히 하면 되었다. 그런데 그곳에 있어야 할 정마협의 제자가 이곳에 나타나다니…….

호교사령주, 오령주의 눈에 공포감이 점점 짙어졌다.

우웅—

정마협이라는 나지막한 신음과 함께 공포에 물든 눈으로 설수범을 쳐다보는 두 사람을 향해 자운엽이 슬쩍 미간을 찌푸리며 묵령을 흔들었다.

"사중협은 아예 바지저고리로 생각하고 있었던 모양이군!"

자신의 입으로 자신의 정체를 밝힌 자운엽이 성큼 한 발을 더 내디뎠다.

파앗—

묵령의 검첨이 요동을 치며 예기가 뻗어 나왔다. 단철패 일행을 신경 쓰지 않는 거침없는 공격이었다.

정마협이란 단어가 풍기는 두려움에 잠시 정신이 팔려 있던 두 사람은 사중협이란 단어의 두려움을 재인식하며 급급히 쌍장과 일검을 뿌렸다.

"크윽!"

"큭!"

두 사람의 공력이 묵령이 뿜어낸 기운과 부딪쳤고 외마디 비명이 터져 나왔다.

겨우 다스렸던 기혈이 다시 요동치며 수많은 떨림들이 두 사람의 심맥을 뒤흔들었다.

한 사발도 넘는 선혈을 각각 토해내던 두 사람은 다시 쇄도해드는 벽력에 전신이 휩싸였다.

하루 밤을 꼬박 새운 싸움은 해가 완전히 떠오르며 끝이 났다.

전장 주변을 신속히 정리시킨 자운엽은 설수범의 존재를 철저히 비밀로 붙이도록 단철패에게 지시를 내리고는 실내에서 설수범과 마주 앉았다.

"수연이는 어디 있느냐?"

탁자 위에 놓인 찻잔에는 손도 대지 않은 설수범이 질문을 던졌다.

"꼭꼭 숨겨두었습니다."

자운엽이 짤막하게 답했다.

"이렇게 무모한 녀석인 줄 알았다면 같이 보내지 않았다. 악착같이 숨기고 다니던 정체도 드러내고, 이젠 아예 범 아가리 속으로 머리를 들이밀고 발광을 하는구나."

그동안 자운엽의 행보를 알고 있는지 설수범이 질책 가득한 안광을 뿜어내며 말했다.

"예정에 없던 일이 벌어져 이렇게 돼버렸습니다. 그런데 여긴 어쩐 일입니까? 설마 제가 보고 싶어 따라온 건 아닐 테고……. 가문의 복수를 하러 온 겁니까?"

자운엽은 이곳에 있던 추산미와 그 소생들을 떠올리며 설수범의 표정을 살폈다. 끝장을 보기 전에는 절대로 포기하지 않을 이 사내는 아마도 그들의 행적을 찾아 이곳까지 온 모양이었다.

"네놈이 한발 앞서 휘저어놓는 바람에 내 계획이 다 틀어졌다."

설수범이 이맛살을 찌푸리며 목소리를 높였다.

"집요하시군요. 그래도 반은 피가 섞인 형제……."

빙글거리며 말을 하던 자운엽이 싸늘하게 덮쳐 오는 기운에 입을 다물었다.

"네놈이 상관할 일이 아니다!"

강한 한기를 뿜어내던 설수범이 잠시 후 평정심을 되찾은 목소리로 말했다.

"알겠습니다. 제가 받은 빚은 다 돌려주었으니 이젠 상관하래도 하기 싫습니다."

자운엽이 머리 아프다는 표정으로 고개를 흔들었다. 그리고 다시 입술을 움직였다.

"그런데 이번에는 혼자 오셨습니까?"

주변에 정마수호대의 모습이 아직 보이지 않는 것을 느낀 자운엽이 고개를 두리번거리며 물었다.

"그것도 네 녀석이 상관할 일이 아니다."

설수범은 자운엽의 물음을 회피했다. 혼자 오고자 했지만 결코 혼자일 수 없는 몸이었다.

예전보다는 거리가 좀 더 떨어져 있을 뿐이었다.

"같이 온 것 같으니 다행이군요. 그런데… 제게 무슨 할 말씀이라도 있으십니까?"

자은엽은 설수범을 향해 정색하며 질문을 던졌다.

성격상 빚을 갚았으면 뒤도 안 돌아보고 가야 할 사람이 이곳까지 따라 들어와 뭔가 미적거린다는 느낌을 받은 자운엽은 설수범의 얼굴을 유심히 쳐다보았다.

자은엽의 눈빛을 받은 설수범의 얼굴에 보일 듯 말 듯한 낭패감이 어렸다.

"네 녀석 사부님은 지금 어디 계시느냐?"

설수범이 입맛을 한 번 다신 후 말했다.

"뜬금없이 그건 무슨 말씀이십니까?"

전혀 어울리지 않게 입맛까지 다시며 말하는 설수범을 보며 자운엽의 눈이 조금 더 가늘어졌다. 이 사내에게서 이런 모습을 볼 수 있을 것이라고는 상상하지 못했다.

"네놈 사부께 간청하여 내 사부님과 바둑 세 판만 주선할 수 있겠느냐?"

말을 마친 설수범이 마음에 드는 소저에게 돈이라도 빌리는 것 같은 표정으로 허공을 쳐다보았다.

'크큭!'

자운엽이 억눌린 웃음을 삼켰다.

비천용문과의 싸움을 마치고 사부와 약속한 기한이 끝난 정마협의 제자는 서둘러 천마성으로 돌아갔다는 소문을 들었다. 그렇게 돌아가면 당분간 다시 나오기 힘들 것이라는 소문도 함께.

그런데 중원 한복판에 이렇게 모습을 드러낸 것이 당황스러웠는데 정마혈에게 사부와 바둑 세 판을 주선하겠다는 약속이라도 하고 또 한 번의 강호행을 허락받은 모양이었다.

‘코가 꿰였단 말이지? 큭큭!’

자운엽의 눈이 빛을 발하기 시작했다.

“그야 제가 부탁을 하면 어렵지 않습니다. 제 부탁이라면 거절 못하시는 마음 약한 사부님이니까요. 대신 공자님도 제 부탁을 들어주십시오.”

“말해라.”

여전히 허공에 시선을 고정시킨 설수범이 짧게 답했다.

“급히 처리할 일이 있어 며칠 다녀와야 할 곳이 있습니다. 그러니 그때까지 정마수호대 몇 명을 시켜 이곳을 좀 지켜주십시오. 물론 정체를 드러내지 말고 숨어 있다가 위험한 일이 벌어졌을 때만 살펴주면 됩니다. 아무 일 없다면 은신한 채 잠이나 자다 떠나면 되겠지요.”

자운엽의 입꼬리가 슬쩍 비틀어졌다. 이곳에 그들이 버티고 있다면 아무 신경 쓰지 않고 완벽하게 일 처리를 할 수 있을 것이다.

“또 다시 내 이름을 팔며 설치면 가만두지 않겠다.”

자운엽의 행동을 보고 뭔가 의심했는지 설수범이 말했다.

“전 그런 적 없습니다. 놈들이 지레짐작하고 속은 거지요. 후후! 그리고 이젠 제 이름 앞에도 만만치 않은 수식어가 있습니다. 그러니 굳이 이인자의 이름을…….”

말을 하던 자운엽이 무슨 생각이 떠오른 듯 정색을 했다.

“다섯 판 어떻습니까?”

“무슨 소리냐?”

설수범이 미간을 찌푸렸다.

이놈은 남의 허점이나 약점을 물고 늘어지는 데는 천부적인 소질을 가진 놈이다. 지금 역시 자신의 의중을 간파하고 물고 늘어지려 한다는 생각이 들었다.

"다섯 판을 주선해 드릴 테니 예전에 비무를 할 때 제 가슴 한 치 앞에서 멈춘 수법을 끝까지 한 번 펼쳐 주십시오."

자운엽의 제의를 들은 설수범의 표정이 냉랭해졌다.

무슨 의도로 그러는 것인지는 알 수가 없었지만 자운엽에게 자신의 수를 다시 보여주고 싶은 생각은 전혀 없었다.

"머리 속에 가물가물하는 무리(武理) 한 가지 때문에 그러는 것입니다. 그리고 지금 당장 펼쳐 달라는 것은 아닙니다. 생각해 보시고……."

"필요없다. 세 판이면 충분하다."

더 들을 필요도 없다는 듯 설수범이 잘라 말했다.

"그럼 모든 거래는 애초부터 없던 걸로 합시다. 저 역시 제 힘으로 파고들어 보겠습니다."

자운엽이 휘적휘적 걸음을 옮겼다.

"망할 놈."

설수범의 목소리가 힘을 잃었다.

"그럼 거래가 성립된 걸로 알겠습니다. 큭큭!"

특유의 웃음을 흘린 자운엽이 빠르게 사라졌다.

금환(金環)의 회수

금환(金環)의 회수

"대체 그자의 의도가 무엇일까?"

무림맹 총단에서는 각파의 원로들이 모여 앉아 한 가지 의문을 풀기 위해 머리를 맞대고 있었다.

"이번 일을 보면 그자가 무림의 싸움을 뜯어말리려는 것이 아닐까 하는 어처구니없는 생각이 듭니다."

"그게 무슨 말씀이신지……?"

한 노인의 말에 무영신개가 짧은 순간 이맛살을 찌푸렸지만 어투는 더없이 공손했다.

"그자의 지금 행동으로 보면 꼭 그 모양이 아니오? 청룡당주를 죽인 것이야 그자 사부와 관련된 개인적 원한 때문이라고 쳐도 그 이후의 행동을 보면…… 우선 호성채라는 곳을 장악하고 통행료를 열 배로 올리더니, 그것도 모자라 부하들을 시켜 그곳을 통과하는 무림맹 소속 배

들의 물건들을 조사하고 있소. 기도 안 차는 얘기지만, 그자를 적으로
삼을 수도 없는 모든 선주들은 여간 곤욕을 치르는 것이 아니라오. 내
용이 밝혀져서는 안 될 중요한 물건들은 울며 겨자 먹기로 물길을 포
기하고 육로를 이용하자니 서천맹과의 싸움보다 수송 난 때문에 지쳐
쓰러질 지경이오. 그런 웃지 못할 상황에서 이번에는 놈들 손에 넘어
가기 직전이었던 호남에서 서천맹의 호교령주 둘을 죽이고 그 조직들
을 괴멸시켜 버렸소. 이것만 보아서는 무림맹과 서천맹의 싸움을 혼자
서 뜯어말리고 있는 듯한 모습이지요.”

노인이 무영신개를 쳐다보며 자신의 생각을 말했다.

무림맹 총단으로 찾아와 어르고 뺨치던 자운엽의 눈빛으로 보아 절
대로 그럴 리가 없다는 생각은 들지만 돌아가는 상황은 그랬다. 자운
엽의 개입으로 무림맹은 무림맹대로, 서천맹은 서천맹대로 제동이 걸
려 장기전 형국으로 변하고 있었다.

“절대로 그럴 리는 없습니다. 그자는 없던 싸움을 시키고 일어난 싸
움에 불을 붙일지언정 싸움을 말릴 자는 아닙니다. 무언가 다른 이유
가 있을 겁니다!”

내내 냉정한 표정을 하고 있던 무영신개는 이때만큼은 참을 수 없었
는지 벌떡 일어서며 말했다.

언제, 어느 순간에라도 변장한 자신의 모습을 금세 알아보는 놈의
눈빛은 그 무엇보다 기분 나빴다. 마치 자신의 독문절기를 하나하나
파훼해서 그 비급을 들고 있는 놈만큼 기분 나쁜 놈이었다. 그런 놈에
게 원한을 샀으니 내심 불안한 마음에 요즘은 밤잠을 설치고 있는 무
영신개였다. 그런 심중이 고스란히 표정으로 나타났다.

“우리도 불편하기 짝이 없지만 그자로 인해 서천맹의 힘이 엄청나게

약해진 것은 더없이 반가운 일이오. 청룡당주라는 자와 여덟 명의 호교령주 중 두 명을 쓰러뜨리려면 무림맹 전력이 얼마나 투입되어야 가능할지 짐작조차 가지 않는 일이지요."

태운 진인이 신중한 목소리로 말했다.

"그건 그렇지요. 어찌 보면 어부지리를 얻게 되었지요. 그러니 좀 더 지켜봅시다. 든든한 사냥개 한 마리를 얻었는지도 모르니 말이오."

누군가 기대감 어린 목소리를 토했다.

'사냥개라고?'

다들 안도하는 표정이었지만 무영신개의 표정만큼은 정반대로 일그러졌다.

'그놈이 사냥개라면 우린 살찐 사슴이겠구려.'

너무 간단하게 생각하는 원로들을 보며 목구멍까지 치솟은 말을 억지로 삼킨 무영신개는 초조하게 염두를 굴렸다.

'뭔가 대책이 필요하다, 대책이……'

내심 읊조린 무영신개의 눈이 쉴 새 없이 움직였다.

'뭔가 대책이 필요하다, 대책이……'

무영신개와 똑같은 말을 내심으로 중얼거린 한 사내가 손가락으로 태사의의 손잡이를 두드렸다.

솔직히 이런 결과는 예상치 못했다.

청룡당주의 투입이면 잡을 수 있을 것이라 생각했다. 그리고 그 과정에서 청룡당주가 심맥이라도 크게 다쳐 주면 더 바랄 것이 없었다. 밀교의 무공에 천적으로 작용하는 그 이상한 내력은 직접 느껴보았으니 청룡당주라고 별반 다를 것이 없으리라 생각했다.

혼란스런 정보로 정확히 파악할 수는 없었지만 그놈의 검이 산을 가를 만한 힘을 내뿜는다는 말이 터무니없는 과장만이 아니라면 청룡당주의 상태는 자신의 바라는 대로 될 것이라 생각했었다.

그런데 청룡당주가 그놈 손에 죽다니?

가슴이 철렁하는 일이다. 그리고 그건 머리 속의 계획을 또 한 번 근본적으로 뒤집어야 하는 일이다.

청룡당주는 아직까지 죽어서는 안 되는 존재였다. 그놈과 싸워 치유할 수 없는 내상을 입어도 그 이름만큼은 남아 있어야 하는 일이었다. 최악의 경우라도 그런 정도로 끝날 줄 알았다. 그런데 아예 죽어버렸다는 것은 뜻하지 않은 타격이다. 그에 더해 호남을 접수하려던 호교 사령주와 오령주까지 죽은 상황은 등줄기에서 식은땀이 흐르게 만들었다.

"뭔가 대책이 필요하다, 대책이……."

태사의의 손잡이를 두드리는 손가락의 움직임이 점점 거칠어졌다.

*　　　*　　　*

광집자 초서풍은 느긋한 걸음걸이로 한 만물상 안으로 걸어 들어갔다.

그동안 죽을 고생을 하며 신투자의 보물을 역추적하여 여기까지 온 그였기에 가슴은 뛰었지만 표정은 무심을 가장했다. 없는 것이 없다는 만물상이니 그 주인의 장사 수완 또한 그만큼 녹록치 않았다.

이곳 주인은 사람의 표정과 눈빛만 보아도 돈이 될 손님인지, 그리고 그 사람에게 꼭 필요한 물건인지 알아채고는 부르는 가격을 달리하는 인간이었다.

그깟 가격 정도야 은 백 냥이라도 아깝지 않다. 그러나 외양에 비해 너무 비싼 가격은 의심을 사게 되고 좋지 않은 결과를 가져온다. 최대한 심드렁한 표정으로 살까 말까 망설이다가 속는 셈치고 사 간다는 인상을 풍겨야 가격에서나 뒤끝에서나 아무 무리가 없는 것이다.

온갖 종류의 물건들이 진열되어 있는 곳을 훑어보던 초서풍은 더 깊숙한 곳으로 들어갔다. 그곳에는 잘 보이는 곳에 진열된 앞쪽의 물품들과는 여러 잡동사니들이 아무렇게나 널려져 있었다.

초서풍의 눈빛이 번쩍 빛을 발했다.

그곳에 자신이 찾는 물건이 있었다.

"보는 눈이 있으십니다그려."

잡동사니들을 살펴보는 초서풍 뒤에서 나긋나긋한 목소리가 들려왔다.

악명 높은 만화점(萬貨店)의 주인 목소리였다.

역용한 얼굴에다 더해 철저하게 무심을 가장했는데도 돈 냄새를 맡은 모양이었다. 하긴 골동품에 대한 지식이 깊지 못한 놈이 이런 장사를 번창시킨 것은 돈에 대한 천부적인 후각과 대어가 될 손님을 알아보는 비상한 눈치 때문이었다. 초장에 그 기대를 무너뜨리는 것이 덜 피곤한 일이다.

짤랑!

초서풍은 동전 몇 문을 손바닥에 올렸다. 그리고 심각하게 생각하다 두 개는 도로 집어넣었다. 쓸 돈은 이것밖에 없다는 표시였다.

"아이구! 어서 오십시오!"

자신의 후각이 이번에는 잘못되었다고 느낀 주인은 오지도 않는 손님을 맞으러 밖으로 뛰어나갔다. 그리고 점원 하나가 대신 나타났다. 계획대로 된 것이다.

초서풍은 천천히 작은 목갑 하나를 집어 들고 심드렁하게 살펴보았다. 그러기를 몇 번 거듭한 초서풍은 그중 한 개가 마음에 드는지 점원 코앞으로 불쑥 내밀었다.

"이건 얼마인가?"

"그건 다섯… 아니, 세 문입니다."

다섯 문 소리에 도로 내려놓으려는 초서풍을 보며 점원이 얼른 정정했다.

"그 이하로는 안 되나?"

"그건 좀……!"

점원이 난색을 표했다.

"쩝!"

입맛을 다신 초서풍은 점원의 손바닥 위에 동전 세 문을 건네주었다. 그리고 돌아서려던 걸음을 멈추고 점원에게 다시 질문했다.

"혹시 이것하고 같이 들어온 물건에 대해서는 아는 게 있는가?"

초서풍의 질문에 점원이 고개를 갸웃거렸다. 그리고는 약간 표정이 달라졌다. 다행히도 기억에 있는 모양이었다.

촉매제를 뿌려야 할 순간임을 직감한 초서풍은 동전 한 문을 점원 손에 쥐어 주었고, 점원의 기억력이 순식간에 배로 증폭되었다.

"그러니까 이건 어떤 광부가 가져온 것인데 이상한 고철덩어리와 함께 들어온 것입니다."

"광부?"

초서풍은 심장이 파열될 듯한 느낌에 도저히 참지 못하고 한숨을 몇 번 내쉬었다.

그동안 지독하게 애를 먹이던 일이 반은 성공한 것이다. 평범해 보이던 목갑에는 신투자의 표식이 희미하게 남아 있었다. 그리고 목갑 안에는 아무것도 없었지만, 중요한 것은 목갑 바닥의 이중 공간 속에 있는 것이다. 그것은 약왕의 신단이 틀림없다.

"왜 그러시는지요, 손님?"

숨을 몰아쉬는 초서풍을 보고 점원이 걱정스런 얼굴로 말했다.

"오랜 지병이 갑자기 도져서 그런 것이네. 잠시 후면 괜찮아지니 너무 걱정 말게."

초서풍이 손사래를 치고는 다시 물었다.

"그럼 그 광부는 어디 사는지 아는가?"

초서풍은 아직도 진정되지 않은 호흡으로 질문했다.

"글쎄요. 이 근방에서는 보지 못한 사람이었습니다. 섬서성 어디에서 광부 노릇을 하다가 고향으로 돌아가는 중에 여비라도 마련하고자 가지고 있던 물건을 죄다 팔고 길 건너 주루에 방을 잡으러 간다고 하던데…… 그 주루의 주인과 친분이 조금 있다고 했으니 그곳에 가보면 알 수 있을지도 모르지요. 그런데 그건 왜……?"

거듭 호흡이 불규칙해지는 초서풍의 모습을 본 점원의 눈빛이 약간 달라졌다. 눈치로 장사하는 주인 놈에게 뭔가 배운 게 있는 모양이었다.

"아닐세. 이 목갑의 모양을 보니 한 쌍으로 되어 있었던 것 같아 물어본 것이네. 이왕이면 둘 다 샀으면 했는데 애초에 한 개라니 할 수 없는 일이지."

초서풍은 대수롭지 않게 답하고는 점원이 말한 주루 방향으로 걸음을 옮겼다. 그 걸음걸이는 미친 듯이 뛰고 싶어하는 감정과 제발 침착하라는 이성이 치열한 투쟁을 벌이는 이상한 걸음이었다.

먼 길을 쉬지도 않고 말을 달려 집으로 돌아온 초서풍은 허둥지둥 자신의 숙소로 들어가 문을 걸어 잠갔다. 초췌한 모습으로 정신 나간 사람처럼 숙소로 들어가는 초서풍을 보고 그의 부인과 첩들이 미간을 찌푸렸지만 그건 이따금씩 볼 수 있는 모습이었기에 크게 신경 쓰지 않았다. 다만 이번에는 그 어느 때보다 마음에 드는 물건을 얻었나 보다 하고 생각할 뿐이었다.

“휴우—”

자신의 숙소에 있는 비밀 문을 통해 지하 공간으로 들어온 초서풍은 전신으로 밀려드는 피로감에 털썩 의자에 주저앉았다.

묘수신공의 작품이 분명해 보이는 고철덩어리 하나를 우연히 손에 넣고 신투의 보물을 찾아 역추적하는 일은 어렵지 않았다.

자신의 예상대로 그 고철덩어리가 있었던 곳에 약왕의 신단도 같이 있었다. 약왕의 신단이 든 작은 목갑을 손에 넣었을 때는 하늘을 나는 기분이었다.

그러나 그것을 최초로 입수한 광부를 찾아가면서부터는 마치 귀신에 홀린 듯했다. 이제껏 무언가를 역추적하며 한 고생을 다 합친 것만큼 어려웠다.

흔적이 잡힐 만하면 어느새 종적없이 사라지고, 포기할 때쯤이면 실낱같은 흔적 하나가 다시 보이기를 반복했다. 나중에는 신투의 망령이 자신을 조롱하는 것이 아닌가 싶을 정도였다.

결국 더 이상의 추적을 포기한 초서풍은 손에 들어온 목갑만 가지고

집으로 돌아왔다.

"이것만이라도 천고의 보물이다."

한참을 넋 나간 사람처럼 그간의 일을 떠올리던 초서풍은 작은 목갑을 집어 들었다. 그리고 조심스럽게 목갑 바닥을 살펴보았다.

짐작대로 고도의 주의력을 기울이지 않고는 찾을 수 없는 미세한 틈이 보였다. 이중으로 된 바닥의 틈 안에 약왕의 신단이 들어 있을 것이다.

초서풍은 서랍 속에서 기묘하게 생긴 연장들을 꺼내 조심스럽게 작업을 해 나갔다.

신투의 물건인 이상 절대로 쉽게 차지할 수 없다. 작은 나무 판 하나에도 복잡한 장치가 되어 있어 쉽게 접근했다가는 목숨이 위태로워지든지, 아니면 그동안의 공이 모두 수포로 돌아갈 것이다.

탁—

근 한 시진에 걸려 여러 가지 복잡한 장치와 머리카락보다 가는 은사들을 다 잘라내고 나서야 초서풍은 목갑의 이중 바닥 판을 분해할 수 있었다. 이런 복잡한 장치만 보아도 이 물건이 신투의 작품임은 의심할 여지가 없었다.

"크크큭!"

두 개로 분리된 목갑 바닥 판 속에서 작은 신단 세 알을 발견한 초서풍은 억눌린 웃음을 토했다. 이제 자신은 부인과 두 첩들 사이에서 제 이의 청춘을 누릴 수 있을 것이다. 그리고 틈틈이 다듬은 공력은 단번에 배가 될 것이다.

"이것만은 절대로 팔 수가 없지."

초서풍은 침을 질질 흘리며 세 알의 신단 중 한 알을 입속으로 던져 넣었다. 자고로 아끼면 뭐가 된다는 말처럼 이런 것은 취할 수 있을 때 최대한 빨리 취해야 하는 것이다.

입 안으로 들어가는 순간 순식간에 녹아 목구멍 속으로 흘러 들어간 신단은 차츰 하단전에 뜨거운 열기를 불러일으켰다.

초서풍은 급히 공력을 운기했다.

고수는 아니었지만 경공만큼은 어느 누구에 못지않게 해준 내력이 급상승하고 있는 느낌이었다. 희대의 약왕 구마정의 위력이 고스란히 느껴지는 순간이었다.

오랜 기간에 걸친 추적으로 쌓인 피로가 말끔히 가시며 초서풍은 삼매에 빠져들었다.

삼매에서 깨어난 초서풍은 눈을 멀뚱히 떴다. 지금 현재 자신에게 일어난 상황이 이해되지 않았기 때문이다.

"내가 뭘 잘못 봤나?"

초서풍은 눈을 끔벅거리며 탁자 위를 쳐다보았다.

수만금을 주어도 팔고 싶지 않은 세 알의 신단!

그중 한 알은 자신이 복용했으니 두 알은 고스란히 남아 있어야 했다. 그런데 같이 담아두었던 작은 자기 그릇 속은 텅 비어 있었다.

초서풍은 벌떡 일어났다. 그리고는 혹시 다른 곳에 떨어지지 않았나 싶어 미친 듯이 주변을 살펴보았다.

그러나 두 알의 신단은 어디에도 보이지 않았다. 그리고 저쪽 구석에 놓아두었던 두 조각의 고철 뭉치도 보이지 않았다.

"이, 이런 귀신 곡할 일이……?"

초서풍은 혹시 약의 부작용 때문이 아닌가 의심하며 자신의 머리를 쥐어뜯어 보기도 하고 볼을 꼬집어보기도 했지만 영약의 약효는 그 어

느 때보다 정신을 맑게 해주고 안력을 강화시켜 신단이 사라진 빈자리
를 더욱 돋보이게 만들었다.

덜덜덜.

영약을 복용하고 다시 청춘을 맞이하려던 초서풍의 다리가 후들거
리기 시작했다.

이곳은 그 누구도, 심지어는 가족들도 들어올 수 없는 자신만의 비
밀 공간이었다.

안에 있는 물건들의 가치가 어마어마했기에 그만한 비밀 장치가 되
어 있는 곳이다. 자신이 데리고 들어오는 사람이 아닌 이상, 그 누구도
들어올 수 없는 곳이라 장담했다. 그런데 신단이 감쪽같이 없어졌다.
그것도 자신이 운기조식을 하는 코앞에 있던 것이…….

"귀, 귀신이다!"

광부를 찾을 때 집요하게 괴롭혔던 신투의 망령이 자신의 목에 올라
타고 있는 듯한 느낌을 받은 초서풍은 비명을 지르며 밖으로 뛰쳐나갔
다.

휘익—

잠시 후 바람 한줄기도 그 뒤를 따라 밖으로 사라졌다.

＊　　　＊　　　＊

금원전장은 혈전 후 빠르게 주변을 정리하고 세력을 회복해 나갔다.

예전의 유성검문의 위세가 어떠했는지는 대부분이 기억도 못하고
있었지만 사중협의 제자라는 단어와 함께 얼마 전 벌어진 혈전에서 서
천맹의 호교령주 두 명을 깨끗이 처치한 소문은 금원전장에서 유성검

문으로 바꾸어 단 현판 앞에 쉴 새 없이 사람들을 모여들게 했다.

단철패와 그 부하들, 그리고 예전 유성검문의 가신이었던 노인과 부평초 등은 밤낮으로 고생하며 유성검문의 명성을 되찾기 위해 노력했다.

'저건?'

유성검문의 대문 앞에 선 자운엽은 대문 옆 담장 한곳에 시선을 고정시켰다.

담장을 이루고 있는 벽돌 한 개에 눈에 익은 모양의 표식이 새겨져 있었다. 상관진결과 그 부하들이 서로에게 연락할 때 사용하는 표식이었다.

동, 서, 남호 세 사람 중 누군가 자신에게 연락을 하기 위해 남겨둔 모양이었다.

표식의 세세한 모양에서 만나자는 장소 등을 해독한 자운엽은 슬쩍 눈살을 찌푸리며 대문을 두드렸다.

"가신 일은 잘되셨습니까, 사숙?"

단철패가 노인과 부평초 등과 함께 자리를 마련하고 정중한 어투로 질문했다.

자신들끼리만 있을 때는 옛날에 하던 대로 반쯤 장난하는 듯한 말투였지만 사십 년이 넘는 세월 동안 잊지 않고 있다가 찾아온 유성검문의 가신들 앞에서는 존장의 예우를 깍듯이 해주며 가문의 법도가 지엄함을 내보이려는 모양이었다.

"그동안 별일없었소?"

고소를 삼킨 자운엽은 노인과 부평초, 그리고 그들이 데리고 온 듯한 사람들을 쳐다본 후 물었다.

“아무 일 없었습니다. 바보들이 아닌 다음에야 용담호혈 속으로 또 다시 뛰어들지는 못하겠지요.”

이번에는 위충겸이 빙글거리며 답했다. 자운엽과 설수범이 다른 사람들은 모르게 이곳을 빠져나갔으니 이곳은 여전히 용담호혈로 남아 있었던 것이다.

“공자!”

내내 뚫어질 듯한 눈으로 자운엽을 쳐다보고 있던 노인이 격앙된 음성으로 자운엽을 불렀다. 노안에서 일어나는 격동이 불길처럼 타오르고 있었다.

“본 문의 존장께 가신이 예를 올리겠소!”

노인은 혈전 직후 금원전장을 빠져나간 자운엽에게 제대로 차리지 못한 인사를 지금 차리려 하는 모양이었다.

노인이 자리에서 일어섰다. 그리고는 천천히 허리를 숙였다. 노인을 따라 부평초와 다른 사내들도 허리를 숙였다.

자운엽이 황급히 만류했지만 노인과 몇 명의 중년인, 그리고 부평초 등의 행동은 막무가내였다.

“그때 소리없이 유성검문을 습격해 남녀노소를 막론하고 무자비하게 도륙하던 놈들의 모습은 죽어도 잊을 수 없소. 그들 손에 비명을 지르며 죽어가던 유성검문 식솔들의 한을 풀어줄 날만 기다리며 여태껏 모진 목숨을 연명해 왔지요. 아무리 여기 있는 단목 공자의 한이 깊다 할지라도 그때의 참상을 똑똑히 목격한 나만큼은 못할 것이오. 하늘도 무심치 않아 이제 그 한을 갚은 날이 왔나보오.”

노인의 눈에서 굵은 눈물이 흘러내렸고 단철패의 눈도 붉어졌다.

‘분위기가 이상하게 흘러가는군.’

자신의 신분이 점점 유성검문의 존장으로 굳어져 가는 사태에 대해 뭔가 해명을 하려던 자운엽은 노인의 전신에서 피어오르는 한의 무게에 그만 입을 다물고 노인의 감정이 가라앉기만을 기다렸다.

'굳이 그럴 필요까지 없는 일일지도……'

자운엽은 노인과 함께 눈시울이 붉어진 단철패를 보며 내심 중얼거렸다.

싸움이 끝나고 나면 단철패 혼자서 유성검문을 꾸려 나가는 것보다는 이들이 있어 훨씬 든든할 것 같았다. 그동안만 얼렁뚱땅 존장 역할을 하다가 사라지면 될 일이었다.

"유성검법 전반부는 다 익혔소?"

이젠 눈물 콧물 범벅이 된 단철패를 빤히 쳐다보며 자운엽이 질문을 던지자 단철패가 소매를 들어 얼른 눈물 콧물을 훔쳤다.

"그동안…… 시간이……."

머쓱한 표정이 된 단철패가 말끝을 흐렸다.

"검술 수련은 안 하고 우는 법만 배운 모양이오?"

자운엽의 집요한 공격에 단철패가 입맛을 다시며 시선 둘 데를 찾지 못하고 고개를 두리번거렸다.

"전반부는 노인장께서 더 완벽히 펼치는 것 같았으니 노인장과 함께 수련하시오. 그럼 훨씬 빨리 익힐 수 있을 것 같소."

자운엽이 슬쩍 노인에게 눈길을 주자 노인도 격했던 감정을 추스르고 고개를 끄덕이며 부평초의 어깨를 끌어당겨 자운엽 앞으로 왔다.

"이젠 이놈의 이름을 찾아야겠소."

노인이 자운엽과 단철패를 보며 말했다.

"부평초라 하지 않았습니까?"

단철패가 얼른 시선 둘 데를 찾으며 말했다.

"원한을 갚기 전에는 뿌리를 내리지 않겠다는 결심으로 손주 놈의 이름도 부평초라 지었지요. 그리고 복수할 날만 기다렸지요. 이젠 유성검문의 후손과 존장까지 찾았으니 제대로 된 이름을 지어야지요."

노인은 둘 중 한 사람이 부평초의 이름을 지어달라는 듯 자운엽과 단철패를 번갈아 쳐다보았다.

"그건 후손인 당신이 알아서 하시오. 그리고 난 다시 잠깐 다녀올 곳이 있소."

자운엽은 부평초의 작명을 단철패에게 맡기고 자리에서 일어섰다. 상관진걸 일행을 만날 생각이었다.

"큰 은혜를 입었습니다."

방문을 나선 자운엽 앞에 이족의 청년 남녀가 고개를 숙이며 서 있었다.

격전 중에 용케도 살아남은 파이추와 오카민이었다.

"누구를 찾는다고 들었는데, 다시 찾아갈 생각이오?"

그들의 사정을 대략 들은 자운엽은 잔잔한 눈으로 두 남녀를 쳐다보았다.

중원인들은 미개한 달자라고 천시하는 사람이었지만 그들에겐 중원인들이 오히려 흉내 내기 힘든 의기(義氣)와 열혈(熱血)이 있었다.

"그렇습니다."

파이추와 오카민이 다시 고개를 숙였다. 그리고는 한시라도 빨리 떠나려는 듯 몸을 움직였다.

물끄러미 두 사람을 쳐다보던 자운엽이 신형을 돌리는 그들을 불러

세웠다.

"사람을 찾는 방법 중에는 자신이 그 사람들을 찾는 법보다 그 사람이 자신을 찾아오게 만드는 법이 훨씬 유용할 때가 있소."

자운엽은 한시가 급하다는 듯한 분위기가 느껴지는 두 사람을 보며 말했다. 운 좋게 여기까지는 살아왔지만 설상일 남매에게 얼굴이 알려진 지금 더 이상은 무리일 것 같았다.

"그 말씀은?"

오카민의 커다란 눈이 빛을 발했다.

"부족의 표식 같은 건 없소?"

자운엽이 잠시 생각하고는 두 사람을 보며 질문했다.

"있어요. 몇백 년을 이어져 내려온 표식이 있어요!"

오카민이 화들짝 놀란 표정으로 말했다.

"그럼 막연히 찾아다니기보다는 여기서 머무르며 그걸 이용해 친구를 찾을 방법을 연구해 보시오. 당신들 실력으로는 더 이상 그들의 뒤를 쫓는 것은 자살 행위요. 그렇게 당신들이 잘못되면 당신들이 찾고 있는 사람도 영원히 부족으로 돌아갈 수가 없지 않겠소?"

자운엽의 말에 두 남녀의 눈빛에 갈등의 빛이 나타났다.

자신들이 사는 곳에서는 누구도 당할 수 없는 용사들이었지만 이곳 사람들에게는 단 한 수에 나가떨어질 만큼 실력 차이가 컸다. 그건 뼈저리게 느낀 일이었다.

식량으로 할 짐승을 잡기 위해서, 그리고 도적으로부터 자신을 지키기 위해서 최소한으로 익혀온 칼은 세상을 지배하기 위해 불철주야로 갈고닦은 칼에 비교가 되지 않았다.

"여기에 있겠어요. 그리고 여기서 차오를 찾을 방법을 생각해 보겠

어요. 대신 싸움이 있는 곳이면 데려가 주세요. 우리가 쫓던 사람이 공
자님과도 싸웠으니 공자님과 그들이 다시 싸우는 곳에서 차오를 만날
지도 몰라요."

오카민이 서투른 발음으로 빠르게 말했다. 파이추도 고개를 끄덕이
며 안광을 빛냈다.

"그렇게 하시오, 숙박비는 받지 않을 테니."

가볍게 고개를 끄덕거린 자운엽이 빠르게 유성검문의 대문을 나섰
다.

약 반나절 동안 경공을 펼쳐 표식이 가리키는 장소에 도착한 자운엽
은 근처를 살펴보았다. 한겨울이었지만 소나무 숲이 우거진 야산은 다
른 사람의 눈에 뜨이지 않고 누구를 만나기에는 좋은 장소 같았다.

자운엽은 더 이상 경공을 펼치지 않고 천천히 걸음을 옮기며 거칠어
졌던 호흡을 가다듬었다.

'매복?'

숲 속으로 들어온 자운엽은 이곳저곳에서 느껴지는 예기에 팽팽하
게 신경을 곤두세웠다.

짙은 살기는 아니었지만 최대한 기색을 죽이고 숨어 있는 자들의 기
운은 칼날 같은 날카로움을 느끼게 해주었다.

'또 함정인가?'

자운엽은 슬쩍 미간을 찌푸렸다. 그러나 어차피 마주칠 놈들이라면
이젠 함정이든 뭐든 부수고 지나갈 생각이었다.

파앗─

제일 가까운 곳에 숨어 있던 한 복면인이 포탄처럼 튀어 올랐다.

일체의 기척도 없이 곧바로 튀어나오는 깡마른 복면인의 행동에 자운엽은 앞으로 내디디려던 발을 땅에 내려놓지도 못하고 뒷발만으로 신형을 움직였다. 내딛는 발이 땅에서 떨어진 그 순간을 쪼개며 공격해 오는 고도의 수법이었다.

휘익—

환영심공을 펼쳐 꺼지듯 사라진 자운엽이 그대로 묵령을 휘둘러 다른 한 명이 숨어 있는 곳을 공격했다.

콰앙!

묵령에서 쏟아진 기운에 바위가 쪼개지며 바위 뒤에 은신해 있던 왜소한 체격의 복면인이 놀란 살쾡이처럼 허공으로 솟구쳐 올랐다. 솟구쳐 오름과 동시에 복면인은 두 손을 교차시키며 장력을 뿜어냈다.

웅혼한 힘이 깃든 장력이 산이라도 무너뜨릴 듯 자운엽의 가슴을 향해 밀려왔다. 그리고 최초로 자운엽을 공격했던 깡마른 복면인의 검이 측면에서 거의 같은 순간에 날아들었다.

'한번 놀아보자는 말인가?'

두 괴인의 공격이 지극히 엄중하고 날카로웠지만 필살의 기운이 담겨져 있지 않음을 느낀 자운엽은 슬쩍 입꼬리를 비틀며 묵령을 휘둘렀다.

두 개의 완만한 포물선을 그린 묵령이 깡마른 복면인의 검과 왜소한 복면인의 장력을 한꺼번에 쳐냈다. 그리고도 여력이 남은 묵령이 깡마른 복면인의 가슴을 쓸어갔다.

"어엇—"

놀란 복면인이 급히 상체를 틀었다. 자신의 검과 상체 사이로 바람처럼 스며든 묵검을 피할 수 있는 방법은 그것뿐이었다.

파앗—

깡마른 복면인의 행동을 예상이라도 했다는 듯 느릿한 만검은 상체를 튼 복면인의 상의를 잘랐다.

"한 놈 죽고……."

어린아이들 놀이하듯 중얼거리는 자운엽의 목소리에 제일 먼저 죽은 놈(?)의 눈에서 불길이 뿜어져 나왔다. 그러나 자신이 죽었다는 사실은 인정한 듯 깡마른 복면인은 천천히 검을 내렸다.

무수한 나비의 날갯짓에 또 한 놈이 죽으려는 찰나, 소나무 뒤에서 한 자루의 검이 튀어나왔다. 그리고 다른 곳에서도 두 명의 복면인이 각각 모습을 드러냈다.

"장난이 심하지 않소, 상관 대협?"

자운엽은 좀 더 뒤쪽 숲을 바라보며 고함을 질렀다.

"여전하구만."

뒤쪽 숲에서 두 사람이 걸어나왔다.

상관진걸과 함께 걸어나오는 한 중년인을 본 자운엽의 눈이 커졌다.

"왕야?"

자운엽은 멍한 표정으로 주세양을 쳐다보았다.

상관진걸 조직이 사용하는 표식을 보고 왔으니 상관진걸이 나타나는 것은 별 이상할 것이 없었지만 주세양 왕야가 이곳에 같이 나타난 것은 정말 뜻밖이었다.

주세양의 뒤로 그의 호위장인 백시운과 다른 사람들의 모습도 눈에 들어왔다. 그러나 주세양의 간단한 손동작에 그들의 모습은 허깨비처럼 다시 숲 속으로 사라졌다.

"여긴 어쩐 일이십니까?"

　자운엽은 가볍게 고개를 숙인 후 의아한 눈으로 주세양을 쳐다보았다.

　황족의 신분으로 이런 야산에 은밀하게 모습을 드러낸 것은 필시 가벼운 용무는 아닐 것이란 생각이 들었다.

　"세상이 하도 어수선하니 별 짓을 다하게 되는구만."

　주세양도 지금 자신의 모습이 어이없다는 표정으로 옷자락에 묻은 먼지를 쳐다보며 말했다.

　"설마… 말 값을 받으러 여기까지 오신 건 아니겠지요?"

　자운엽은 슬쩍 두 사람의 눈치를 살피며 농담처럼 말했다. 그러나 주세양은 천천히 고개를 끄덕였다.

　"바로 맞혔네. 내가 자네를 찾을 일이 그것 빼면 뭐가 있겠나?"

　주세양이 입가에 한줄기 미소를 피워 올리며 답했다.

　'젠장! 하필이면 눈코 뜰 새 없이 바쁜 이때에…….'

　자운엽은 가슴 가득 밀려오는 부담감에 한숨을 내쉬었다.

　주세양이 말하는 말 값이라면 결코 돈은 아닐 것이다. 뭔가 자신에게 부탁을 할 것이다. 그건 흑룡을 인계받는 순간부터 예상하고 있던 일이었지만 안락한 장소를 제쳐 두고 이곳에서 받으려는 말 값이기에 훨씬 더 부담스러웠다.

　"너무 그런 눈빛으로 쳐다보지 말게. 하지만 건달에게 지는 빚이 제일 무서운 빚인 걸 어쩌겠나."

　주세양이 입맛을 한 번 다신 후 말했다.

　"건달?"

　자운엽은 주세양의 입에서 흘러나온 뜻밖의 단어에 자신도 모르게 그 단어를 되뇌었다.

"놀고먹으며 저런 칼잡이들이나 끌고 다니니 그야말로 건달이나 마찬가지지. 안 그런가?"

주세양의 입가에 묻은 미소가 짙어졌다.

"듣고 보니 그렇군요. 정말 딱 어울리는 비유 같습니다."

경계심 가득하던 자운엽의 얼굴에 한줄기 미소가 어렸다. 그러나 옆에 있던 상관진걸의 얼굴은 창백해졌다.

"그럼 우리 건달식으로 못다 한 인사를 마저 나눠봄세."

상관진걸이 손을 들어 올리자 복면을 쓴 네 사람이 다시 예기를 내뿜으며 자운엽을 포위해 들었다.

"죽은 사람은 빠지게."

상관진걸의 말에 제일 먼저 자운엽을 공격하다 죽은 사내가 고개를 숙이며 뒤로 물러났다. 열을 받은 사내의 복면이 터질 듯 부풀어 올랐다.

"왜 이러십니까?"

자운엽이 주변을 둘러싼 복면인들을 쳐다본 후 주세양에게 말했다.

"혼자만 죽으면 저 친구의 저승길이 너무 외롭지 않겠나? 그리고 나름대로 이유도 있으니 살수는 전개하지 말고 최대한 빨리 모두를 제압해 보게. 이들은 절대로 그런 일은 없을 거라고 하더구만."

주세양이 기대감 어린 눈빛으로 쳐다본 후 뒤쪽으로 신형을 옮겼다.

"그냥 흑룡을 돌려 드리겠습니다."

점점 더 거센 기세로 사방에서 조여오는 복면인들을 보며 자운엽이 말했다.

"그간의 사용료나 말 값이나 똑같다네."

짧게 답한 주세양이 공격 신호를 내렸다.

씨잉―

우측에서 한줄기 파공음이 들렸다.

어디에 숨겨두었는지 모를 채찍 하나가 파도를 치며 날아들었다.

'어디서 많이 보던 장면이군.'

주세양을 쳐다보고 있던 자운엽이 고개를 돌리며 허리를 부술 듯 날아오는 채찍을 향해 묵령을 휘둘렀다.

비슷한 방법으로 수운검을 휘두르며 그 묘용(妙用)들을 훤히 꿰뚫고 있는 자운엽은 채찍을 휘두르는 복면인의 손목만 보아도 채찍의 공격로를 미리 예측할 수 있었다.

묵령이 한 발 앞서 그 궤적을 막아 나갔다.

타다다다닥― 탁!

교룡의 꼬리처럼 움직이며 한꺼번에 수십 곳을 공격하던 채찍의 끝은 단 한 번도 빈 공간도 찾지 못하고 벽에 막힌 듯 뒤로 튕겨졌다.

모조리 막혀 뒤로 튕겨지는 채찍을 든 복면인의 눈꼬리가 위로 치켜졌다.

"차아―"

채찍을 휘두르던 복면인이 고함과 함께 채찍을 잡은 손을 이상한 각도로 비틀었다.

찌잉! 하는 금속성이 울리며 출렁거리던 채찍이 빳빳하게 일어서더니 한 개의 장창(長槍)으로 변했다. 그리고 더 이상 채찍으로 펼치던 공격을 멈추고 창술을 펼칠 자세를 잡았다.

수운검에도 공력을 불어넣으면 창대처럼 빳빳하게 일어서지만 그건 지속적으로 공력이 가해질 때에만 가능했다. 그러나 갈의복면인이 들고 있던 저 병기는 어떤 기묘한 조작으로 채찍에서 장창으로 변하는 기병이었다.

자운엽은 갈의복면인의 자세를 유심히 살폈다.

창을 쓰는 사람도 몇몇 보았지만 갈의복면인의 자세는 무척 특이했다. 아마도 강호보다는 병영이나 황궁에서 사용하는 창술 같았다.

문득 호기심이 발동한 자운엽은 선공으로 묵령을 휘둘러 나갔다. 그에 따라 갈의복면인의 창대 끝이 빠르게 움직이며 자운엽의 전신으로 날아들었다. 장병기의 장점을 최대한 이용한 찌르기 위주의 공격이었다.

'정말 실전적인 공격법이야!'

자운엽은 내심 감탄사를 토하며 갈의복면인의 움직임을 읽어 나갔다.

화려함과 불필요한 동작을 일체 배제한 직선적이고 빠른 공격은 수많은 전투 경험을 토대로 발전시킨 실전적인 초식이었다. 전쟁터에서 주변을 둘러싼 적을 빠른 시간 안에 최대한 효과적으로 죽이기 위한 창술이었다.

전혀 새로운 느낌의 무공을 대하는 자운엽의 입가에 만족한 미소가 번졌다.

파앗—

갈의복면인의 창끝이 왼쪽 어깨를 꿰뚫으려는 순간, 자운엽은 환사삼결 중 제이결인 전이심공을 극성으로 펼쳤다.

경혈 곳곳으로 진기가 전해지는 중간 과정을 아예 무시하고 신체의 최말단으로 곧장 진기가 전해져 창끝의 흔들림보다 훨씬 더 빠르게 흔들리는 자운엽의 상체가 갈의복면인의 눈을 어지럽혔다. 발은 땅에 못 박은 듯 꼼짝 않고 있었지만 상체는 폭풍우에 휩쓸린 갈대처럼 흔들리며 갈의복면인의 창끝을 피해냈다.

"이런 망할!"

채찍으로 휘두를 때는 단 한 곳의 허공도 찌르지 못하고 모두 막혔다가 이번에는 단 한 번도 뭘 찌른 느낌을 받지 못한 갈의복면인의 입에서 험구가 튀어나왔다.

갈의복면인의 창이 잠시 무뎌지는 틈을 노려 환사삼결 제삼결 환영심공을 펼친 자운엽의 신형이 빠르게 왼쪽으로 이동하며 갈의복면인의 창을 잘라갔다.

"어딜!"

갈의복면인의 창이 속절없이 잘리려는 찰나, 도를 든 복면인이 쾌속하게 도를 휘두르며 쇄도해 들었다.

황궁의 고수인 자신들이 새파란 애송이 하나를 못 당해 합공을 한다는 것이 내키지 않은 듯 이제껏 보고만 있었지만 도저히 혼자로는 당할 수 없음을 느낀 대감도의 복면인이 마침내 가세한 것이다.

창 자르기를 포기한 자운엽이 화석심공을 운기하며 대감도를 향해 묵령을 휘둘렀다.

묵령과 대감도가 마주친 곳에서 폭음이 터졌다.

예전과는 비교할 수 없는 화석심공의 폭발적인 힘에 대감도가 위로 튕겨 오르며 도를 든 복면인의 가슴이 훤하게 드러났다.

산이라도 무너뜨릴 듯한 힘이 담겨 있던 묵령이 어느새 나비의 날개처럼 가벼워지며 창을 든 복면인의 가슴에 날개 자국을 새겼다.

"두 명 사망!"

자운엽의 입에서 다시 한 번의 숫자가 세어졌다. 처음에는 정체를 몰랐기에 '한 놈!' 이라고 했지만 간간이 터져 나오는 복면인의 목소리에서 중년인들임을 짐작했기에 놈 자는 뺀 것이다. 그러나 두 번째로 죽은 복면인 역시 처음 죽은 한 놈과 별다르지 않은 강도의 불길을 두 눈으로 토했다.

순식간에 동료 둘을 생귀신으로 잃은 복면인들이 각기 쌍장과 장창을 휘두르며 쇄도해 들었다.

장창을 쳐낸 묵령에서 한 가닥 무거운 경력이 쌍장을 휘두르는 왜소한 체격의 복면인을 향해 쏘아졌다.

아무런 소리도 없이 밀려오는 경력에 쌍장을 내뻗던 왜소한 체격의 복면인은 그 경력을 대하고 나서야 대경한 눈을 부릅떴다. 그러나 덮칠 듯 밀려드는 경력은 자신의 힘으로서는 도저히 역부족이었다.

"크윽!"

마침내 비명을 토한 왜소한 체격의 복면인이 뒤로 팅겨나며 바닥에 나뒹굴었다. 전력을 다하지 않은 공격이었기에 큰 상처는 입지 않았겠지만 토해지는 선혈의 양이 만만치 않았다. 무기를 사용하지 않고 내가중수법으로 공격하는 사람들이 자신보다 월등히 강한 상대를 만났을 때 필연적으로 겪게 되는 결과였다.

"그간 됐네!"

장창을 치켜든 갈의복면인이 이를 갈며 자운엽에게 달려들 자세를 취하는 순간, 멀찌감치 뒤로 물러서 있던 주세앙이 짧게 소리를 지르며 손을 움직였다. 그 소리에 동귀어진이라도 할 듯한 갈의복면인이 즉시 고개를 숙이고 창을 거두어들이며 손목을 비틀었다.

사녀의 손놀림에 곧게 뻗은 장창이 날카로운 쇳소리를 내며 채찍으로 변한 후 순식간에 갈의복면인의 허리춤으로 감겨들었다.

"소문이 사실인 모양이군."

주세양이 자운엽의 검을 유심히 쳐다보며 다가왔다.

"사중협의 후인인가?"

자운엽 앞에서 걸음을 멈춘 주세양이 차분한 음성으로 질문했다. 그러나 그의 눈에는 감출 수 없는 열기가 담겨져 있었다.

"그렇습니다."

자운엽이 짤막하게 답했다.

"저리 가서 좀 앉지."

조금 떨어진 공터를 쳐다본 주세양이 손짓을 하자 솟아나듯 나타난 사내들이 주세양이 가리킨 공터에 즉시 천막을 치며 탁자와 의자를 배치했다.

휴대하기 간편한 탁자와 의자였지만 그 모양과 재질이 범인으로서는 대하기 힘든 것들이었다.

"함부로 앉아도 되는 자리가 아닌 것 같은데요?"

자운엽이 슬쩍 주변을 둘러보며 말했다.

"어쩌겠나. 꾸어줄 때는 앉아서 꾸어주지만 받을 때는 서서 받는다고 하지 않던가? 그러니 자네는 앉고 나는 서더라도 할 말이 없지. 앉아도 되겠나?"

주세양의 질문에 자운엽이 피식 웃으며 고개를 끄덕였다. 황족만 아니라면 훨씬 더 재미있을 사람이란 생각이 들었다.

자운엽의 허락에 주세양이 털썩 의자에 주저앉았다. 그 모습이 여기까지 오고, 자운엽을 기다린 일들이 쉽지만은 않은 듯했다.

"말 값으로 제가 해야 할 일이 무엇인지요?"

앉자마자 탁자 위로 날라져 온 용정차를 한 잔 쭈욱 들이킨 자운엽이 질문을 던졌다.

"용정차가 아깝구만!"

다도(茶道)니 뭐니 하는 것과는 전혀 무관하게 행동하는 자운엽을 쳐다보며 주세양이 혀를 찼다. 그의 잔에 담긴 용정차는 아직도 한 모금밖에 줄어들지 않고 있었다.

"야율마석이란 자를 아는가?"

한 모금의 용정차를 더 들이킨 주세양이 낮은 소리로 물었다.

"알고 있습니다."

자운엽이 눈을 약간 크게 뜨며 답했다.

현 서천맹의 맹주이자 야율사한의 아버지인 야율마석을 어찌 모르겠는가? 가마룹과 함께 언젠가는 무너뜨려야 할 노물이었다. 그런데 그자의 이름이 어찌 주세양의 입에서 튀어나오는지 의문이었다.

그런 자운엽의 심중을 읽었는지 주세양이 빙그레 웃으며 다시 입술을 움직였다.

"하긴, 사중협의 후인인 자네가 그자를 모른다면 말이 안 되지. 그럼 그자가 지금 어디 있는지는 아는가?"

주세양이 자운엽을 정시했다.

"그들 소굴에 있는 게 아닌가요?"

자운엽도 주세양의 눈을 똑바로 쳐다보며 말했다.

"그렇게 뻔하다면 내가 왜 묻겠나. 그렇지가 않다네."

주세양이 가볍게 고개를 흔들며 긴 얘기라도 준비하는 듯 한숨을 내쉬었다.

"그자는 지금 중원에 있지 않네."

"그럼?"

무림맹과의 싸움이 한창인 시기에 서천맹의 맹주가 맹 내에 있지 않다는 주세양의 말에 자운엽은 의외라는 표정이 되었다.

"다음부터는 내가 설명하겠네."

주세양의 수고를 덜어주려는 듯 상관진걸이 나섰다.

"야율마석 그자는 지금 몽고의 초원 어느 곳에 있다가 중원 접경까지 와 있네."

"몽고? 중원 접경?"

자운엽이 미간을 찌푸리며 상관진걸의 얼굴에 시선을 고정했다.

"그자는 오래전부터 몽고의 굶주린 늑대들과 연락을 하며 많은 준비를 해왔네."

상관진걸의 설명이 계속되었다.

"야율사한이 맹의 실무를 충분히 이끌어갈 정도가 되었을 때 야율마석은 몽고로 숨어들었다네. 그곳에서 몽고 놈들을 설득하고 획책하여 서천맹과 함께 중원을 칠 음모를 꾸민 것이지. 이미 이백 년이 넘는 세월 동안 중원을 유린하다 황량한 초원으로 쫓겨간 굶주린 늑대들은 예전의 영화를 되찾을 날만 기다렸지만 아직은 힘이 회복되지 못했지. 그러던 차에 야율마석의 제의는 귀를 솔깃하게 하였을 것이네. 이후 어떤 일이 논의되고, 어떻게 진행되었을지는 충분히 짐작이 가리라 생각하네."

상관진걸이 무거운 표정으로 자운엽을 쳐다보았다.

"놈들의 목적이 무림제패만이 아니군요?"

자운엽이 목소리를 높이며 말했다. 놈들과 싸우며 어렴풋이 그런 느낌을 받았는데 실상은 훨씬 더 어마어마한 것 같았다.

야율마석이 몽고족과 연수하여 중원을 노리려 든다면 단순히 무림 세력 간의 충돌, 그리고 밀교와 중원 토속 종교 간의 분쟁뿐만 아니라 전쟁의 소용돌이 속으로 휘말려 가는 것이다. 그건 지금까지의 분쟁과는 차원이 다른 싸움이 되는 것이다.

"그렇다네. 야율마석 부자는 거란 왕족의 후손일세. 거란이 망한 후 그들은 잡초처럼 끈질기게 살아남아 옛날의 영화를 꿈꾸었던 것이지."

상관진걸에 이어 주세양이 다시 설명을 시작했다.

조금 더 설명을 듣고 있던 자운엽은 주세양의 말을 끊었다. 더 이상 자세한 설명은 듣지 않아도 돌아가는 개략적인 상황은 알 수 있었다. 그리고 더 세세히 알 필요도 없었다. 중요한 건 그 속에서 자신의 할 일이 무언가 하는 것이었다.

"그럼 왕야께서 여기 오신 목적은 무엇인지요? 설마 저보고 몽고의 기마대를 막아달라는 말씀을 하러 오신 건 아니겠지요?"

"자넨 언제나 말귀를 빨리 알아듣는구만. 바로 맞혔네. 자네가 그놈들을 막아주게."

주세양이 감탄했다는 눈빛으로 자운엽을 쳐다보며 말했다.

"하하!"

자운엽은 어이없다는 표정으로 웃음을 토했다. 마음 같아서는 '미쳤습니까?' 라는 말을 내뱉고 싶었지만 워낙 상대가 상대였다.

"왠지 그 웃음은 자신감의 발로 같구만."

주세양이 여전히 자운엽의 눈을 정시하며 말했다.

"단도직입적으로 말씀해 주십시오. 무슨 복안이 있으신지?"

어이없는 웃음을 멈춘 자운엽이 잠시 상관진걸과 주세양을 번갈아 쳐다보다가 질문했다. 말 그대로 몽고의 기마병을 혼자서 막을 사람은 세상에 아무도 없다. 아무리 사중협의 제자라도 그건 불가능한 일이다. 그걸 모를 사람들이 아니었기에 자운엽은 이들이 무슨 계략을 짜고 있는지가 궁금했다. 그리고 그만큼 불안했다.

"몽고군과 싸워보지는 않았을 테니 그들을 잘 모르겠지만 얘기는 들어보았을 것이네. 그들은 세상 어느 종족들보다 강하고 잔인하다네. 그건 뼈저리게 느낀 일일세. 그들이 지나간 곳은 어떤 철옹성도 무너졌고, 그렇게 무너뜨린 곳은 남녀노소를 남기지 않고 모두 학살했으니까 말일세."

주세양의 목소리에 은은한 분노가 스며들었다.

"그런 놈들을 저보고 막으라는 말입니까? 더군다나 잔뜩 겁까지 주시면서 말입니다."

자운엽이 거듭 어이없다는 표정으로 미간을 좁혔다.

"그렇게 강맹하고 잔인한 놈들이지만 아주 웃기지도 않는 약점이 한가지 있다네. 우리로서는 쉽게 이해도 가지 않는 일이기도 하고……."

주세양이 서서히 본론을 끄집어내는 것 같았다.

"그놈들은 그렇게 어떤 곳이든 거칠 것 없이 침공하지만 그 우두머리가 죽고 나면 이상하게도 지리멸렬하고 오합지졸이 되어 왔던 곳으로 되돌아간다네. 역사적으로 이미 여러 차례 그런 일이 있었다네. 우리로서는 도저히 이해가 안 가지만 황량하기 그지없는 초원에서 뛰어난 지도자 한 사람의 지시를 따라 일말의 의심 없이 맹목적으로 움직이는 것이 훨씬 생존 가능성이 높았기에 그런 행동 양식이 몸에 밴 것인지도 모르지. 그래서 그 지도자가 죽으면 모래알처럼 흩어지는지도……."

주세양이 몽고족의 그런 행동이 이해 안 간다는 눈빛으로 고개를 저었다.

"이제야 무슨 말씀인지 감이 좀 오는군요."

미동도 않고 주세양의 이야기를 듣고 있던 자운엽이 고개를 끄덕였다.

서천맹의 야율마석과 손을 잡고 무림 침공의 선봉에 서려고 하는 몽고의 한 지도자를 잡아달라는 얘기 같았다. 하지만 그건 역시 뭔가 이해가 안 가는 부분이 많았다. 막대한 권력과 금력을 가진 황실에는 무림 못지않은 고수들이 있는 걸로 안다. 그리고 중병기와 갑주로 무장된 일백만 황군이면 오히려 무림의 힘은 비교가 되지 않았다.

"황실에 그렇게 사람이 없습니까?"

자운엽이 뚱한 표정으로 질문을 던졌다.

"사람이야 많지. 하지만 계집도 아니고 사내도 아닌 놈들 때문에 제대로 음직일 수 없다네."

자운엽의 질문에 주세양은 입맛을 다시며 답했다.

서천맹은 중원무림과 민가에만 침투해 있는 것은 아니었다. 황실 내에도 그들의 밀자들은 숨어들어 있었다. 주세양의 말대로 계집도 아니고 사내도 아니면서 탐욕은 목구멍까지 차 있는 수염 없는 자들 속에 그들은 깊게 뿌리를 내리고 있었다. 탐욕이 강한 자들이야말로 제일 포섭하기 쉬운 자들이기에 그들은 서천맹의 가장 좋은 표적이었을 것이다. 그러면서 그들은 황제의 가장 가까운 곳에서 황제의 눈을 가리고 정보를 독점하다시피 하고 있으니 어쩌면 최적의 포섭 대상이었을 것이다.

"물론 저들이 황궁 최고의 고수는 아니네. 그놈들의 이목을 속이고 내가 빼낼 수 있는 한도 내에서 최고의 고수들일세. 그런데 자네에겐 그리 어려운 상대가 아니니 내 선택은 뻔한 것이 아니겠나."

주세양이 침중한 표정으로 잠시 말을 멈추고는 용정차 잔을 들었다.

이미 싸늘하게 식은 잔이었지만 그것도 못 느끼는지 주세양은 천천히 용정차 한 모금을 삼켰다.

"자고로 싸우지 않고 이기는 것이 제일 좋은 방법이라 했네. 몽고의 기마병들이 중원으로 쳐들어온 후엔 이미 한참 늦은 일일세. 대명황군이 그들을 격퇴시킨다 해도 그들 말발굽에 짓밟힌 중원은 엄청난 출혈이 있을 것이네. 그걸 자네가 미연에 막아주었으면 하는 게 내 바람일세. 또한 그것은 자네의 적인 서천맹을 치는 일이 아니겠나?"

주세양이 정색을 하며 자운엽을 쳐다보았다.

"그렇긴 한데… 그건 제 방식이 아닙니다. 제 방식대로 한다면 어떻게든 몽고의 기마대와 황군이 피 터지게 싸워 아예 발본색원……."

자신의 방식을 설명해 가던 자운엽이 주세양의 몸에서 풍겨 나오는 기운에 얼른 입을 다물었다.

무공의 고수에게서 풍기는 그런 기운은 분명 아니었다. 그러나 그런 기운 못지않은 무게와 준엄함이 서려 있는 기운이었다. 그건 아마도 자신의 사리사욕보다는 민초들의 평온을 더 중요하게 여기는 진정한 위정자에게서 뿜어져 나오는 위엄인 것 같았다.

"그렇다면 나로서는 할 수 없이 말 값을 운운할 수밖에 없다네."

잠시 말을 멈추고 감정을 가라앉힌 주세양이 다시 말했다.

"정확히 이 일을 자네에게 맡기리라고 예측하지 못했지만 흑룡을 주던 그때 자네를 크게 한 번 써먹을 수 있으리라고는 예상했네. 그런 차에 놈들의 발호가 예상보다 빨랐네. 하지만 공교롭게도 자네의 성장 역시 생각보다 훨씬 빨랐네. 지금 내가 계획하고 있는 일에 자네만한 적격자가 없네. 내가 들은 바로는 자넨 남에게 진 빚은 철저히 갚는다고 알고 있네. 그러니 긴말 필요없이 이젠 말 값을 갚게."

단호하게 잘라 말한 주세양이 상관진걸에게 눈길을 주었다.

"설명해 주게."

주서양의 지시에 상관진걸이 고개를 깊이 숙인 후 다시 설명을 시작했다.

"자네가 잡을 몽고의 장수는 에라친이란 놈일세. 그놈이 가장 호전적으로 무림 침공을 선동하고 있지. 야심은 물론 무공 수위도 예측 불능이네. 그리고 아주 치밀하기까지 한 놈이라네. 그놈이 지금 중원에 와 있다네. 아마 지금쯤은 호북을 지나고 있을 걸세."

"그럼 놈들의 무림 침공이 이미 시작된 것이 아닙니까?"

자운엽이 상관진걸의 말을 자르며 질문했다.

"아닐세. 그놈은 다른 놈들과 달리 중원 상황을 자신의 눈으로 직접 보고 승산이 있으면 접경에 포진해 있는 기마대에게 질주 명령을 내릴 모양일세. 그래서 최정예 호위들과 함께 은밀히 중원으로 숨어들어 야율사한을 만나고 확신이 서면 진군 명령을 내릴 걸세. 그놈을 잡아주게."

상관진걸의 눈빛이 강렬하게 빛났다.

"그런 일이 벌어지고 있는지 까맣게 모르고 있었군요. 나름대로 무림의 소식을 부지런히 주워듣고 있다고 생각했는데……."

자신은 전혀 모르는 사이에 그런 어마어마한 상황이 급박하게 돌아가고 있다는 사실에 자운엽은 입맛이 쓴 표정을 지었다.

"무림이 아무리 방대한 정보망을 가지고 있다 하더라도 황실에 비할 수 없을 것일세. 특히 중원 밖의 상황은 더 더욱 그렇지. 그들은 무림맹을 조직하고 서로 연합한 상태에서도 자신들 문파의 이익에 최우선으로 가치를 두는 사람들이지. 자연 우물 안 개구리가 되기 쉬운 사람들이지. 그들이 민초들의 아픔을 조금만 더 신경 써준다면 훨씬 쉬울 텐데……."

주세양이 아쉬운 표정으로 긴 한숨을 내쉬었다.

"꿈도 꾸지 마십시오."

자운엽이 그런 주세양을 보며 매몰차게 말했다.

"잘 알겠네. 대신 이 일은 황실과는 전혀 무관하게 처리해야 하네. 그런 낌새를 느끼게 된다면 서서히 드러나고 있는 황실 내의 수염 없는 놈들이 다시 숨어버려 찍어내기 힘들다네. 철저히 자네의 개인적인 원한으로 인해 벌어진 일로 몰고 가야 하네. 자네가 최대한 이름을 날리며 설쳐 주는 사이, 우리는 황실에 있는 그놈들의 밀자들을 처단할 것이네. 그러니 명심하게."

두 번 세 번 주의를 준 주세양이 두툼한 책자 한 권을 자운엽에게 건네주었다. 에라친과 그에 대한 자세한 내용들이 적혀 있는 책자였다.

"부탁하네. 수만 양민의 목숨이 달린 일일세."

마지막 순간에는 말 값이란 단어를 전혀 언급하지 않은 주세양이 주변에 내려앉기 시작하는 어둠만큼 낮게 깔린 음성으로 말했다.

"그런데 그놈들 손에 제가 죽어버리면 어떻게 합니까?"

자운엽은 자신에게 지나친 기대를 걸고 있는 주세양을 향해 슬쩍 미소를 지으며 말했다.

"그럼 저승에서라도 말 값은 꼭 받아내겠네."

주세양이 다짐하듯 말했다. 그리고 데려온 황궁의 무사들을 손짓으로 불렀다.

"이들이 자네를 도울 것일세. 데려가게. 내가 해줄 수 있는 일은 이것밖에 없다네."

주세양의 지시에 황궁의 고수들이 자운엽을 따를 자세를 취했다.

"전 혼자서⋯⋯."

"같이 가게. 그들의 진로를 추적하는 등의 일은 이들이 전문일세."

거절하려는 자운엽의 말을 자른 주세양이 잠시 뜸을 들이며 무엇인가 다른 말을 하려는 표정을 지었다.

자운엽이 눈으로 주세양에게 질문했다.

"그때 내가 준 금환은 가지고 있나?"

주세양이 뭔가 아쉬운 표정을 지으며 물었다.

"여기 있습니다."

자운엽은 흑룡의 사용을 허가하는 주세양의 신물인 금환을 허리춤에서 떼어내 주세양의 손에 건네주었다.

"이건 흑룡의 사용 허가증 외에 몇 가지 더 효용을 지닌 것이라네. 그땐 다른 것이 없어서 이걸 자네에게 준 것이지만 잘못 사용하면 오히려 해가 돌아갈 수도 있다네. 이젠 정확한 효용만을 가진 것으로 바꾸어주겠네."

주세양이 금환을 회수하고 대신 작은 마패 하나를 자운엽에게 건네주었다.

"홀가분하군요. 사실 그 금환은 왠지 모르게 항상 꺼림칙했습니다."

자운엽이 빙긋 웃으며 마패를 허리에 찼다.

"그럼 이만 가보겠습니다."

자운엽이 고개를 숙인 후 등을 돌렸다. 황궁무사들도 자운엽을 따랐다.

"금환을 회수하심은……?"

자운엽이 떠난 후에도 한참 동안 그 자리에 우두커니 서서 자운엽이 떠난 방향만 응시하고 있는 주세양을 보고 상관진걸이 조심스럽게 물었다.

"황실로 들이기엔 너무 커버렸어. 아직 오 년 기한이 다 지나지 않았으니 다른 곳에서 열심히 찾아봐야지."

상관진걸의 질문에 주세양이 짤막하게 답했다. 그러나 그 목소리에는 진한 아쉬움과 서운함이 어려 있었다.

"연향(戀香) 군주께서 은근히 기대하고 있는 눈치던데……."

상관진걸도 주세양과 같은 방향을 응시하며 혼잣소리처럼 중얼거렸다.

"향아에겐 제 짝이 따로 있겠지. 조금 덜 위험하고 조금 덜 날카로운 놈이 향아에겐 어울려. 혹시 향아가 다시 질문하더라도 자넨 딱 잡아떼게. 저놈은 우리 향아에겐 벅찬 놈이야. 야성도 너무 강하고……."

주세양의 얼굴에 허전한 미소가 어렸다.

"처음 볼 때부터 탐나는 놈이긴 했지만 저런 놈이 황실에 들어와서 제대로 적응하고, 권력의 진미(眞味)마저 알게 되면 황실에는 매일 수십 개의 목이 떨어져 바닥에 굴러다닐 걸세."

주세양이 천천히 시선을 돌렸다.

"늑대는 들판에 풀어놓는 게 제일 안전하지."

주세양의 목소리가 어둠 속에 묻혀져 갔다.

◆ 제103장

몽고 기마병

몽고 기마병

　바위 위에 앉은 설수범은 착잡한 마음에 미동도 않고 앞만 내다보고 있었다. 복수의 끝을 향해 다가갈수록 마음은 더욱 무겁게 내려앉았다. 지금껏 그 복수심 한 가닥이 자신을 지탱해 준 원동력이었지만 둘째 사부 우괴의 말처럼 또한 그것은 자신의 영혼을 천천히 갉아먹는 악귀의 이빨 같기도 했다. 그러나 그 악귀에 영혼을 송두리째 갉아 먹히는 한이 있더라도 이젠 멈출 수가 없었다. 그랬다간 앵속 환자가 앵속을 끊었을 때처럼 광분하게 될 것 같았다.

　"소주."

　나타난 지는 한참 되었지만 설수범의 어깨에서 피어오르는 기운에 입을 열지 못하고 있던 정마수호대 부대장 고염각이 마침내 설수범을 불렀다.

　"미안하오, 추태를 보인 것 같소."

설수범이 성큼 일어서며 말했다.

"대장님께서 합류하셨습니다!"

고염각이 빙긋 웃으며 고개를 돌렸다. 고염각의 시선이 닿는 곳에 정마수호대 대장 기전강이 몇몇 사내들과 함께 나타났다.

"대장!"

기전강의 출현에 설수범이 뜻밖이라는 표정으로 기전강의 얼굴에 시선을 고정시켰다. 예전에 입은 상처가 거의 치유되긴 했지만 여기까지 따라올 줄은 몰랐기 때문이다.

"절 버리고 가시면 마음이 편하신지요?"

기전강이 슬쩍 미소를 지으며 농을 던졌다.

"아직 무리할 상태가 아니지 않습니까?"

설수범이 기전강의 허리 쪽을 쳐다보며 말했다. 예전의 전투에서 심한 상처를 입은 곳이었다.

"이젠 거뜬합니다. 오히려 가만히 있으면 덧날 지경입니다."

기전강이 대답을 한 후 고염각에게로 고개를 돌렸다.

"오늘부터 정마수호대는 내가 지휘하겠네. 그러니 자네는 적룡대(赤龍隊)를 맡게."

"적룡대가 같이 왔습니까?"

기전강의 말에 고염각이 반색하며 목소리를 높였다. 그 소리를 들은 설수범이 슬쩍 미간을 찌푸렸다. 이런 식이면 또다시 개인의 복수가 되지 못할 것 같았다. 이렇게 많은 인원을 딸려 보내는 사부들의 마음은 이해가 가지만 덩치 큰 동물의 움직임은 필연적으로 주위를 일깨운다. 그건 정말 바라지 않는 일이었다.

"서천맹과 무림맹은 서로 죽자 사자 싸우느라 지금은 딴 데 신경 쓸

여력이 없을 겁니다. 그리고 우린 있는 듯 없는 듯 최대한 은밀하게 움직이겠습니다."

설수범의 심경을 읽은 듯 기전강이 조심스럽게 말했다.

"조사한 것을 말해 보시오."

가볍게 한숨을 내쉰 설수범이 고염각을 쳐다보았다.

"이런!"

고염각이 자신의 머리를 가볍게 쳤다. 기전강의 등장과 적룡대가 같이 왔다는 말에 정신을 쏟느라 정작 자신이 여기 온 목적을 잠시 망각했던 것이다.

"예전 비천용문의 흑밀전주는 서천맹 호교삼령 본단으로 합류한 것으로 조사되었습니다. 그동안 온갖 방법으로 변장을 하거나 은신을 하며 움직였기에 이제야 흔적을 찾았습니다. 하지만 그때는 그곳으로 합류한 후였습니다."

고염각이 추산미 일행의 최근 행로를 보고하며 조심스런 표정을 지었다. 그들의 행로를 신속히 찾지 못한 탓도 있었지만 설수범과 추산미 사이에 얽힌 원한을 어렴풋하게나마 알게 되었기에 더욱 그랬다.

"망할 놈!"

설명을 들은 설수범의 입에서 나지막한 험구가 튀어나왔다.

"소, 소주?"

기전강과 고염각이 둥그레진 눈으로 설수범을 쳐다보았다. 이젠 자신들의 생사여탈권까지 가진 사람이었지만 자신들에게 그런 말을 할 사람이 아니었다.

"아, 아니오. 두 분께 한 말이 아니었소."

설수범이 두 사람을 향해 가볍게 고개를 흔들어 보이고는 눈살을 찌푸렸다.

'네놈 때문이 일이 더 복잡해졌다!'

설수범은 금원전장에 한발 앞서 나타나 추산미 등을 내쫓아 버린 자운엽의 모습을 떠올리며 한숨을 내쉰 후 고염각의 다음 보고를 기다렸다.

"설 대협… 그러니까 소주의 부친이신 백학신군 설사덕 대협께서도 서천맹의 호교삼령 본단에 있는 것으로 보고가 들어왔습니다."

자신의 보고를 듣는 설수범의 표정이 점점 굳어지고 있는 것을 본 고염각이 다시 한 번 설수범의 눈치를 살핀 후 설명을 이어갔다.

"조사한 바에 의하면 비천용문으로 향하다 명기해 장로 등에 막혀 부하를 모두 잃은 설사덕 대협은 곧장 호교삼령 본단으로 합류한 것으로 보입니다."

고염각은 일차 보고를 마치고 잠시 한숨을 내쉬었다.

자신이 잘못한 것도 없었지만 설수범의 몸에서 피어오르는 기운에 절로 가슴이 졸여졌던 것이다.

"점순이란 여인은……?"

고염각의 보고를 받고 잠시 생각에 잠겨 있던 설수범이 다시 고염각을 쳐다보았다.

"워낙 오래전에 사라진 사람이라 아직 찾지 못했습니다만 점점 범위를 좁혀가고 있는 것으로 압니다. 조만간 찾을 수 있을 것입니다."

고염각이 약간은 자신없다는 표정으로 말했다.

"어떤 일이 있더라도 그 여인을 찾으시오. 필요하다면 인원을 더 차출해 보내시오."

설수범이 번쩍 하고 안광을 내쏜 후 말했다. 그리고는 천천히 걸음을 옮겼다.

"복명!"

기전강과 고염각이 짤막하게 답한 후 설수범을 따랐다.

세 사람의 움직임에 따라 근처의 숲이 일순 출렁 하고 춤을 추다가 다시 처음의 정적을 되찾았다.

천천히 움직이던 설수범의 신형이 점점 빨라지기 시작하여 마침내 수림 사이로 비조처럼 쏘아져 나갔다.

설수범의 내면에 이는 뭔지 모를 복잡한 심경을 읽은 기전강과 고염각이 달없이 뒤를 따랐지만 설수범과의 거리는 조금씩 조금씩 더 벌어졌다.

"중원에 오자마자 거품을 물고 쓰러지게 생겼군."

기전강이 고염각을 쳐다보며 농을 던졌지만 그 농을 받아줄 만한 여유를 갖지 못한 고염각은 이를 악문 채 쏘아져 나갔다.

"원 사람도……. 한 살이라도 더 젊은 사람이 양보심도 없구만."

기전강도 최대한으로 공력을 끌어올리며 신형을 날렸다.

*   *   *

"역시 중원은 풍요로운 땅이야."

질주하던 말의 고삐를 천천히 잡아당긴 한 중년인이 느긋하게 주변을 둘러보며 말했다.

듬성듬성하게 난 콧수염과 턱수염 역시 그렇게 짙게 자라지 않았지만 오히려 그런 모습이 중년인의 인상을 더 강렬하게 느껴지게 했다.

"마음에 드시는 모양이지요?"

바로 옆에서 말을 달리던 털모자사내가 씨익 웃으며 말했다. 옆에서 말을 달리긴 했지만 절대 앞서지는 않고 항상 일정한 거리를 유지하는 모습은 콧수염사내를 오랫동안 보필해 온 부하의 모습이었다.

"정말 마음에 든다네. 다른 건 몰라도 이 풍요로운 토양은 절로 군침이 일어나는군."

콧수염사내는 다시 한 번 주변을 둘러보며 입맛을 다셨다.

"이곳을 깨끗하게 갈아엎고 풀을 길러 목장으로 만들면 정말 멋지지 않을까? 그곳에서 새끼를 낳고 자란 가축과 말들을 팔면 엄청난 수입도 올릴 수 있고 말이지. 하하!"

콧수염사내는 상상만 해도 즐겁다는 듯 호탕한 웃음을 터뜨렸다.

"그런데 야율사한 그놈의 생각은 그게 아닌 것 같더군요."

털모자사내는 콧수염사내와 비슷한 표정을 짓다가 조심스럽게 말했다.

"그거야 아무려면 어떤가. 지금은 그놈 말이 무조건 옳다 하는 표정을 지어줄 뿐이지만, 결국은 정복자의 뜻에 따르기 마련이지. 그러고 보니 그놈 조상들 중에도 그런 자가 있었지?"

콧수염사내가 기억을 되살리려는 듯 눈을 가늘게 떴다.

"야율초재(耶律楚材)란 자 말입니까?"

털모자사내가 대신해서 기억을 되살렸다.

"그렇지. 태조께서 이곳을 정복하시고 방목장을 만들려는 것을 야율초재란자가 극구 반대했지. 목장보다는 농사를 지어야 훨씬 더 많은 세금을 거둘 수 있다고 장담하고 실제로 그렇게 했지."

"아주 뛰어난 자였군요?"

털모자사내는 자신의 생각을 말하지 않고 의견을 묻는 듯한 어투로 말했다.

"자네도 그렇게 생각하나?"

콧수염사내가 입가에 미소를 지으며 질문해 오자 털모자사내가 잠시 대답을 미루며 눈치를 보았다.

객관적으로 판단한다면 이미 증명된 야율초재의 정책이 옳은 것이다. 그러나 주인으로 모시는 사내의 뜻을 정면으로 반박하며 그걸 말할 수는 없었다.

"후후!"

눈치를 보며 무슨 대답을 할까 망설이는 털모자사내를 보며 콧수염사내가 웃음을 흘렸다.

"자네 생각이 맞네. 이 넓고 기름진 땅을 갈아엎어 목장으로 만들고 몇 년을 키워야 돈이 되는 가축들을 방목하는 것보다 농사를 짓는 게 훨씬 이득이지. 하지만 그건 한인들 입장에서 본 시각이지."

콧수염사내가 더욱 짙은 미소를 피워 올리며 잠시 말을 멈췄다. 아마도 자신의 흉중 깊은 곳에 재워둔 생각을 정리하는 모양이었다.

"어쩌면 야율초재란 자의 말을 들었기 때문에 우리가 다시 황량한 초원으로 쫓겨난 것인지도 모르지. 야율초재 그자의 말을 듣고 중원의 터전을 고스란히 남겨놓았기에 이놈들이 힘을 축적하고 반격해 온 것이지. 태조께서 애초 생각대로 밀고 나가 터전조차 남겨놓지 않았더라면 이곳의 주인은 아직까지 우리들일지 모르지. 난 그게 한탄스러워. 한족의 인구야 많이 줄어들었겠지만 터전마저 무너뜨려 힘을 키울 근거지를 없애 버렸어야 했어. 그게 내 생각일세."

콧수염사내의 입가에서 미소가 지워지고 강한 결의가 그 자리를 대신했다.

“그런 복안을 가지고 계셨군요?”

털모자사내가 피 냄새라도 맡는 듯 숨을 깊게 들이마시며 말했다.

얼핏 보기엔 단순하고 즉흥적인 용맹무쌍한 무사 같았지만 이 사내의 생각은 항상 자신을 한참 앞서 가고 있었다. 자신은 단순히 중원을 다시 정복한다는 생각만 하고 있었지만 이 사내는 영구히 정복할 생각까지 하고 있었다.

털모자사내의 얼굴이 벌겋게 달아올랐다.

“목이 말랐는데 마침 저곳에 우물이 있군. 역시 멋진 땅이야.”

감탄사를 토한 콧수염사내가 뒤를 돌아보았다.

“모두들 저곳에서 목을 축이며 휴식을 취한다.”

콧수염사내의 말에 뒤를 따르던 기마인들의 얼굴에 희색이 떠오르며 우물을 향해 박차를 가했다.

“물 한 바가지 얻어 마실 수 있겠나?”

우물에 도착한 콧수염사내는 물바가지를 끌어 올리는 한 청년을 보고 말했다.

“물론이지요. 부처님께서 말씀하시길 목마른 나그네에게 흘러가는 물 한 바가지 떠주는 것도 큰 공덕이라 했지요.”

청년이 싱그런 미소를 지으며 답했다.

“하하! 고맙구만!”

콧수염사내가 너털웃음을 짓고는 바가지를 받아 들었다.

“주군, 잠시!”

콧수염사내가 바가지로 입을 가져가려는 찰나 털모자사내가 한발 앞서 바가지의 물을 마시고 이상없음을 확인한 후 바가지를 내밀었다.

“정말 시원하구만. 자넨 복 많이 받을 걸세.”

콧수염사내가 입가에 흐른 물을 훔치며 말했다. 그 뒤를 이어 다른 사내들도 차례로 청년이 떠주는 물을 마셨다.

"쿨럭!"

물을 마시던 사내 하나가 기침을 토하며 바닥에 주저앉았다.

"쯧쯧!"

콧수염사내가 측은한 눈길로 바닥에 주저앉은 사내를 바라보았다. 병이라도 걸린 듯 한겨울의 추위에도 사내는 땀을 뻘뻘 흘리고 있었다.

"풍토병이라도 걸린 모양이군요?"

물을 떠주던 청년도 주저앉은 사내를 쳐다보며 말했다.

"풍토병인 줄은 어찌 알았나?"

털도자사내가 안광을 빛내며 청년을 쳐다보았다.

"예전에 의술을 배울 때 저런 환자를 본 적이 있지요. 워낙 넓은 땅이다 보니 지역마다 토질이며, 물이며, 심지어는 대기마저 달라 짧은 기간 내에 여러 곳을 돌아다니는 사람들은 종종 그런 병에 걸리지요. 저 병은 태행산맥 어느 곳에서 잘 걸리는 병인데……. 쯧쯧."

청년이 애석하다는 표정으로 혀를 찼다.

"자네 의생인가? 그렇다면 저 친구를 고칠 수 있겠나?"

이번에는 콧수염사내가 반색하며 청년을 쳐다보았다.

"살아날 확률은 반반입니다. 그것도 풍토병을 얻은 지역을 최대한 정확히 알아야……."

"그럼 저 친구가 죽을 수도 있다는 말인가?"

고칠 수 있겠느냐는 질문에 살리기 힘들다는 청년의 말을 들은 사내들이 눈을 부릅떴다.

아직 어린 티를 벗지 못한 의생의 말이었지만 자신들의 행선지까지 맞히는 걸로 봐서는 실력을 인정하지 않을 수 없었다.

“한번 봐주겠나?”

콧수염사내가 청년에게 부탁을 했다.

“아, 알았네.”

청년이 약간은 멋쩍은 미소를 지으며 머뭇거리자 콧수염사내가 품속에서 전낭을 꺼내 청년에게 내밀었다.

“팔을 내밀어 보시지요.”

청년이 땀을 비 오듯 흘리는 사내의 손목을 잡고 진맥을 시작했다.

“심하군요!”

한참을 심각하게 진맥하던 청년이 한숨을 지으며 말했다.

“예로부터 태행산맥에서 걸리는 풍토병은 치사율이 높습니다. 그리고……”

“치료할 수 있는지 없는지나 말하게!”

털모자사내가 인상을 쓰며 말했다. 의생 나부랭이들의 특징인 구구절절한 뒷구멍 만들기 식의 설명은 들을 필요가 없었다. 못 고친다면 그렇게 만든 뒷구멍으로 빠져나가고 싶겠지만 목을 치고 말 생각이었다.

“고치려면 어디를 경유했는지 상세히 알아야 합니다. 그래야만……”

“우린 이곳 지명을 잘 모르네.”

콧수염사내가 난감한 표정으로 말했다.

그 순간 세워두었던 말 한 마리가 미친 듯이 날뛰며 뛰어갔다. 털모자사내의 말이었다.

“저놈이 왜……?”

털모자사내가 반사적으로 일어서며 달려나갔다.

"그럼 여기에 점이라도 찍어주시지요. 그래야 어림짐작이라도 할 수 있을 것 같습니다."

털모자사내가 뛰쳐나가자마자 청년은 땅바닥에 빠르게 태형산맥 모양의 그림을 그렸다.

"그러니까… 이곳에서부터 시작해서 이쯤에 며칠 머무르다……."

"주군!"

자신의 말이 갑자기 발광하며 달아나는 것을 보고 반사적으로 뛰쳐나가다 급히 신형을 돌린 털모자사내가 고함과 함께 다짜고짜 청년을 향해 중력을 날렸다. 본능적인 위험 신호와 그에 따른 즉각적인 행동이었다.

"후후!"

장력이 격중된 자리에서는 사람은 보이지 않고 나직한 웃음소리만이 흘러나왔다.

"자네 왜 이러나?"

흙먼지를 둘러쓴 콧수염사내가 눈살을 찌푸리며 말했다.

"첩자입니다."

"첩자?"

털모자사내의 말에 뭔가 감이 잡힌 듯 콧수염사내도 급히 고개를 돌렸다.

부하의 장력에 의생으로서는 보일 수 없는 움직임과 가슴 한곳을 울렁거리게 하는 웃음소리는 뒤늦게 경각심을 느끼게 했다.

"이곳 근처에서 야율사한을 만났단 말이지?"

연기처럼 꺼졌다 다시 나타난 자운엽이 품속에서 태행산맥의 상세한 지명이 그려진 지도를 꺼내 한 부분을 가리키며 말했다.

“무식하게 싸움만 하는 놈들이라 아주 단순하군. 쿡쿡!”

다시 한 번 비웃음을 흘린 자운엽이 에라친을 쳐다보며 모습을 훑었다.

주세양이 기필코 잡아달라고 했던 몽고의 장수가 이놈이었다.

상상하기로는 머리에 뿔이라도 달리지 않았을까 생각했는데 조금만 변장을 한다면 한족과 전혀 구별이 되지 않을 생김새의 사내였다.

자운엽은 태행산맥 지도의 어느 곳에 동그라미 하나를 그렸다.

지도상에는 조그만 동그라미였지만 실제로는 사방 수백 리에 걸친 넓은 지역일 것이다. 또한 대충 땅바닥에 그린 그림 위에 손으로 찍은 장소라 명확하지 않았지만 그 범위를 훨씬 좁힐 수 있을 것이다. 에라친을 잡기에 앞서 서천맹의 본거지가 있는 곳을 그렇게나마 짐작이라도 할 수 있으니 일거양득이었다.

물론 에라친을 잡는다는 전제 하에서…….

“어린놈이라 방심했군.”

에라친이 자운엽의 모습을 뜯어보며 말했다.

처음에는 무인 냄새가 풍기지 않는 헐렁한 옷과 어수룩한 표정이었지만 순식간에 바뀌어 칼날 같은 냉철함이 느껴지는 자운엽의 눈빛에 에라친은 고개를 흔들었다.

“황궁에서 나왔나?”

에라친이 주변을 둘러보며 미심쩍은 표정으로 말했다. 자신 뒤를 따르는 부하들 말고도 사방 십 리에 걸쳐 척후병이 펼쳐져 있었기에 대규모의 황군들이 자신을 잡으러 온 것은 아닐 것이다.

“야율사한과 원한이 좀 있지. 그래서 그놈이 잘되는 꼴을 못 봐주겠기에…….”

자운엽이 우물 뒤에 숨겨두었던 묵령을 손에 들며 답하자 에라친이
고개를 끄덕였다.

역시 황궁은 아닌 것이다. 그랬다면 야율사한 그놈이 먼저 알고 연
락을 주었을 것이다.

"무림인이었군!"

저만치 야산 어귀에서 천천히 걸어나오는 네 사람을 보고 에라친이
말했다.

자운엽과 처음 만난 자리에서 생강시가 된 황궁의 고수들이었다. 그
러나 황궁의 냄새는 조금도 나지 않게 강호무림들이 즐겨 입는 복장으
로 완벽히 차려입고 있었다.

"한 놈도 도망가지 못하게 포위하라!"

혹시 황군에 포위되지 않았나 바짝 긴장하고 있던 에라친의 부관인
토룬이 빠르게 사태를 파악하고 명령을 내리자 이십여 필의 말들이 바
람처럼 달려 사방을 둘러쌌다.

휘익—

포위망이 형성되는 것을 지켜보던 에라친이 훌쩍 뒤로 물러나며 말
위로 올라탔다.

당장이라도 칼을 내뻗어 올 줄 알고 긴장하고 있던 자운엽은 예상
못한 에라친의 행동에 발끝에 공력을 모았다. 에라친이 이대로 달아나
버린다면 잡기가 힘들 것 같았기 때문이다.

"한인들의 무공은 야율사한과 만난 자리에서 충분히 견식했으니 한
인들 방식으로는 싸우지 않겠네. 우린 우리 방식대로 싸우겠네."

에라친의 말을 들은 자운엽은 발끝에 모은 공력을 흩었다. 역시 포
위망까지 형성해 놓고 도망간다는 건 말이 되지 않는 일이었다.

두두둑—

천천히 뒷걸음쳐서 거리를 벌리던 에라친이 갑자기 고삐를 흔들어 자운엽을 향해 달려왔다.

인마일체가 된 듯 고삐가 흔들리자마자 질풍처럼 달려나오는 에라친의 말을 보며 자운엽은 내심 감탄했다. 주인의 움직임에 즉각 반응하는 말이나, 그렇게 말을 다루는 사람의 움직임이 너무도 자연스러웠다. 그렇게 인마일체가 되어 달려오는 에라친을 보니 일 대 일의 싸움이 아니라 한꺼번에 다섯 정도를 마주하는 위압감이 느껴졌다.

순식간에 다가온 에라친을 향해 묵령을 휘두르려던 자운엽은 목표를 잃고 옆으로 신형을 이동시켰다. 묵령을 휘두르려던 순간 마상에 있던 에라친의 신형이 사라져 버린 것이다.

쌔액—

사라졌던 에라친의 신형이 말 배 아래에서 불쑥 옆으로 튀어나오며 자운엽을 향해 칼을 휘둘러 왔다.

째앵!

자운엽은 신속히 묵령을 휘둘러 에라친의 칼을 막았다. 말 배 아래에서 불쑥 튀어나오며 일도를 날린 에라친은 어느새 저만치 반대쪽에서 말머리를 돌리고 있었다.

"젠장—"

어이없는 표정이 된 자운엽은 묵령을 불끈 쥐었다. 이런 식의 싸움은 한 번도 해본 적이 없었기에 순간적으로 목표를 잃고 선공까지 허용하고 만 것이다.

그러는 사이 에라친의 말은 다시 질풍처럼 달려왔다. 진로를 돌리자마자 곧바로 가속을 내고 달려오는 몽고마는 한 대의 전차처럼 느껴졌다.

‘또?’

에라친의 신형이 다시 사라졌다.

자운엽은 신형을 반대쪽으로 이동시키며 말 배 쪽에 신경을 곤두세웠다.

파앗—

에라친의 신형이 말 꼬리 부분에서 안장 위로 튀어 오르며 자운엽을 향해 칼을 휘둘러 왔다.

까앙!

검과 도에서 폭음에 가까운 금속성이 울렸다. 질주하는 몽고마의 속력이 가미된 에라친의 칼은 일류고수의 칼과 같은 무게를 느끼게 해주었다.

에라친의 모습은 다시 십 장 밖으로 멀어져 있었다.

“주군, 이젠 저희들이 하겠습니다.”

털모자사내 토룬이 반대쪽에서 고함을 지르며 말고삐를 잡아당겼다.

긴 울음을 토한 몽고마들이 일제히 앞발을 들어 올렸다가 바닥으로 내리찍으며 자운엽과 네 명의 황궁무사를 향해 질주하기 시작했다.

지축을 울리는 말발굽 소리와 함께 어느새 조립했는지 이 장 가까이 되는 장창을 앞으로 내민 기마대들이 사방에서 몰려들었다.

자운엽 곁으로 주춤주춤 다가온 황궁무사들의 눈에 얼핏 공포감이 어렸다.

황궁에서도 갑주 기마병들은 많이 보아왔지만 이렇게 저돌적으로 달려드는 기마병들을 한꺼번에 상대해 보지는 못했던 것이다. 비록 황궁 출신이지만 익힌 무공은 한인들의 것이니 그 기본은 같은 것이다.

상대와 마주 서서 다리를 굳건히 땅에 내딛고 펼치던 무공은 땅에 다리를 붙일 새도 없이 장창과 함께 말을 타고 질풍처럼 달려오는 적들을 상대로는 제대로 위력을 발휘할 수가 없었다.

"모두 내 뒤로……."

말이든 창이든 모조리 쳐부수며 나갈 생각으로 소리를 지르려던 자운엽은 급히 입을 다물었다. 사방에서 달려드는 기마병이기에 앞뒤 어디든 위험하기는 마찬가지였다.

콰앙!

묵령이 휘둘러지고 자운엽의 정면에서 쇄도해 들던 두 마리의 말이 불길에 휩싸이며 허공으로 솟구쳐 올랐다. 그러나 말 뒤에 바짝 붙은 몽고병은 말을 방패 삼아 벽력의 충격을 최소한으로 줄이며 장창을 찔러왔다. 허리 아래쪽은 불길에 휩싸여 있었지만 죽음을 도외시한 공격이었다.

"크윽!"

좌측에서 장력을 뻗어 내려던 황궁고수 한 사람이 비명을 질렀다. 자신의 장력이 최대한 효력을 발휘할 수 있는 거리를 확보하려다 질풍처럼 달려든 기마병의 장창에 가슴 한복판이 꿰뚫린 것이다.

"모두 포위망을 벗어나시오!"

기형의 병기인 채찍을 든 사내와 검, 도를 든 사내는 장창을 쳐내거나 휘감아 흘려 무사했지만 포위망 속에 있으면 풍전등화나 마찬가지였다.

몽고인들은 말 위에서 자고 먹는 것은 물론, 말 위에서 사랑도 나누고 출산까지 가능하다고 들었다. 말 위에서 태어나 땅보다는 말 위에서 더 많이 생활하는 몽고인들은 말과 딴 몸이 아니었다. 완벽한 인마

일체가 된 그들 개개인의 힘은 청동거인이나 마찬가지였다. 주세양이
몽고 기마대의 침략을 그렇게 두려워하던 이유를 알 것 같았다.

제대로 공격할 거리를 주지 않다가 공격이 가능하다 싶으면 한발 먼
저 창을 내뻗거나, 마신(馬身) 전후좌우, 상하 어느 곳에라도 몸을 이동
시켜 질풍같이 칼을 휘두르는 이들을 제대로 막을 한인들은 없을 것
같았다. 이들이 지나간 곳은 주세양의 예상대로 초토화가 될 것이 자
명했다.

자운엽의 고함을 들은 세 명의 황궁고수가 새까맣게 탄 채 쓰러진
두 마리의 말 쪽으로 신형을 날려 포위망을 벗어나려 했다.

두두두—

그러나 남은 기마병들이 한발 앞서 움직이며 다시 포위망을 구축했
다.

토룬의 손짓과 함께 포위망을 형성한 기마병들이 다시 질주하며 가
운데로 몰려들기 시작했다.

"내 뒤를 따르시오!"

자운엽이 세 사람을 보고 외쳤다.

조금 전 자운엽의 검에 두 마리의 말이 포탄에라도 맞은 듯이 솟아
오르며 타버리는 것을 본 황궁무사들이 고개를 끄덕였다.

"지금!"

자운엽이 고함을 지르며 앞으로 쏘아지자 세 명의 황궁무사도 바람
처럼 자운엽의 뒤를 따랐다.

묵령이 휘둘러지고 다시 세 마리의 말이 불길에 휩싸이며 구슬픈 울
음을 토했다.

파아앗—

말 꼬리 뒤쪽에서 묵령이 뿜은 벽력을 겨우 피한 사내 하나가 채찍에서 창으로 변화시킨 황궁무사의 기병에 목이 꿰뚫렸다. 나머지 둘은 묵령의 불길에 같이 타 죽어 있었다.

포위망을 빠져나온 자운엽이 환영심공을 극성으로 끌어올렸다.

흐릿하게 사라진 자운엽의 신형이 치달려오는 몽고병 앞에서 솟아올랐다.

묵광이 부챗살처럼 퍼지며 창을 뻗을 거리조차 확보하지 못한 몽고병의 가슴을 꿰뚫었다.

가슴이 뻥 뚫린 몽고병의 상처에서 피에 앞서 매캐한 노린내가 먼저 풍겨 나왔다. 뒤이어 선혈이 쏟아졌다.

자운엽이 움직이는 방향 전방과 후방에서 공격하던 기마병 여섯이 순식간에 쓰러지고 좌우측에서 공격하던 기마병들만 서로 위치를 바꾼 채 말머리를 돌리고 있었다.

말머리를 돌린 기마병들의 눈에 순간적인 두려움이 어렸다. 그러나 그 빛은 이내 잔인한 혈광으로 바뀌며 한꺼번에 장창을 앞으로 내밀며 달려왔다.

"한 놈씩만 맡아줄 수 있겠소?"

사방에서 달려드는 기마병이 이제 일렬로 앞에서만 달려오는 것을 본 자운엽이 옆에 선 세 사람을 보고 물었다.

"황궁을 너무 우습게 보는구려."

검을 든 중년인이 이를 뿌드득 갈며 말했다. 질풍 같은 기마대에 사방으로 포위되어 어디서부터 공격해야 할지 몰랐기에 이제까지는 우왕좌왕했지만 이젠 해볼 만하다는 표정이었다.

장창을 든 황궁무사도 찌잉 하는 소리와 함께 창을 채찍으로 바꾸며 살기를 내뿜었다.

먼지를 날리며 달려오는 몽고 기마병의 위용은 여전했지만 빼앗겼던 선기를 되찾은 이상 처음처럼 속수무책이진 않았다.

쌔애액―

채찍으로 변한 기병이 기음을 터뜨리며 바닥을 휩쓸어갔다. 빗자루로 쓸 듯한 움직임에 채찍 끝에서 자욱한 흙먼지가 솟아올랐다.

히힝 히힝―

채찍의 끝에 발목이 걸린 말 한 마리가 긴 울음을 토하며 바닥으로 나뒹굴었다. 말의 앞발 두 개가 싹둑 잘려져 피가 솟구쳤다. 그 핏물 사이로 말의 주인이 창을 휘두르며 쏘아져 왔다. 타고 있던 말은 무너졌지만 몽고병의 중심은 조금도 흐트러지지 않았다.

말 발목을 자른 채찍이 둥글게 말려 몽고병의 목을 휘감았다. 그리고는 옆으로 내동댕이쳤다.

검과 도를 든 황궁무사들도 허공으로 솟구쳐 오르며 자신의 정면으로 달려드는 기마병 한 명씩의 목을 베었다.

몽고 기마병들이 다시 달려드는 순간 바람처럼 몸을 빼낸 자운엽은 에라친을 향해 쏘아져 갔다.

이곳에 온 궁극적인 목적은 에라친을 잡는 것이었다. 그래야만 야율사한의 계획을 무너뜨릴 수 있었다.

에라친을 향해 쏘아지는 자운엽 앞을 토룬이 막으며 장창을 찔러왔다. 한 개의 창이 순식간에 열대여섯 개로 변하며 자운엽의 목을 노렸다.

'우선은 이놈부터 처치해야……'

에라친의 공격을 뒤로 미룬 자운엽이 토룬의 장창을 향해 묵령을 휘둘렀다.

토룬의 장창이 급히 거두어지며 이번에는 자운엽이 머리를 향해 떨어져 내렸다.

기마술만 아니라 창술 역시 황궁무사에 못지않았다. 거기에 황궁무사에게 없는 말의 속도와 높이가 함께 있었다. 야율사한과 손을 잡고 중원을 넘볼 만한 능력을 갖춘 자들이란 생각이 절로 들었다.

까앙!

묵령을 휘둘러 머리를 부술 듯 떨어져 내리는 장창을 막은 자운엽은 허리를 향해 날아드는 날카로운 경력에 급히 몸을 회전시켰다.

한 개의 강전이 아슬아슬하게 허리를 스치며 지나갔다.

"이젠 활까지……?"

에라친의 손에 들린 강궁을 본 자운엽이 눈살을 찌푸렸다. 중원무림인들이 싫어하는 것은 다 가지고 있는 놈들이었다. 질주하는 말에 장창, 활…….

다시 한 개의 강전이 날아오는 것을 본 자운엽은 신형을 옆으로 움직였다. 그러나 그곳에는 순식간에 달려온 몽고병 두 명의 장창이 자운엽을 마중 나왔다.

'환관 놈들이 눈치 채든 말든 흑룡과 함께 올걸…….'

허를 내두를 만한 몽고병들의 기동성에 자운엽은 흑룡의 힘과 바람 같은 질주가 아쉬웠다. 이번 일에 황실이 개입한 사실이 절대로 알려지기를 바라지 않는 주세양의 신신당부대로 흑룡을 두고 왔지만 자신이 죽고 나면 환관 놈들이 알든 말든 그게 다 무슨 소용인가?

들이쉰 숨을 내뱉을 여유도 가지지 못한 자운엽은 구름처럼 몸을 가볍게 한 후 거의 동시에 자신을 향해 찔러오는 창대 위에 훌쩍 몸을 실었다.

장창 두 개에 각각 한 발씩 올려놓은 자운엽은 기마병이 달려오는 속도를 고스란히 자신의 몸으로 흡수한 채 강하게 장창을 박찼다.

장창 두 개가 휘청 바닥으로 꺾이고 반대로 자운엽의 신형은 훌쩍 허공으로 떠올랐다.

자운엽의 신형이 머리 위로 가볍게 날아올라 허공에서 비룡번신(飛龍飜身)의 신법으로 한 바퀴 회전하는 것을 느낀 토룬이 납처럼 굳어진 얼굴로 상체를 틀었다. 그러나 이미 허공에서 떨어져 내리고 있는 자운엽은 토룬을 향해 태산이라도 가를 듯한 기세로 묵령을 그었다. 묵령에서 뻗어 나온 기운과 엉겁결에 내민 토룬의 쌍장에서 뻗어 나온 기운이 부딪치며 기묘한 소리가 터져 나왔다. 마치 쇠를 깎는 듯한 소리였다.

창백해진 얼굴을 한 토룬의 신형이 아래로 내려앉았다. 말 허리가 양단되며 더 이상 말 위에 앉아 있을 수 없었기 때문이다.

쿵!

뒤이어 바닥으로 떨어진 토룬의 신형도 수직으로 반쪽이 나며 피분수가 터져 나왔다.

"토룬!"

에라친이 고함을 지르며 달려왔다. 그러나 토룬은 이미 사람이 아니었다. 시체마저 보존하지 못한 살점덩어리일 뿐이었다. 그리고 토룬을 그렇게 만든 묵검은 자신을 향해서도 사정없이 떨어져 내렸다.

활과 창을 버린 에라친이 양손으로 칼을 굳게 잡고 묵령을 향해 휘둘렀다.

폭음이 터지고 에라친이 타고 있던 말의 다리가 땅속으로 파고들었다.

히히힝—

위에서 가해지는 무게로 허리가 꺾여진 말이 비명을 질렀다.

휘이잉—

묵광을 사방으로 퍼뜨린 검이 이번에는 부드러운 호선을 그리며 에라친의 목을 향해 날아들었다.

"어디서 이런 놈이……?"

허리뼈가 부러진 듯 괴로워하는 말잔등에서 뛰어내린 에라친이 미끄러지듯 뒤로 물러났다. 중원의 무공쯤은 우습게 보는 실력을 갖추었지만 일필휘지로 다가드는 묵검은 도저히 막을 방도가 생각나지 않았기 때문이다.

그러나 사력을 다해 몇 장을 뒤로 물러난 퇴보(退步)도 소용없이 느릿한 만검은 똑같은 속도로 목을 향해 날아들었다.

파아앙!

뒤로 물러나는 것을 포기한 에라친이 왼손으로 도를 옮겨 쥐며 우장을 쭈욱 뻗었다.

에라친의 우장에서 흡사 먹구름을 연상시키는 암류(暗流)가 자운엽의 전신을 덮칠 듯 뻗어 나왔다.

무공 수위는 예측 불능이라던 주세양의 설명이 충분히 수긍이 갈 만한 기운이 암류 속에 숨어 있었다.

자운엽은 암류의 한가운데로 묵령을 강하게 쑤셔 넣었다.

혈접쇄풍의 경력이 암류 속을 관통하며 에라친의 손바닥까지 같이 꿰뚫었다.

"크윽!"

에라친이 비명을 터뜨리며 연신 뒤로 물러났다.

장심 한가운데가 구멍이 난 이상 오른손은 무용지물이나 마찬가지였다. 그러나 에라친이 뻗어낸 흑무에 휩싸였던 자운엽 역시 상의가 넝마처럼 너덜하게 찢긴 채 상체 곳곳에 검은 반점이 돋아나 있었다.

"당신이 만났던 야율사한의 본거지를 정확히 알려주면 부하들은 살려 보내주겠다!"

에라친의 목에 묵령을 들이댄 자운엽이 질풍처럼 달려온 에라친의 부하들과 에라친을 동시에 쳐다보며 말했다.

"우리는 열 번을 거듭 죽을지언정 신의를 저버리진 않는다!"

에라친이 눈을 감으며 단호하게 말했다. 거칠 것 없이 초원을 누비며 살아가는 용사다운 말투와 행동이었다.

"주군!"

다시 주변을 둘러싼 기마대 사내들이 경악에 찬 눈으로 에라친과 자운엽을 쳐다보았다. 주인을 잃으면 자신들도 죽은 목숨으로 생각하는 그들의 눈에는 이미 생기가 사라져 있었다. 그런 기마대를 본 황궁의 무사 한 사람 역시 더 이상 싸울 생각을 않고 멍하니 서 있었다. 와중에 둘이 더 죽은 모양이었다.

'어째 변방의 오랑캐라는 자들에게서 훨씬 더 강한 인간 냄새가 느껴지는군.'

금원전장을 치며 만난 이족의 두 젊은이에게서 느꼈던 기분을 이 몽고 사내에게서 다시 느낀 자운엽은 잠시 숨을 고르며 에라친의 얼굴을 쳐다보았다.

눈을 질끈 감았지만 조금도 흔들림없는 표정이었다. 죽어도 야율사한의 본거지는 불지 않을 것 같았다. 땅에 그려준 대략적인 위치로 만족할 수밖에 없는 노릇이었다.

"정말 살고 싶지 않은가?"

자운엽은 다시 한 번 에라친에게 질문했다.

"자넨 어차피 날 잡으러 온 놈 아닌가? 그걸 말했다고 해서 살려줄 입장도 아닐 테고. 그러니 마지막 순간에 내 영혼을 더럽히고 싶진 않다."

에라친은 자신이 처한 상황을 정확히 인식하고 있었다. 그리고 이상이 좌절된 자신의 삶 또한 포기하고 있었다.

"읍참마속(泣斬馬謖)이란 말은 들어보았소?"

잠시 말을 멈추고 있던 자운엽이 정중하게 물었다.

"잘 알지. 적을 알기 위해서는 제일 먼저 읽어보아야 하는 책이었으니까. 읍(泣)하는 마음이 조금이라도 있다니 내 부하들은 살려줄 수 있겠군."

에라친이 부하들을 둘러보며 말했다. 부하 몇 명이 아직 살아 있었지만 자운엽의 상대가 아니라 생각되었다.

"당신이 목적일 뿐 저들은 필요없소."

자운엽이 주변을 둘러싼 기마대를 한 번 쳐다보며 담담히 말했다.

"가라!"

자운엽의 말이 떨어지자마자 에라친이 부하들을 보며 소리를 질렀다.

"주군!"

"명령이다!"

에라친의 단호한 고함에 분루를 흘리던 사내들이 주춤 뒤로 물러섰다. 그러나 끝내 발길을 돌리지는 못했다.

"마지막으로 한 가지만 묻자. 네놈의 정체는?"

눈빛으로 부하들을 다시 한 번 재촉한 에라친이 자운엽의 정체를 물었다.

"자운엽."

"……."

"사중협의 후인."

자운엽이 간단하게 자신의 정체를 밝혔다.

"그렇군. 이젠 가라!"

나를 처치한 자의 이름과 정체를 알았으니 살아가서 복수하라는, 부하들이 떠날 수 있는 이유 한 가지를 만들어준 에라친이 다시 고함을 질렀다.

"크흑! 주군!"

다섯 명의 몽고 기마병이 죽어도 잊지 않겠다는 듯 자운엽의 얼굴을 한 번씩 쳐다본 후 천천히 말머리를 돌렸다. 그리고는 바람처럼 달려갔다. 일단 마음을 정한 후에는 거칠 것이 없는 그들이었다.

'젠장!'

자운엽은 다시 눈을 감고 있는 에라친을 쳐다보며 가슴속으로 한숨을 토했다.

하늘이 두 쪽 나도 죽여야 할 사람이었지만 마음이 착잡했다. 어쩌면 파이추와 오카민이란 청년들을 만나고 난 후 오랑캐라는 사람들의 의기가 무영신개 같은 중원인들보다 훨씬 마음에 들었기 때문인지도 몰랐다.

"공자!"

홀로 살아남은 황궁무사가 자운엽의 심경을 읽은 듯 고함을 쳤다.

"빚은 지옥에서 갚도록 하겠소."

말과 함께 묵령이 슬쩍 움직였다. 강기가 발출된 무인검에 에라친의 목이 가랑잎처럼 떨어져 바닥에 뒹굴었다.

'대초원……. 한 번은 가보고 싶은 곳이군.'

차마 에라친의 수급을 쳐다보지 못한 자운엽이 서둘러 등을 돌렸다.

◆ 제104장

부자유친(父子有親)

부자유친(父子有親)

　복수의 염이 활활 타오르는 눈빛을 한 설사덕은 옆에 있는 검을 천천히 끌어당겼다.

　공력을 주입하지 않아도 냉기가 흘러나오는 한천검(寒天劍)의 기운은 차갑게 식은 가슴을 더욱 얼어붙게 만들었다.

　"자질이 부족한 바보라……."

　설사덕은 무심한 어조로 중얼거렸다.

　이제껏 수만 번도 더 되뇌었던 말이었지만 그 말을 내뱉는 순간은 언제나 발끝에서부터 역류한 피가 머리끝까지 치받아 오르는 느낌이었다.

　"그 타보에게 당하는 심정이 어떨지 정말 궁금하군."

　다시 한 번 낮게 중얼거린 설사덕은 한천검을 뽑아 들었다.

　검신에서 뻗어 나오는 백광마저 얼어서 땅바닥에 곤두박질치게 할 만큼 차가운 기운이 서린 검이 이빨을 드러냈다.

"이번에도 실패하면 당신은 물론 나까지 살아남지 못해요."

추산미는 설사덕을 향해 담담한 목소리로 말했다. 그러나 아무도 모르게 입가로 퍼져 나가는 한줄기 조소와 냉랭한 표정은 그 목소리와 너무나 대조되었다.

"당신 덕분에 이곳으로 와서 다시 건원대(乾元隊)를 지휘할 수 있게 되었다는 건 누구보다 잘 아오. 정말 고맙소."

설사덕이 추산미의 눈을 쳐다보지 못하고 말로만 고마움을 표했다.

"정말 자신있나요? 민씨 세가의 둘째인 민가호(閔嘉浩)는 무림맹의 핵심 고수예요."

표정과는 달리 추산미가 걱정스런 목소리로 물었다.

"후후! 자신있고 없고의 문제가 아니오. 내 평생, 그리고 내 모든 것을 바쳐서라도 오늘 같은 기회를 기다렸소. 좀 더 자랑스럽게 이 순간을 맞이하지 못한 것이 안타깝지만… 상관없소. 한을 풀 기회를 다시 잡았다는 것이 중요하오."

말을 마친 설사덕은 마른 헝겊으로 한천검을 손질하기 시작했다.

"당신 부자는 너무 똑같군요."

설사덕의 옆모습을 쳐다보던 추산미가 들릴 듯 말 듯한 목소리로 말했다.

"뭐라고… 했소?"

검을 닦는 데 온 신경을 쏟던 설사덕이 뒤늦게 고개를 돌렸다.

"아니에요. 그냥 혼잣소리예요."

추산미는 자신의 실수를 깨닫고 황급히 고개를 흔들었다. 마음속에 가득 찬 생각이 무심결에 밖으로 넘쳐흐른 것이었다.

'그게 스스로 이용당할 수밖에 없는 치명적인 약점이란 걸 죽을 때까지 모를 사람이야, 당신은. 후후!'

추산미의 양 입가에 다시 한 번 싸늘한 미소가 번져 갔다.

*   *   *

호남성 민씨 세가의 가주 민가성(閔嘉星)은 모든 식구들을 한자리에 모이게 했다. 서천맹의 조직 중 한 개의 움직임이 심상치 않았기 때문이다.

첫째 동생인 민가호가 무림맹에서 결코 가볍지 않은 위치에 있기에 그런 정보들을 빨리 접하기도 했지만 언젠가 서천맹의 발호가 있으면 무림맹 수뇌부를 배출한 자신들 가문은 그들과 필연적으로 혈전을 벌이게 될 것이라는 생각을 오래전부터 하고 있던 터였다.

"올 것이 온 모양이다."

민가성은 둘째, 셋째 동생인 민가진(閔嘉眞)과 민가윤(閔嘉潤)을 보며 무거운 음성으로 말했다. 형제들 중에서는 무림맹에서 활동하는 민가호가 제일 고수였기에 그의 부재가 아쉽긴 했지만 두 동생 역시 천부적인 재질을 타고난 고수들이니 마음이 든든했다.

"서천맹의 폭도들이 우리 가문으로 몰려오는 모양이군요, 형님?"

민가진도 이미 예측하고 있었다는 표정으로 말했다.

"놈들의 움직임이 심상치가 않아. 형산파와 혈전을 벌이다 사중협의 제자란 청년에게 가로막혀 호남성의 공략을 잠시 멈추었던 놈들이 이젠 섬서에서 호남으로 몰려오고 있다. 그러면 놈들은 우리 가문을 치고 나갈 것은 명약관화한 일이 아니겠느냐?"

"그렇겠지요. 지나가는 길목이 아니더라도 놈들은 우리를 칠 테니까요. 이미 각오하고 있었던 일, 피하지 않겠습니다."

셋째 동생 민가윤이 주먹을 불끈 쥐며 말했다. 부러질지언정 꺾이지 않는 성격이 고스란히 드러나는 행동과 말투였다.

"하지만 가호가 없는 것이 걸리는구나."

민가성은 바로 아래 동생인 민가호의 빈자리를 못내 아쉬워하며 한숨을 쉬었다.

동생이긴 하지만 민가호는 무공으로나 인품으로나 자신과는 비교가 안 되는 사람이었다. 특히 사려 깊고 어진 성품은 이런 시기에 있어서는 폭급한 성정을 지닌 자신보다 훨씬 더 현명하게 가문을 이끌 수 있는 사람이었다.

"둘째 백부님께서 계시다면 큰 힘이 될 것이지만 이젠 저희들도 충분히 한몫할 수 있으니 너무 걱정 마십시오, 큰백부님!"

민가진의 아들 민유산(閔柳山)이 당당한 표정으로 어깨를 쭉 폈다. 타고난 골격에 어깨까지 쭉 펴니 거센 폭풍우 속에서도 꼼짝 않고 서 있는 거목을 연상하게 했다.

"호호! 유산 오라버니는 어떻게든 백부님 앞에서 힘자랑할 기회만 찾고 있죠?"

사촌지간인 민유경(閔柳慶)이 민유산의 모습을 보며 교소를 터뜨렸다.

방 안 가득 납덩이처럼 내려앉은 무거운 분위기를 누그러뜨리려는 의도이기도 했고, 사촌 오빠 민유산의 튼튼한 어깨가 미더워서 터뜨린 웃음이기도 했다.

"그래, 이젠 나이 든 우리들보다 너희들이 우리 가문의 기둥이지. 그러니 으리는 어떻게 되더라도 너희들은 무모한 행동을 하지 말고 몸을 아끼거라."

민가성이 자신의 아들딸들과 동생들의 아들딸들을 보며 당부했다.

"후후! 누구든 우리 민씨 가문을 건드리면 후회하게 될 겁니다."

이제껏 아무 말도 하지 않고 있던 민가성의 아들 민유결(閔柳潔)이 낮게 웃으며 말했다.

민가성은 아들의 목소리를 들으며 미미하게 이마를 찌푸렸다.

자신의 성격을 그대로 닮아 급하고 너무 강직하기만 한 아들이었다. 하지만 어쩌랴! 자신은 저 나이 때 훨씬 심했고, 그 피를 그대로 이어 받은 것을……

"그렇게 자신만만해할 일은 아니다. 현재 서천맹 놈들은 무한에 있는 무림맹 총단을 중심으로 사방에서 천천히 조여오는 작전을 쓰고 있다. 그렇기에 무림맹의 힘 또한 사방으로 분산되어 네 숙부가 무림맹 수뇌부 중 한 사람이긴 하지만 우리 가문에 직접적인 도움을 줄 수 있는 상황이 아니다. 그만큼 놈들의 움직임이 빠르기도 하고……"

민가성은 말을 이어가면서 눈빛으로 아들을 몇 번이나 나무랐다. 그런 민가성의 눈빛을 읽었는지 민유결은 뭔가 한마디 더 내뱉으려던 생각을 접고 입을 굳게 다물었다.

"이제 상황을 알았을 테니 지금부터 모든 식솔들에게도 무장을 시키고 최대한의 준비를 해야 한다."

민가성이 다시 한 번 당부하며 불러 모았던 가족들을 물러나게 했다.

그러나 민가성의 발 빠른 대응보다 흉수의 손길은 몇 배나 빨랐다. 회의실에 모였던 가족들이 채 방문을 열기도 전에 여기저기서 고함 소리가 들리며 비명 소리도 터져 나오기 시작했다.

"아뿔싸!"

민가성은 신음성을 터뜨렸다. 동생 민가호로부터 연락을 받은 것은 어젯밤 늦게였다. 모두들 침의(寢衣)를 입고 잠에 빠져든 시간이었기에 아침까지 기다린 것이었는데, 그것이 미리 대처하지 못하고 기습당한 한을 남기게 되었다.

똑같은 적이라도 충분히 대비하고 있을 때와 그렇지 못할 때의 피해는 몇 배의 차이가 난다.

"모두, 모두 병기를 들고 싸울 준비를 하거라, 어서!"

민가성은 피를 토하듯 고함을 질렀다. 그러나 가족들의 신형은 그보다 한발 앞서 세가 앞마당으로 쏟아져 나가고 있었다.

비명 소리를 듣고 앞마당으로 쏟아져 나온 짧은 순간에 벌써 가문의 식솔들이 열 명도 넘게 마당에 쓰러져 있었다. 민가성의 한탄처럼 전혀 대비하지 않은 채 기습을 받은 결과였다.

씨잉—

민가윤은 달려나가는 속도 그대로 적수공권인 가내무사 하나를 공격하고 있는 땅딸보사내에게 검을 휘둘렀다. 검신에 반사된 새벽 햇살이 부챗살처럼 퍼져 나갔다.

퍼져 나가던 부챗살이 순식간에 하나로 모여지며 자신의 가슴으로 쏟아지는 것을 느낀 땅딸보사내가 급급히 신형을 움직였다. 사내의 움직임을 따라 민가윤의 검이 다시 춤을 추었다. 그러자 한곳으로 쏟아지던 부챗살이 다시 사방으로 퍼져 나오며 사내의 움직임을 묶어갔다.

"제법!"

땅딸보사내의 입에서 짤막한 목소리가 흘러나왔다. 찬사라기보다는 조소에 가까운 소리였다.

땅딸보사내는 민가윤의 검광이 자신의 심장 한 자 앞까지 접근했을 때 들고 있던 검을 슬쩍 흔들었다. 사내가 흔든 검에 바위라도 벌집을 만들 기세로 뻗어 나가던 민가윤의 검세가 씻은 듯이 사라지며 오히려 사내의 검에서 뿜어서 나온 청광 한줄기가 민가윤의 심장으로 파고들었다.

민가윤의 심장에 뚫리며 선혈이 폭포처럼 쏟아져 나왔다.

"막내야!"

민가성이 찢어질 듯 고함을 질렀다. 너무나 순식간에 일어난 일인지라 어찌 손을 거들 사이도 없이 막내동생을 잃어버린 것이다.

"아버님, 피하십시오!"

울컥울컥 선혈을 토해내는 민가윤을 안은 민가성의 머리 위로 땅딸보사내의 검이 떨어져 내리는 것을 본 민유결이 쏜살같이 달려들었다.

민유결의 검세에 민가성을 공격하던 땅딸보사내가 뒤로 물러나며 눈살을 찌푸렸다. 이제껏 한 번 출수하면 거두어들인 적이 거의 없는 검이었지만 민유결의 검세가 신랄하기 그지없어 한 발 물러날 수밖에 없었다. 그것에 화가 났던지 땅딸보사내는 가일층 맹렬한 기세로 민유결을 향해 칼을 휘둘렀다.

째째쟁쟁—

쇳소리가 연속적으로 울리며 순식간에 다섯 합 이상을 겨룬 두 사람의 이마에 굵은 힘줄이 불거졌다. 민유결은 민유결대로 땅딸보사내는 땅딸보사내대로 단 일 격에 상대를 쓰러뜨리겠다는 의도가 더 앞섰기 때문이었다.

파앗!

민유결과의 대결에 온 신경을 곤두세운 땅딸보사내의 허리로 검 한 자루가 번쩍 하고 지나가며 피보라를 튀겼다. 냉정을 되찾은 가주 민가성의 분노에 찬 검이었다.

허리가 갈라진 땅딸보사내가 휘청 중심을 잃으며 무릎을 꿇었다.

"이, 이놈!"

민가성이 이를 뿌득 갈며 땅딸보사내에게 다시 일검을 날렸다. 땅딸보사내의 목이 허공으로 떠오르며 바닥에 떨어졌지만 민가성의 난도질은 멈추지 않았다.

"형님!"

막내동생을 죽인 원수의 시신에 미친 듯이 검을 휘두르던 민가성은 민가진의 낮은 목소리에 문득 정신을 차렸다. 아니, 민가진의 목소리보다는 갑자기 조용해진 장내의 분위기에 먼저 신경이 쏠렸다.

혼전 중인 장내에 한 사람이 천천히 걸어 들어왔고, 그 사내의 출현에 서천맹 무리들의 공격이 멈춰지며 자연스럽게 싸움이 중지되었다.

"오랜만이오, 처남."

장내를 가로질러 민가성 앞에 도착한 설사덕은 싸늘한 목소리로 민가성에게 인사를 건넸다. 설사덕을 알아보지 못하고 못 박힌 듯 설사덕의 얼굴에 시선을 고정시키고 있던 민가성의 시선이 설사덕의 목소리와 함께 급격히 흔들렸다.

"네, 네놈은?"

"설마?"

민가성과 민가진이 동시에 외마디 소리를 질렀다.

죽은 누이의 남편이 삼십여 년의 세월을 뛰어넘어 눈앞에 얼굴을 들이민 것이다.

‘이게 어찌 된 일인가?’

오랜 옛 기억은 되살아났지만 아직도 믿어지지 않는 민가성과 민가진은 한참 동안 입만 벌린 채 석상처럼 서 있었다.

누이동생 민가영이 죽은 후 의절하다시피 왕래가 끊겼던 설사덕을 보는 것만으로도 심장이 요동칠 일인데 설사덕이 가문을 공격한 흉수의 우두머리라는 사실에 민가성의 얼굴은 돌처럼 굳어갔다.

“너무 오랜만이라 기억도 가물가물한 모양이구려, 후후!”

설사덕이 민가성과 민가진을 한 번씩 쳐다보며 코웃음을 쳤다.

“대체 네놈이, 네놈이 어떻게……. 네놈이 왜?”

민가성이 굳었던 입술을 움직이며 도저히 믿어지지 않는 상황에 대한 질문을 토해냈다.

“질문이 너무 많아 답변을 할 수가 없는 것 같으니 내 검으로 답변을 대신하겠소.”

민가성과 민가진 두 사람의 의문을 단 한 올도 풀어주지 않은 설사덕이 허리에 찬 한천검을 뽑아 들었다. 시리디시린 백광이 검신을 타고 사위를 얼릴 듯 뻗어 나왔다.

“매형, 매형이 맞……. 헛!”

민가진이 설사덕을 부르다 설사덕의 검에서 뻗어 나오는 한기에 급히 신형을 틀어 피했다.

“마지막 발걸음과 함께 이 집과는 인연을 끊었다. 그러니 그런 호칭은 사양한다!”

민가진을 향해 검을 흔들었던 설사덕이 다시 민가성을 쳐다보았다.

“이곳에 오래 머무를 시간이 없으니…….”

말을 끝맺지도 않은 설사덕이 민가성을 향해 쏘아져 갔다. 민가성이 부릅뜬 눈으로 설사덕의 검을 막았다. 그러나 일말의 의구심도 풀지 못한 민가성의 검은 제대로 힘이 실리지 못하며 흔들렸다.

"이래서야 안 되지요. 그때 날 몰아치던 그 기세는 다 어디 가셨소?"

자신의 검을 건성으로 막는 민가성을 보며 설사덕의 검이 더욱 맹렬하게 검풍을 일으켰다.

설사덕의 말을 들은 민가성의 눈썹이 꿈틀 요동을 쳤다.

방금 한 설사덕의 말을 들으니 오랜 기억 속에서 섬광처럼 떠오르는 일이 있었다.

"그렇구나. 네놈은 그때의 일로 내게 원한을 품었구나. 그때 일로……."

지금껏 이해가 되지 않던 상황을 이해할 수 있는 한 가닥 실마리를 잡은 민가성의 얼굴에 짙은 회한이 일었다.

"이제야 기억이 나는 모양이오? 가세만 기울지 않았어도 나처럼 바보 같은 놈에게는 동생을 주지 않았다고 했었지요. 그리고 선녀처럼 받들고 살고 싶었던 여인 앞에서 내가 얼마나 바보인지 철저하게 확인시켜 주었지요. 이렇게 현란한 검법으로 말이오."

설사덕의 검이 수십 개의 환영을 그리며 민가성을 덮쳐 갔다.

"그럴 생각은 없었다. 가영이가 그곳에 나타난 이상 검을 내리려 했었다. 그러나 네놈이 죽자 사자 달려들지 않았느냐?"

민가성은 괴로운 표정으로 설사덕의 검을 막으며 소리를 질렀다.

혈기가 들끓던 젊은 시절, 폭급한 성정을 억누르지 못하고 내뱉은 말들이 얼음장 같은 검기가 되어 전신을 쑤시고 들었다.

설사덕의 검을 쳐내는 민가성의 머리 속으로 까마득한 과거의 기억이 떠올랐다.

삼십 년이 다 되어가는 까마득한 과거, 설사덕은 서장의 어떤 인물들과 교분이 있었다. 감숙이 서장으로 가는 교역로 역할을 하는 곳이다 보니 그곳 사람들이 서장 사람들과 교류하는 것은 크게 이상할 것이 없었다. 그러나 그때 설사덕이 교류하는 사람들은 일반 상인들이 아니었다. 그때는 그들의 정체를 몰랐지만 현재 서천맹의 괴수들임이 분명했다.

그때 이미 감숙제일가로 막대한 부를 축적하고 있던 감숙설가는 그들에게 있어서 제일 군침 도는 목표였을 것이다. 그들은 자신들의 괴이한 무공과 중원정복이라는 달콤한 미끼로 설사덕을 현혹시켰을 것이다.

그러나 그들이 결코 서장의 일반 상인들이 아닌, 뭔가 음습한 냄새를 풍기는 사람들임을 간파한 동생 민가영은 즉시 친정에 그 사실을 알리고 의논했다. 그리고 친정에 올 구실을 만든 민가영은 겨우 걸음마를 하는 아들과 강보에 싸인 딸 하나를 데리고 설사덕과 함께 친정으로 왔다.

처음 설사덕의 설득은 동생 민가호가 맡기로 했다. 차분하고 부드러운 성품의 민가호가 그 일에 가장 적격이라고 판단한 부친의 결정이었다. 그러나 민가성은 동생의 그런 성격이 오히려 불안했다. 동생 가호의 말 정도로는 외고집과 편견이 강한 설사덕에게 씨도 먹히지 않을 것 같았다. 젊은 시절의 경솔함으로 인한 결론이었다.

결국 동생보다 한발 앞서 설사덕과 대화를 시도한 민가성은 자신의 성격이 설사덕과는 서로 상극이라는 사실만 확인한 채 극한 상황까지 가게 되었다.

"그자들과 교분을 끊는 정도야 어려운 일이 아니었지. 그들이 우리

가문을 부러워했지, 내가 그들을 부러워한 적은 없었으니까. 그런데 당신이 나에게 처절하게 부러운 것들을 만들어주었어. 자질이 모자라는 바보라 했던가? 그런 변방의 바보에게는 천하를 거저 주어도 소용없다고 했던가? 그리고 그 검으로 항아 같은 당신 동생 앞에서 처절하게 그걸 확인시켜 주더군. 그때부터 나에게도 부러운 것이 마구마구 생겼고 타는 듯한 갈망도 생겼소. 강한 무공이 부러웠고, 변방의 바보에게 중원 한복판에 자리한 당신 가문이 주저앉는 모습이 보고 싶었지. 더 나아가 감숙을 변방으로 얕보는 중원이 불타는 모습도 갈망했고……."

설사덕의 검이 더욱 거센 검풍을 일으키며 민가성을 몰아붙였다.

두 사람의 싸움을 관망하던 민가진과 민유성, 민유결 등이 가세하려 했지만 민가성이 급히 손을 흔들어 만류했다. 그들이 움직이면 서천맹 놈들도 같이 움직일 것이다. 그렇게 되면 동생 가윤과 같은 희생자가 속출할 것이다. 놈들은 예상보다 몇 배는 더 강했다. 자신의 성급함과 경솔함으로 뿌린 재앙의 씨앗은 자신의 손으로 거두고 싶었다. 그것이 가능하다면…….

"좋은 점도 있더군. 변방의 바보가 그 일로 무림 백대고수 반열에도 들었고, 이젠 중원을 불 지를 기회도 잡았으니까."

설사덕의 검이 민가성의 왼쪽 허리를 가르며 지나갔다. 급히 신형을 튼 탓에 상처는 입지 않았지만 쩍 갈라진 옷 사이로 맨살이 드러났다. 그걸 본 민유결이 앞으로 쏘아져 나왔다.

"상관하지 말거라!"

이를 악문 민가성이 거듭 손을 흔들며 가족들의 움직임을 저지했다.

민유결이 주춤 걸음을 멈추며 두 사람의 대결을 응시했다.

"칼보다 더 무서운 것이 무엇인지 아시오? 그건 바로 무분별하게 휘두르는 인간의 혓바닥이오. 당신의 그 독사 같은 혓바닥이 이렇게 날카로운 검을 탄생시켰소."

설사덕의 검이 다시 무겁게 떨어졌다. 민가성은 설사덕의 검에서 이제는 오히려 벅찬 상대라는 것을 느꼈다.

'그때 가호를 보냈더라면……'

민가성은 오래전에 했던 후회를 다시금 떠올렸다.

세상에는 강한 것만이 능사가 아니라는 것을 한참 뒤에 알았다. 이유제강(以柔制剛)의 검리를 터득할 때쯤에서야 그런 것을 알았지만 너무 늦었다.

"헛!"

목을 향해 날아드는 설사덕의 검을 본 민가성은 경호성을 터뜨리며 검을 휘둘렀다. 그러나 그가 수십 년 전에 내뱉은 한마디가 독사가 되어 돌아와 왼쪽 귀를 물어뜯고 지나갔다. 세 치 정도만 아래로 내려갔으면 경동맥을 싹둑 잘랐을 것이다.

목 아래로 흐르는 피를 느끼지도 못한 민가성은 검을 다잡았다. 회한에 사로잡혀 수비에만 급급하다가는 목이 달아날 판이었다.

마음을 진정시킨 민가성은 검극에 정신을 집중했다. 그리고 한 점 검극에 마음을 실어 상대를 제압하는 민가의 검법인 일로무극검(一路無極劍)의 기수식을 펼쳤다.

민가성의 검극이 슬쩍 움직임과 동시에 민가성의 의식은 이미 검극을 통해 설사덕을 덮쳐 갔다.

갑자기 돌변한 민가성의 기세에 설사덕이 입술을 비틀었다.

삼십여 년 전 저 뒷산 한곳에서 자신을 바보로 만든 그 검법이었다.

또한 자신의 인생을 전혀 다른 방향으로 뒤틀리게 한 그 검법이기도
했다.

설사덕의 검이 빠르게 흔들리며 자신의 가슴 한 점을 향해 극쾌로
다가드는 민가성의 검을 쳐내갔다.

땅! 하는 쇳소리와 함께 민가성의 검이 설사덕의 심장 한 치 앞에서
막혔다.

이제껏 이렇게 정확히 차단된 적이 없는 일로무극검이었기에 민가
성은 놀란 눈으로 자신의 검첨을 막은 설사덕의 검을 쳐다보았다. 순
간, 설사덕의 검이 빠른 변화를 일으켰다.

백학탁어(白鶴琢漁)의 초식을 펼친 검이 동시에 열두 개의 요혈을 노
리고 찔러들었다.

민가성이 신속히 퇴로를 밟아 설사덕의 검세에서 신형을 빼내며 일
로무극검의 제일 엄중한 초식인 구전무극(九轉無極)을 펼쳤다. 그러나
설사덕의 검은 구전무극의 방어망을 간단히 깨뜨리며 날아들었다. 오
로지 그날의 수모를 설욕하기 위해 갈고닦은 검초가 고스란히 녹아 있
는 공격이었다.

파앗―

다시 민가성의 어깨 한곳에서 핏물이 튀었다. 심각한 부상은 아니었
지만 검을 잡은 팔을 느리게 하고 검로를 흩뜨리게 할 만한 상처였다.

'이놈은 그때 내가 뿌린 검초의 파훼법을 알고 있다.'

내심 중얼거린 민가성은 한 가지 결심을 굳혔다.

어깨의 상처에서 오는 통증과 흐르는 피는 시간이 갈수록 불리해지
기만 할 것이다. 그때 펼치지 않았던 마지막 초식으로 승부를 낼 생각
을 한 민가성은 검을 비스듬히 사선으로 움직였다.

잠시 민가성의 검이 허공에서 정지하는가 싶더니 새하얀 은광을 뿌리며 설사덕의 목을 잘라갔다.

"일로무극검의 숨은 절기인가 보군."

냉랭하게 코웃음을 친 설사덕이 뒤로 한 발짝 물러서며 흡사 부채를 흔들 듯 검을 흔들었다.

설사덕의 검에서 짙은 흑무가 피어올라 순식간에 주변을 감쌌다.

"법술?"

공격 목표를 잃은 민가성이 밀려오는 흑무에 온 신경을 곤두세우며 설사덕의 흔적을 찾았다.

쉬이익—

왼쪽 한곳에서 파공성이 울리는 것을 느낀 민가성이 급히 검을 휘둘렀다. 그러나 그건 허초일 뿐, 실초는 민가성의 허벅지를 가르며 피보라를 솟구치게 했다.

쩍 갈라진 허벅지에서 뼈가 드러나 보이며 민가성은 더 이상 서 있지 못하고 고통으로 이를 악물며 바닥으로 무너졌다. 검을 든 팔의 어깨와 반대쪽 다리까지 큰 상처를 입은 민가성은 싸울 의지를 잃고 검을 내렸다.

이젠 모든 것이 끝났다.

자신이 쓰러진 이상 식구들이나 가솔들 역시 마찬가지일 것이다.

자신의 목숨 하나만으로 모든 은원이 해결되기만을 빌 뿐이었다.

흑무가 걷혀지며 설사덕의 신형이 드러났다.

"사랑하는 사람들 앞에서 그런 처참한 모습으로 주저앉는 기분이 어떠시오?"

설사덕이 차가운 눈으로 바닥에 주저앉은 민가성을 쳐다보았다.

“내 목 하나만으로 복수를 끝내주게. 제발 부탁일세.”

민가성이 체념한 눈빛으로 설사덕을 쳐다보며 말했다.

“그렇게 해서 삼십 년 동안 쌓인 내 가슴의 응어리가 풀어질 수 있다면 그렇게 하겠소. 하지만 그건 당신 가족들을 모두 몰살시켜도 불가능할 것 같은데…….”

설사덕이 입술을 질끈 씹으며 발 앞에 쓰러진 민가성을 쳐다보았다.

이젠 자신의 일검이면 민가성의 목은 허공으로 떠오를 것이다. 그리고 자신의 한마디면 이곳 민씨 가문은 몰살을 당할 것이다.

“후후후!”

한동안 민가성을 쳐다보던 설사덕이 메마른 웃음을 터뜨렸다.

“고작 당신 따위 때문에……. 크하하하!”

설사덕이 민가성에게서 시선을 거두며 광소를 터뜨렸다. 공허한 웃음이 한참 동안 민씨 세가의 정원 안을 휘돌았다.

“이 건물은 내 재산을 발판으로 이루어진 것일 테니 모조리 불태우겠소. 그 불길 속에서 당신 가문에 남아 있는 내 마지막 흔적마저 모두 태우겠소.”

설사덕이 등을 돌렸다. 그리고 손을 흔들어 부하들에게 명령을 내렸다.

“건물을 모두 불태우고 떠난다.”

“대, 대주!”

민씨 일족을 고스란히 살려두고 건물만 태우고 떠나라는 설사덕의 명령에 갈의장한 하나가 눈을 부릅떴다. 이렇게 떠났다간 엄한 문책이 따를 것이기 때문이었다.

“가치없는 인간들까지 해칠 필요없다. 명령대로 행하라!”

설사덕이 단호하게 소리쳤다. 그리고 등을 돌렸다.

등을 돌려 몇 발짝 걸어가던 설사덕은 걸음을 멈추고 놀란 표정으로 앞을 쳐다보았다.

언제 나타났는지 추산미가 냉랭한 모습으로 서 있었다.

"당신이 어떻게?"

설사덕이 추산미를 향해 얼떨떨한 표정으로 말했다.

"당신의 그 명령은 맹 총단의 명령에 위배된다는 걸 모르나요?"

호위하듯 서 있는 사내들 앞으로 걸어나온 추산미가 설사덕을 향해 싸늘한 목소리로 질책했다. 한 점의 온기도 느낄 수 없는 추산미의 목소리와 눈빛에 설사덕은 잠시 말문을 닫고 추산미의 얼굴만 쳐다보았다.

자신이 이끌고 온 부하들에 못지않은 인원들이 추산미 뒤로 더 나타나고 있었다. 아마도 추산미가 이끌고 온 모양이었다.

민씨 세가를 공격하는 자신을 후방에서 지원만 하기로 한 추산미가 그들을 모두 데리고 이곳에 나타난 사실에 설사덕은 눈살을 찌푸렸다.

"이곳의 일은 내가 맡은 일이니 내가 알아서 하오. 그러니 이젠 돌아가시오."

설사덕이 찌푸린 표정을 펴지 않고 추산미를 향해 말했다. 비천용문의 지원에 실패한 후부터 자신을 믿지 않는 추산미에 대한 노골적인 불만의 표시였다.

"오호호호……!"

설사덕의 표정을 보며 한동안 무표정하게 서 있던 추산미가 자지러질 듯 웃음을 터뜨렸다.

영원히 끝나지 않을 듯 그 웃음소리는 길게 이어졌다.

“당신은 정말 멍청하군요. 호호호!”

다시 한 번 웃음을 터뜨린 추산미의 말이 이어졌다.

“아직도 당신은 상황 판단이 안 되나보군요. 내가 여기 나타난 것이 오직 당신이 걱정되어서인 것 같아요? 이런 가문 하나쯤이면 당신이 이끌고 간 인원의 반만 해도 충분해요. 그런데 당신 눈에는 인원이 부족할 것 같아 내가 여기 나타난 것으로 보이는 모양이죠? 호호호!”

추산미가 고개를 젖히고 웃은 후 다시 입술을 움직였다.

“똑똑히 들으세요. 내가 여기 나타난 이유는 당신이 이렇게 흐리멍덩하게 일을 처리할 줄 예상했기 때문이에요. 다시 말해 오늘 이 자리에 있는 민씨 일족은 하나도 살려두지 말아야 한다는 뜻이기도 하지요. 이제 알았나요?”

추산미가 냉소를 머금으며 설사덕을 쏘아보았다.

지금까지와는 다른, 너무나 이질적인 추산미의 눈빛에 설사덕은 타인을 보는 듯한 느낌을 받았다.

“무슨 말이오, 그게? 아까도 말했지만 이곳의 처리는 내 개인적인 문제이오. 어떻게 처결하든 내가 알아서 하면 된단…….”

“말이 안 통하는군요. 그리고 길게 말하고 싶지도 않군요. 당신의 건원대 통솔권은 맹의 명령을 무시한 죄로 이 자리에서 박탈하겠어요.”

단호하게 말한 추산미가 황금색 패찰 하나를 들어 올렸다. 선명한 금광이 햇살을 받아 사방으로 퍼져 나갔다.

“지금부터 설사덕의 건원대주 자격을 박탈한다! 그리고 건원대는 내 명령을 따른다! 이 자리에 있는 민씨 일족은 최대한 빨리 몰살시킨다! 그리고 다음 목적지로 전속 진군한다!”

“복명!”

추산미의 고함에 민씨 일족을 포위하며 서 있던 사내들이 기다렸다는 듯 답하며 검을 들어 올렸다.

“죽일 놈들……!”

추산미의 명령을 받은 사내들에 한발 앞서 민유결이 일갈을 지르며 앞으로 쏘아졌다. 이젠 더 이상 부친의 명에 연연할 이유가 없었다. 죽기 전에 단 한 명이라도 더 베고 죽고자 할 뿐이었다.

“그렇게 나와준다면 우리야 훨씬 재미있지.”

번득거리는 눈으로 민씨 세가의 식솔들을 노려보고 있던 한 사내가 하얗게 이를 드러내며 손을 흔들었다.

설사적의 명령으로 잠시 들끓는 혈기를 누르고 있었지만 손이 근질거려 참기 힘들 지경이었다. 그러나 이제 거칠 것이 없다.

사내는 민유결을 향해 무거운 일검을 날렸다.

잠시 조용하던 장내에 다시 병장기 부딪치는 소리가 울려 퍼지며 비명들이 터져 나왔다. 민가성은 그 비명들을 들으며 눈을 질끈 감았다.

‘오늘로 우리 가문이 문을 닫겠구나.’

민가진도 탄식을 삼켰다. 다른 것은 몰라도 무공에 있어서만큼은 호남의 그 어느 가문도 민씨 가문을 우습게 여기지 못했다. 그러나 기습과 함께 밀교의 술법까지 펼치는 서천맹의 고수들은 벅차도 한참 벅찬 상대들이었다. 인원으로 따지면 몇십 배도 더 많은 무림맹이 충분히 치를 떨 만한 인간들이었다.

아득한 절망감으로 갈의장한의 검을 막던 민가진은 왼쪽 허벅지에 화끈한 통증을 느꼈다. 자신이 막은 검을 비껴 내려간 갈의장한의 검이 왼쪽 허벅지를 깊숙이 찌른 것이다.

민가진은 뒤이어 밀려오는 극심한 통증에 이를 악물었다. 그리고 벌써 말을 듣지 않으려는 왼쪽 다리를 억지로 움직여 중심을 잡고자 안간힘을 썼지만 허사였다.

"다시 한 놈!"

갈의장한이 비웃음을 흘리며 사선으로 검을 휘둘렀다. 기우뚱 중심이 흐트러진 민가진의 목을 정확히 노린 일검이었다.

'가윤아!'

먼저 간 동생의 이름을 가슴속으로 부르며 민가진은 눈을 질끈 감았다.

안간힘을 써서 검을 들어 올렸지만 무너진 중심이 검에 제대로 힘을 실어주지 못했기에 자신의 검은 갈의장한의 검에 무처럼 싹둑 잘리며 목도 같이 잘릴 것이다.

생을 포기했던 민가진은 자신의 검에 부딪치는 갈의장한의 검을 느끼며 눈을 번쩍 떴다.

갈의장한의 무공으로 보아 내력이 제대로 실리지 못한 자신의 검은 싹둑 잘려 나가고 아무 무게도 느끼지 못해야 정상인 것이다.

민가진의 그런 의문은 갈의장한의 심장에서 터져 나오는 피분수로 말끔히 풀렸다.

갈의장한은 마지막 순간 심장에 구멍이 나며 검에 내력을 제대로 불어넣지 못했던 것이다.

갈의장한의 목이 다음 순간 허공으로 솟구쳤고, 한 청년이 앞쪽으로 빠르게 쏘아져 나갔다. 청년을 따라 긴 외투를 걸친 몇 명의 인영들도 바람처럼 혼전 속으로 뛰어들었다.

"뭐 하고 있소? 가족들을 도와주지 않을 것이오?"

외투를 걸친 한 사내의 외침에 민가진은 얼른 정신을 차리고 민가성을 향해 몸을 날렸다.

"천마성!"

갑자기 돌변한 상황에 어찌할 바를 몰라 하던 설사덕은 장내로 뛰어든 사내들을 보며 가슴이 철렁하는 기분을 느꼈다.

부하들을 베어 넘기던 몇몇 인영들은 비천용문으로 향하던 길목에서 자신에게 처절한 패배를 안겨주었던 그 인간들이었다.

검을 휘두르는 모습과 분위기로 보아 그들과 같은 놈들이 틀림없었다. 하지만 그들보다는 훨씬 더 강한 자들이었다.

잠시 허둥거리던 설사덕은 목표를 찾은 듯 몸을 날렸다.

채앵!

"설 대협은 잠시 나하고 몸이나 풀어봅시다!"

몸을 날린 설사덕 앞을 기전강이 막으며 느긋하게 외쳤다.

"누구냐, 네놈은?"

빠르게 백학검법을 펼치며 설사덕이 고함을 질렀다.

"잠시 후면 알게 될 거요. 그리고 대협과 대협 아들의 길고 긴 복수행도 끝을 볼 수가 있을 것이오."

기전강은 여유롭게 설사덕의 검을 막아내며 말했다.

"아들?"

기전강의 입에서 나온 아들이란 말에 설사덕은 불식간에 검에 불어넣은 힘을 뺐다.

그때도 이놈들은 아들의 근황을 물었다.

제 새어머니와 사사건건 맞서다 자신에게 한마디 말도 없이 집을 떠난 아들과 딸!

이미 죽은 자식이었다.

그런데 왜 이놈들 입에서 그 아들의 얘기를 두 번이나 듣게 되는 것인가? 설마 이곳까지 오며 자신이 들은 믿어지지 않는 그 말이 사실이란 말인가?

혼란한 심정에 설사덕은 눈살을 찌푸렸다.

휘리릭—

다시 일단의 인영들이 더 민가의 담을 넘어 날아들었다. 그리고 비명성이 몇 배로 많아졌다.

단 몇 명의 가세로도 상황이 바뀌고 있었는데 수십 명이 더 날아들자 상황은 순식간에 급반전되고 있었다.

“저, 저놈은?”

일검에 서너 명씩 부하들을 베어 넘기는 설수범을 보며 추산미는 경악으로 자리에서 쓰러질 뻔했다.

자신에게 있어서는 지옥 사자보다도 더 무서운 존재가 자신 앞에 나타난 것이다. 정마수호대와 오백기마대를 이끌고 감숙으로 왔을 때도 간을 졸였다. 그래서 자신의 목숨을 지킬 수 있는 패 하나를 잡기 위하여 온갖 수단을 다 동원했다. 그러나 그년은 결국 잡지 못했고 자신은 중원 한복판으로 줄행랑을 쳤다.

그 후 저놈은 천마성으로 돌아갔고 다시 나오기는 힘들 것이란 소문을 들었을 땐 뛸듯이 기뻤는데 이젠 외나무다리에서 만난 격이다.

그간 자신이 꾸민 모든 음모를 모조리 간파하고 있는 놈!

그리고 정마협의 진전을 이은 놈!

추산미는 덜덜 떨리는 다리를 움직여 설사덕 쪽으로 향했다.

“모두, 모두 철수하라!”

추산미는 째지듯 고함을 질렀다.

한 명이라도 더 남아 있을 때 그들 사이에 몸을 숨겨 달아나야 했다. 그리고 자신의 목숨과 바꿀 다른 패 하나도 굳건히 잡아야 했다.

"어서, 어서 도망가요! 저들은 천마성의 정마수호대예요! 우리 상대가 아니에요!"

추산미는 설사덕을 향해 소리쳤다.

"갈 때 가더라도 빚은 갚고 가는 것이 순서가 아니오?"

기존강이 추산미 앞을 가로막으며 검을 흔들었다. 추산미의 발 아래에서 흙먼지가 튀어 올랐다. 더 이상 설사덕에게 접근하면 가만두지 않겠다는 경고였다.

"하앗!"

빠르게 눈을 굴리던 추산미가 몸을 솟구쳐 올렸다. 그러나 민씨 세가의 담장 위로 연기처럼 솟아오른 사내들을 본 추산미는 신음을 흘리며 다시 제자리로 내려섰다.

띄엄띄엄 서 있는 사내들이었지만 그들 사이에는 어떤 그물보다 더 강한 포위망이 쳐져 있었다. 그들 사이를 혼자서 뚫고 지나간다는 것은 쉽지 않아 보였다. 더 완벽한 기회를 잡아야 했다.

"어서 이들을 처치하세요, 어서요!"

바닥에 내려선 추산미는 설사덕을 쳐다보며 비명처럼 소리를 질렀다. 그러나 설사덕의 눈은 자신을 향해 다가오는 설수범에게 빨려들 듯 고정되어 추산미의 목소리는 듣지도 못하고 있었다.

"더러운……."

천천히 다가온 설수범은 추산미를 향해 나직하게 중얼거렸다. 그리고 설사덕을 쳐다보았다.

설사덕의 눈빛은 아직까지 자신이 보고 있는 것을 부정하고 있었다.

천천히 설사덕 앞으로 다가온 설수범이 손을 흔들었다. 사정없이 검을 휘두르던 정마수호대와 적룡대의 무사들이 움직임을 멈추고 서천맹 무리들의 움직임만 견제한 채 서 있었다.

"대체, 네가… 네가 이곳에 어쩐 일이냐?"

설사덕은 아직도 믿기지가 않는다는 표정으로 설수범을 쳐다보며 말했다.

집을 나간 지 육 년인지 칠 년인지 기억이 안 날 정도로 오랜만에 마주한 아들이었기에 괘씸한 마음에 앞서 어쩔 수 없는 한 가닥 부정이 설사덕의 얼굴에 번져 있었다. 그러나 그런 감정의 빛깔은 떠올랐을 때만큼 빠르게 사라졌다.

"아버님이야말로 이곳에 어쩐 일이신가요?"

설사덕의 시선을 마주한 설수범이 억눌렸던 한숨을 토해낸 후 반문했다.

질문은 간단했지만 그 질문에 대한 답은 그렇게 간단하게 할 수 있는 것이 아니었기에 오랜 시간 후에 상봉한 두 부자는 서로의 얼굴만 쳐다본 채 시간이라도 정지한 것처럼 서 있었다. 그들과 함께 주변의 시간도 정지한 듯 장내에는 무거운 정적이 내려앉았다.

"저놈, 저놈은 천마성주의 제자가 되어 당신의 가슴에 칼을 꽂으려 이 자리에 나타난 것이에요!"

새벽 안개처럼 내려앉은 정적을 깨뜨리며 추산미의 목소리가 날카롭게 울렸다.

추산미의 음성을 들은 설사덕의 검미가 꿈틀 요동을 쳤다. 그리고 온갖 복잡한 빛이 설사덕의 눈동자에 어렸다.

"사실이냐?"

설사덕의 목소리가 낮게 가라앉았다.

"제가 천마성주의 제자임은 사실입니다."

한순간의 망설임도 없이 설수범의 대답이 흘러나왔다.

설사덕은 설마 하며 믿으려 하지 않았던 말들이 사실임을 확인하고는 볼살을 덜덜 떨었다. 아비와 자식이 서로를 향해 검을 겨누는 기막힌 일이 자신에게 일어난 것이다.

"네놈이 어떻게 이런 패륜……."

"제가 천마성주의 제자가 되어 여기 온 것과 제 외가에… 아니, 자신의 처가에 칼을 들이댄 아버님의 행동 중 어느 것이 패륜인가요? 아버님께서 지금 이 자리에서 제게 패륜을 언급하실 수 있습니까? 하늘이 두렵지도 않습니까?"

설사덕의 말을 자르며 설수범이 절규하듯 외쳤다. 철이 들기 시작하면서부터 가슴 밑바닥에 쌓였던 응어리가 붉은 선혈처럼 설수범의 입에서 터져 나왔다.

"닥치거라! 네놈이 뭘 안다고……!"

수염을 부르르 떨며 설수범의 말을 듣고 있던 설사덕이 고함을 질렀다. 건물이 흔들릴 정도로 큰 고함 소리에 근처 지붕의 기왓장이 비명을 질러댔다.

"다 알 수는 없겠지요. 본인이 아닌 이상 가슴 가득 찬 분노와 나날이 증폭되어 가는 복수심을 다 헤아리기는 힘들겠지요. 하지만 꼭 이러셔야 했습니까? 그 복수라는 것이 자식의 생사보다 더 중요했습니까?"

설수범의 눈에서 이글거리는 폭광이 설사덕을 향해 쏟아져 나왔다.

순간 설사덕은 온몸이 얼어붙는 듯한 기분을 느끼며 자신도 모르게 진저리를 쳤다.

천하제일성인 천마성주의 제자로서 손색이 없는 기운이었다. 그러나 설사덕은 설수범의 눈빛에서 천마성주의 제자 이전에 자신의 아들로서, 그리고 한 인간으로서의 처절한 분노를 읽었다.

그것은 천마성주의 무공을 익혔기에 뿜어낼 수 있는 기운이 아니었다. 자신보다 몇 배는 더 깊고 강한 복수심에 온몸을 태우고 있는 인간이 뿜어내는 기운이었다.

"그리고 아버지! 당신의 그 복수가 내 어머님의 독살마저도 알아차리자 못할 만큼 중요했습니까?"

질끈 깨문 입술에서 선혈이 터져 나오는 것도 의식하지 못한 설수범이 설사덕과 추산미를 쳐다보며 사위를 얼릴 듯한 한광을 내뿜었다.

"무슨, 무슨 말이냐, 이놈?"

설수범의 전신에서 뿜어져 나오는 살기에 숨이 막혔던 설사덕이 문득 정신을 차리고 떠듬거리며 입술을 움직였다.

격앙된 감정 속이었지만 아들 설수범은 분명히 내 어머니의 독살이라고 말했다.

독살이라니?

도저히 이해할 수 없는 단어와 함께 전처 민가영의 모습이 떠올랐다.

딸 설수연과 찍은 듯이 닮았고, 설수범과도 눈매가 빼다 박은 듯이 닮은 전 부인 민가영!

필사적으로 잊으려 했지만 그녀가 낳은 아들딸들이 커가며 더욱 생생하게 떠오르던 그녀의 눈빛과 얼굴이었다.

그녀의 오빠 민가성에게 처참하게 무너지던 순간, 자신을 쳐다보던 표정은 너무나 애처로워 보였다. 마치 날개가 꺾이고 죽어가는 새를 쳐다보는 듯한 그 표정은 자신에게 있어서 오히려 감내하기 힘든 참담한 분노로 다가왔다.

어쩌면 한 여인의 진심을 진정으로 이해할 만한 가슴을 가지지 못했기에 오늘의 자신이 있는지도 모르는 일이다.

그런데 그 여인의 죽음이 독살이라니?

설사덕은 격심한 충격에 얼어붙은 듯 설수범만 쳐다보았다.

"아버님 옆에 있는 그 여자가 내 어머님을 독살했지요. 아버님이 가슴 가득한 복수심에 내 어머니를 박대할 때 그 여자는 내 어머니를 독살하고 거름처럼 썩은 아버님의 가슴에 독버섯을 심고 키워왔지요."

설수범이 당장이라도 목을 비틀 듯한 눈빛으로 추산미를 쳐다보았다.

설수범의 말을 들은 설사덕 역시 추산미를 향해 고개를 돌렸다. 그러나 설수범과 설사덕의 대화 도중에는 창백하게 질렸던 추산미의 표정은 지금은 오히려 제 색깔을 되찾고 의중을 파악할 수 없게 변해 있었다.

"저늠 말이 사실이오?"

혼란한 표정의 설사덕이 추산미를 향해 질문했다.

"호호호호! 정말 지나가던 개가 웃을 일이군요. 당신은 그 말을 믿나요? 이제껏 저놈이 나를 어떻게 대해왔나요? 나를 쫓아내지 못해서 안달이 나서 사사건건 나와 맞서지 않았나요? 이제 그것도 모자라 누명까지 씌우는군요. 제 어미가 죽을 때 저놈은 말도 몇 마디 하지 못했던 어린애가 아니었던가요? 그런데 무얼 근거로 내가 제 어미를 독살했다고 하는 건가요? 세상에 이런 생떼도 없을 것 같군요. 정말 당신은 저놈 말을 믿나요?"

잠시 흔들렸던 표정을 다잡은 후론 일체 흔들리지 않고 추산미는 냉랭하게 쏘아붙였다. 그리고 오히려 억울하다는 투로 설사덕의 대답을 재촉했다.

"사갈이란 말은 정말 당신을 위해 탄생된 말 같소."

설사덕과는 달리 이제까지의 추산미의 표정 변화를 단 한 순간도 놓치지 않고 있던 설수범은 얼음장보다 더 차가운 목소리로 중얼거렸다.

"네놈은 어머니보고도 당신이라고 부르느냐? 내 비록 낳지는 않았지만……."

"닥치시오! 난 당신 같은 더러운 인간을 단 한 번도 어머니로 생각한 적 없으니!"

폭포수같이 쏟아지려는 추산미의 말을 막은 설수범이 뒤를 돌아보며 눈짓을 했다.

"모시고 와라!"

설수범의 눈짓을 받은 기전강이 고함을 지르자 정마수호대 무사 두 명이 노파 하나를 부축하며 장내로 들어섰다.

꼬부라진 허리와 온통 백발로 뒤덮인 머리는 걸어다니는 것조차 위태로워 보였지만 흰 머리카락 사이로 뻗어 나오는 노파의 눈빛은 비수보다 날카로워 보였다.

무공을 익힌 사람들조차도 일순 가슴을 철렁하게 만들 정도로 섬뜩한 눈빛 한줄기가 백발을 헤치고 추산미를 향해 쏘아졌다.

새로운 상황에 추산미의 눈동자가 빠르게 움직이고 있었다.

"가주!"

추산미에게 원독 가득한 눈빛을 보내던 노파는 물기 어린 목소리로 설사덕을 불렀다.

"오랜만이구려, 가주. 이 죄 많은 년, 가주께 속죄하고 가주 손에 죽을 수 있기를 빌고 또 빌었는데…… 하늘이 무심치 않았구려. 으흐흑!"

자신을 전혀 알아보지 못하는 설사덕의 태도에도 아랑곳 않은 노파는 통곡성을 터뜨렸다.

"뉘시오, 노인은?"

폐부를 찢어내는 듯한 노인의 통곡 소리를 중간에서 멈추게 한 설사덕이 노인의 몰골을 유심히 살피며 물었다.

"쇤네 점순이입니다. 가주께서는 어릴 적부터 저를 점박이라고 더 많이 불렀지요!"

겨우 통곡을 멈춘 노파가 숙였던 고개를 들어 올리며 산발한 머리카락을 쓸자 노파의 왼쪽 볼에 커다란 점이 나타났다.

노파의 볼에 있는 점을 쳐다본 설사덕의 눈이 부릅떠졌다.

수십 년 전의 기억이 노파의 얼굴에 있는 점과 함께 아련히 되살아난 것이다. 그리고 그 기억은 추산미에게 훨씬 강렬하게 되살아났다.

"네가… 아니, 당신이 어떻게 여길……?"

노파를 알아본 설사덕이 말을 제대로 잇지 못하는 순간, 추산미의 손에서 비수 한 자루가 노파의 목을 향해 날아갔다. 그러나 이미 그것을 예상하고 있던 기전강이 슬쩍 검을 흔들어 비수를 쳐냈다.

"말해 주시오, 그때 일을……. 하나도 남김없이!"

설수범이 다시 통곡하며 어깨를 들썩이는 노파를 보며 말했다.

"저년, 저 독사 같은 년! 모두 저년의 짓입니다! 아니지요. 저년과 이 죄 많은 년의 짓이지요."

한과 독기가 어우러진 노파의 설명이 이어졌다.

"이년에게 저 독사 같은 년이 접근한 것은 가주께서 마님과 함께 이곳 처가에 다녀온 직후였지요. 그때 저년은 내 친정 식구들의 어려움을 귀신같이 알아내고 많은 돈으로 유혹했지요. 마님의 음식에 자신이 준 약들을 타주면 돈을 주겠다고……. 전 그때 너무 무서워 거절했지만, 이건 독이 아니라 잠시 안주인의 총기를 흐려 조그만 이익을 보려 한다며 그 약을 직접 자신이 삼켜 독이 아니라는 것을 증명해 보였습니다. 그리고 나에게도 먹어보라고 했습니다. 나 역시 조금 먹어보았지만 아무런 이상이 없었습니다. 그 정도라면 들어주어도 괜찮겠다고 생각했습니다. 몇 달 동안 그걸 들어주고 돈을 받았습니다. 그런데… 어느 날 마님께서 급사하셨습니다. 이 미련한 년 그제야 깨달았습니다. 그건 독은 아니되 오랜 기간 복용하면 독보다 더 무섭다는 걸……. 하지만 그때는 늦었지요. 마님은 물론 저와 제 가족도 참변을 당했으니까요. 살아야 할 사람들은 다 죽고 천 번을 고쳐 죽어도 모자랄 이년만 저년의 마수에도 용케 살아남았습니다. 그동안 죄 많은 목숨 붙어 있게 한 하늘을 많이 원망했지만 이날을 위해 살려놓은 것 같습니다. 이제 가주 손에 죽고 싶구려. 죽여주시오, 가주!"

모든 사연을 다 토해낸 노파가 헝겊 인형이 쓰러지듯 바닥으로 쓰러졌다. 그리고 숨도 쉬지 못할 정도로 오열을 터뜨렸다.

하늘에 먹구름이 덮여오고 있었다.

구름 몇 점밖에 떠 있지 않은 화창한 날이었지만, 설사덕의 하늘은 시커멓게 먹구름이 뒤덮여 오고 있었다.

음습한 주문을 외던 추산미가 머리를 감싸 쥐고 비틀거리는 설사덕을 보며 사갈 같은 웃음을 토했다.

잠시 먹구름으로 가려졌던 설사덕의 하늘이 맑아졌다.

"아, 이런 독사 같은 계집!"

모든 것을 안 설사덕이 온몸을 덜덜 떨며 추산미를 향해 손을 뻗었다. 그 순간, 추산미의 입에서 다시 음울한 주문이 흘러나왔다.

"크윽!"

하늘이 다시 먹구름으로 뒤덮이는 것을 느낀 설사덕이 비명을 지르며 뻗었던 손을 거두어 머리를 감싸 쥐었다.

"손오공이 따로 없군. 호호호!"

주문을 멈춘 추산미가 냉소를 터뜨리며 달려들려는 설수범을 향해 손을 들었다.

"제천대법(帝天大法)이 펼쳐진 이상 네 아비 목숨은 내 손에 달렸다. 섣불리 움직이면 네 아비는 처절한 고통 속에 뒹굴다 죽을 것이다. 호호호호! 멍청한 인간 같으니라고. 복수를 위해 영혼을 판 대가가 어떤 것인지 짐작도 못했겠지. 팔아버린 당신 영혼은 내 것이지. 호호호호!"

추산미가 다른 주문을 외자 미친 듯이 괴로워하던 설사덕이 잠시 해방되었다. 고통 속에서 붉게 충혈된 눈과 꽉 다문 이 사이로 흐른 피가 원귀를 연상케 했다.

"이, 죽일 년……."

"호호호. 그런데 오히려 당신 목숨이 내 손에 달렸으니 이걸 어쩌지? 옴— 바호니……."

다시 주문을 외며 설사덕의 명줄을 쥔 추산미가 설수범을 쳐다보았다.

"어디 선택을 해보거라. 네 아비 목숨이 어떻게 되어도 상관없다면 날 죽일 수 있다. 날 죽여보겠느냐?"

추산미가 어서 죽여보라는 듯 설수범을 향해 팔을 벌렸다. 그러나 부서질 듯 이만 갈고 있는 설수범은 어떤 움직임도 없이 서 있었다.

"네놈 아비는 복수에 눈이 멀어 어느 것 하나 제대로 보지 못하더군. 네놈도 그러겠느냐? 복수에 눈이 멀어 아비도 쳐다보지 않겠느냐? 날 여기서 베면 넌 네 어미 복수를 할 수 있다. 하지만 아비의 죽음을 방치한 패륜아가 먼저 되어야겠지. 그러니 아비같이 되기 싫다면 날 막지 마라. 이곳에서 십 리만 벗어나면 대법은 풀어주겠다. 아니, 십 리만 벗어나면 대법은 효력을 잃는다. 어쩌겠느냐?"

추산미가 어서 선택을 하라는 표정으로 설수범을 쳐다보았다.

"그렇다면 당신을 제압해서 십 리 밖으로 끌고 가면 되겠군."

설수범이 턱을 덜덜 떨며 답했다.

"호호호, 역시 영리하구나. 속임수가 통하지 않으니 같이 죽어야겠지?"

추산미가 입술을 비틀었다. 그리고 주문을 외었다.

낮게 울려 퍼지는 추산미의 주문에 괴로워하던 설사덕이 천천히 고개를 들었다. 그리고 강시처럼 움직였다.

"저놈을 죽여라! 어서 저놈을 죽여라!"

추산미의 목소리가 설사덕의 뇌리를 파고들었다.

설사덕이 천천히 검을 들어 올리며 설수범을 쳐다보았다.

전 부인 민가영의 눈이 설사덕의 망막을 채워왔다.

"아, 안 돼……!"

설사덕이 검을 내리며 중얼거렸다. 그러나 더 강력하게 뇌리를 파고든 추산미의 주문에 설사덕은 비명을 토해냈다.

"아버지!"

설수범이 안타까운 비명을 질렀지만 설사덕의 목숨은 추산미의 손아귀에 쥐어져 있었다.

"어서 저놈을 죽여라! 저놈은 천마성주의 제자로 우리를 베러 왔다. 호호호……!"

날카로운 웃음을 터뜨린 추산미가 주문을 외려다 경악으로 눈을 부릅떴다.

고통에 몸부림치던 설사덕이 덜덜 떨리는 손으로 검을 잡아 자신의 복부에 쑤셔 박고 있었다.

"안 돼!"

설수범이 비명을 질렀지만 설사덕의 검은 복부를 깊숙이 관통하고 있었다.

"크흑! 아버지!"

설수범이 무너지듯 설사덕의 신형을 감싸 안았다. 그리고 설사덕의 복부에 박힌 검을 뽑을 엄두도 못 내고 상처만 급히 지혈시켰다.

"모두… 모두가 내 탓이다. 복수심에 영혼을 판 내 탓이다."

설사덕의 음성이 기침과 함께 새어 나왔다.

모두들 방심한 그 순간, 추산미가 몸을 날렸다.

담장 위에서 포위망을 펼치고 있던 천마성 무사들이 그물처럼 좁혀들며 추산미를 막아갔다.

추산미가 허공에서 몸을 틀며 소매 속에 있던 구슬 하나를 던졌다.

콰앙!

폭발음이 들리며 앞을 막던 천마성 무사 두 명이 걸레쪽처럼 터지며 날아갔다.

그 사이로 추산미의 신형이 비조처럼 쏘아졌다.

"이런 찢어 죽일 계집."

외투를 흔들어 폭발의 여파가 설수범 부자에게 접근하지 못하게 막던 기전강이 검을 빼 들고 땅을 박찼다.

"그만. 제발 그만… 두거라. 이젠 그만……."

설사덕의 가래 끓는 소리와 함께 필사적으로 손을 흔들었다. 그 소리를 들은 기전강이 우뚝 신형을 멈추며 설수범의 명령을 기다렸다. 피눈물을 흘리고 있던 설수범이 고개를 끄덕여 설사덕의 청을 들어주었다.

"모든 것은 내 잘못이다. 내 복수심이 이 모든 것을 낳았다."

추산미가 빠져나간 것을 본 설사덕이 다시 말을 이었다.

"열 번을 찢어 죽여도 시원치 않을 여자이지만…… 한 번도 정을 주지 못한 내 아들… 내 아들 손에 더러운 피를 묻히는 것은 보고 싶지 않구나."

설사덕이 피가 헝건하게 묻은 손으로 설수범의 손을 잡아갔다.

처음으로 맞잡은 부자지간의 손!

이미 꺼져 가는 생명이었기에 그것이 애달파 더욱 강한 온기를 전했다.

"아까 네 눈을 보았다. 복수심에 이글거리는 눈……. 여태껏… 내 가슴속에서 타올랐던 불길이 고스란히 네게로… 전해진 것 같더구나. 내가 뿌리치지 못하고… 독버섯처럼 키워왔던 복수심이 고스란히 네 가슴에… 잉태될지 모르겠구나. 쿨럭!"

설사덕이 다시 기침을 하며 숨을 몰아쉬었다. 벅찬 호흡 속에서 울컥하며 한 모금의 생명이 다시 빠져나갔다.

"아버지… 더 이상……."

설수범이 설사덕을 만류했다. 그러나 설사덕이 가볍게 손을 저었다. 말을 안 한다고 해서 연장될 생명이 아니었다.

"내 목숨 하나로 이젠… 모든 것을 끝낸다오. 그 여자는 네 어머니의 원수지만 네… 이복 동생들의 어머니이기도 하다. 그녀를… 네 손으로 죽이면 이복 형제들끼리… 또 복수극을 벌여야 할 것이다. 복수는… 복수를 낳을 뿐……. 부디 그 여자를 네 손으로 해하지… 말거라!"

설사덕이 간절한 목소리로 설수범에게 애원했다.

이복 형제라는 설사덕의 말을 들은 설수범이 눈을 질끈 감으며 이를 악물었다.

"네 어머니는 정녕 사랑스런… 여인이었다. 내게는 과분할 정도로……. 그랬기에 그녀가… 돈 때문에 내게 시집왔다는 말을 듣고, 그리고 그녀 앞에서… 바보가 된 사실은 도저히 참을 수가 없었다. 네 어머니의 모습이 사랑스러울수록…… 나 자신이 싫었고, 감정의 골만 깊어갔다."

설사덕이 마지막 힘을 짜내어 설수범의 손을 움켜쥐었다.

"그 여자가 옳은 말도 했다. 복수심에 눈이 먼 인간은… 어느 것 하나 제대로 볼 수가 없다. 네 어머니의 눈빛은… 그런 뜻이 아니었는데……. 복수심에 눈이 먼 난 그걸… 읽지 못했다. 후후!"

설사덕의 웃음소리가 공허하게 허공으로 울려 퍼졌다.

설사덕의 손에 천천히 힘이 빠져나갔다.

"아, 아버지……!"

설수범이 다급하게 외쳤다.

"내가 네 어머니와 천금 같은… 내 아들의 청춘을 죽였구나. 다시 한 번… 부탁… 그 여자를 네 손으로… 해하지……."

"그러지요, 아버지! 그 여자는 내 이복 동생들의 어머니니까요. 크흑!"

설수범이 자꾸만 떨어져 내리는 설사덕의 손을 끌어 올리며 오열을 삼켰다.

"고맙구나……. 이젠… 네 어머니 곁으로 가서…… 용서를 빌 수 있겠구나. 네 어머니를 처음 보았던… 저 들판에 묻어……."

전 부인 민가영이 마중이라도 나왔는지 옆으로 떨어지는 설사덕의 얼굴에는 한줄기 편안한 기운이 어렸다.

한참 동안 멍하니 설사덕의 얼굴만 쳐다보고 있던 설수범이 참았던 오열을 터뜨렸다.

창자를 토해내는 듯한 오열이었지만 한동안 아무도 설수범을 말리지 못했다.

"아이고! 아이고, 내 새끼!"

민가의 노부인 진여화(晉歟和)가 노구를 이끌고 나타났다. 식구들의 부축을 받으며 병색이 짙은 모습이었지만 설수범을 향하는 그녀의 걸음은 한순간이 급해 보였다.

"외할머니……."

설수범이 젖은 눈으로 외할머니의 모습을 좇았다. 이미 기억 속에서도 지워진 모습이었지만 외할머니의 얼굴에서 어머니 민가영의 모습과 동생 수연의 모습이 겹쳐져 왔다.

"네가, 네가 정녕 가영이의 아들이냐? 네가 정녕……!"

그러던 노부인은 막내아들 민가윤의 시신을 발견하고는 더 이상 격한 감정을 이기기 힘든 듯 바닥으로 무너졌다.

"할머니!"

"어머님!"

민가성과 민가윤이 쓰러진 진여화를 같이 부축하며 급히 안색을 살폈다.

딸 민가영을 먼저 보내고 이젠 막내아들까지 잃은 진여화는 딸의 눈매를 쏙 빼닮은 설수범을 보며 격한 감정을 이기지 못하고 끝내 혼절하고 말았다.

"네가… 네가 정말 가영이의 아들이냐?"

노모를 식구들에게 넘긴 민가성이 통한 가득한 눈빛으로 설수범을 쳐다보다가 자신도 모르게 눈물을 흘렸다. 설사덕의 시신을 안고 넋이 나간 모습이었지만 눈매는 동생 가영의 그것이었다.

'이러서 핏줄은 속이지 못한다고 했구나!'

민가성은 설수범의 전신 곳곳에서 풍겨 나오는 동생의 체취, 그리고 자신의 체취를 느끼고는 눈을 질끈 감았다.

너무나 오랜만의 만남이었지만 그것은 너무나 기막힌 만남이 되고 말았다.

민가성도, 다른 가족들도 설수범을 묵묵히 쳐다보기만 할 뿐 어떤 말도 꺼내지 못했다.

그렇게 한동안 넋을 놓고 있던 설수범이 설사덕의 시신을 안고 일어섰다. 그리고 천천히 민씨 세가의 대문을 향해 걸음을 옮겼다.

"어, 어디로 가느냐? 얼마 만에 온 외가인데?"

설수범의 표정에서 한 번 지나가면 다시는 돌아오지 않는 바람 같은 허허로움을 읽은 민가성은 상처도 아랑곳 않고 설수범을 막아섰다.

외가이긴 하지만 바늘방석만큼이나 불편한 곳임을 모를 리 없었다. 그러나 이대로 보낼 수는 없었다.

민가윤의 시신 곁에서 오열하고 있는 그 가족들을 한 번 쳐다본 설수범은 민가성의 옆을 지나갔다. 어찌 됐든 자신의 부친으로 인해 민씨 가문의 형제 한 명이 다시 유명을 달리했다. 그 모습을 보며 더 이상 머무를 수가 없었다.

설수범을 따라 정마수호대와 적룡대가 묵묵히 걸음을 옮겼다.

"그럼 오늘의 상처가 좀 아물고 나면 꼭 찾아오너라. 이 모든 것은 모두 부덕한 내 탓이지 그 누구의 탓도 아니다. 너는 오히려 멸문당한 뻔한 우리 가문을 구한 은인이니라. 어머니께서도 네가 이렇게 떠난 것을 알면 병환을 이겨내지 못하고 눈을 감으실 것이다."

민가성이 설수범의 등 뒤에서 간곡하게 말했다.

설수범과 천마성의 무사들이 다 빠져나가고 난 자리에는 텅 빈 듯한 황량함이 감돌았다.

아직 해가 중천을 다 지나지도 못한 시간이었지만 수십 년이 한꺼번에 흐른 듯한 민씨 가문이었다.

신투(神偸)의 망령(亡靈)

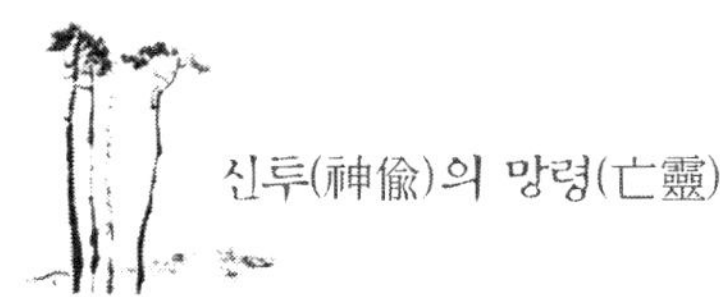

신투(神偸)의 망령(亡靈)

"여기가 어딘가?"

광집자 초서풍은 전에 없이 일찍 잠에서 깨어났다. 그리고 평소와는 전혀 다른 기분에 눈을 몇 번 끔벅거렸다.

평소에 이렇게 일찍 잠이 깨었다면 기분이 한없이 상쾌했을 것이다. 특히 약왕의 신단을 복용한 후에는 그 상쾌함이 몇 배가 되었다. 그러나 오늘은 전혀 기분이 달랐다.

몸도 구거웠고, 왠지 모르게 진기의 순환도 잘되지 않았다.

아울러 눈을 뜨면 제일 먼저 보이는 해동이라는 작은 나라에서 온 청자와 백자가 보이지 않았다. 그것을 만든 한 인간의 영혼이 고스란히 녹아 있는 듯한 은은한 빛에 언제나 가까운 곳에 놓아두고 보는 물건들이었다.

그리고 또 활짝 열면 실물보다 더 실물 같은 정원 앞 가산(假山)이

한눈에 들어오는 창문도 보이지 않았다.

그러나 진기의 순환이 잘 안 되는 무엇보다 더 결정적인 이유는 자신의 몸이 자유스럽지 못했기 때문이었다.

자신의 몸은 의자에 앉혀진 채 온몸이 꽁꽁 묶여 있었다.

"이, 이게 어찌 된 일인가?"

초서풍은 기겁하고 상체를 일으켰지만 교묘하게 전신을 묶고 있는 밧줄은 느슨한 것 같으면서도 철저한 매듭을 이루고 있었다. 이런 일에 이골이 난 전문가들의 솜씨였다. 그것이 초서풍의 등을 식은땀으로 흠뻑 젖게 만들었다.

'부적도 소용없는가? 으으……'

초서풍은 내심 신음을 흘리고는 오래전에 들은 선배 수집가의 말을 떠올렸다.

"자고로 한 인간의 처절한 정념이 깃든 작품 속에는 귀신이 산다네. 아마도 그것을 만든 사람의 혼백이겠지. 그것들을 수집해서 가치를 찾아주고 고이 감상한다면 그 귀신은 아무런 야료를 부리지 않는다네. 그러나 그것들을 오로지 자신만을 위해 훼손하거나 변질시킨다면 귀신들이 튀어나온다네. 명심하게."

반쯤은 믿고 반쯤은 흘려 버린 말이었는데 그것이 오늘에야 절실하게 가슴에 와 닿았다.

아주 우연하게 멸천마통, 아니, 다 썩어 문드러져 가는 고철덩이를 손에 넣고 그것이 이백 년 전에 세상을 발칵 뒤집었던 묘수신공의 마물임을 직감하여 신투자가 같이 숨긴 약왕의 신단을 얻었을 때까지는 아무 문제가 없었다.

귀신이 기어 나온 것은 평범하게 보이지만 온갖 장치가 숨겨진 목함의 이중 바닥을 분리하고 그 안에 든 신단을 복용했을 때였다.

선배 수집광의 말대로 한 인간의 정념이 깃든 물건을 고이 보관하지 않고 자신만을 위해 복용한 다음 눈을 떴을 때 분명히 탁자 위에 놓아 두었던 신단 두 알과 고철덩어리는 사라져 버렸다.

그때부터 초서풍은 신경 쇠약에 시달렸다.

신단의 복용으로 바라 마지않던 정력이 두 배 가까이 증대되었지만 귀신에 대한 공포는 하초를 오히려 반으로 쪼그라들게 만들었다.

그날 저녁 즉시 용한 무당을 불러 굿을 하고 온 집 안 구석구석 부적을 붙였지만 소용없었다. 결국 귀신은 자신을 이렇게 만들었다.

잘 때는 분명히 자신의 방 침실이었는데 깨었을 때는 전혀 다른 곳에서 밧줄에 꽁꽁 묶여 있었다.

"깨어났군."

역시 귀신이었다.

아무 인기척도 없던 곳에서 불쑥 사내의 목소리가 들려온 것이다.

"뉘, 뉘시오?"

초서풍은 기겁하며 고개를 돌렸다.

삼두육비의 괴물을 생각하고 있던 초서풍은 훤칠한 미공자의 모습에 눈을 끔벅거렸다.

깨끗한 백의에 서글서글한 인상의 청년은 도저히 원귀로 보이지 않았다. 어느 곳에서나 볼 수 있는 서생 같았다.

단지 손에 들린 이상한 모양의 쇠꼬챙이 하나가 서생으로서는 조금 이질감을 느끼게 해줄 뿐이었다.

"그건 알 것 없고. 당신은 지금부터 우리가 묻는 말에 최대한 정확하게 답만 해주면 된다."

서생이 억양이 거의 느껴지지 않는 목소리로 답했다.

'우리?'

초서풍은 서생의 말에 반대 편으로 고개를 돌렸다. 그곳에는 세 명의 사내가 더 서 있었다.

'역시 귀신들이야.'

서생의 서글서글한 인상에 잠시 옅어졌던 초서풍의 확신이 더욱 굳어졌다.

"당신이 광집자 초서풍인가?"

서생의 질문에 '귀신이 그것도 모른단 말인가?' 하고 잠시 의문을 떠올리던 초서풍은 허벅지 한곳을 파고드는 지독한 고통에 비명을 내질렀다.

서생이 들고 있던 이상한 모양의 쇠꼬챙이가 살짝 허벅지를 찌른 것 같았는데 그곳에서는 일찍이 느껴보지 못한 지독한 통증이 몰려왔다.

"앞으로는 대답 역시 그 비명처럼 즉시 튀어나와야 한다. 알겠나?"

"아, 알겠습니다! 알고말고요."

초서풍의 대답이 즉시 튀어나왔다.

"네 이름은?"

"초서풍. 별호는 광집자!"

이번에는 서생의 말이 끝나기도 전에 초서풍의 대답이 튀어나왔다.

"잘하는군. 역시 분골착근침(粉骨着筋針)의 위력은 알아주어야 한다니까."

서생은 애정 어린 눈빛으로 자신의 손에 든 쇠꼬챙이를 쳐다본 후 다시 질문을 던졌다.

"네놈이 최근에 얻은 수집품에 대해서 소상히 말해라."

서생은 여전히 억양이 거의 드러나지 않는 목소리로 말했다. 분골무슨침이라는 쇠꼬챙이와 함께 그 억양없는 목소리는 소름이 끼치게 만들었지만 초서풍은 잠시 뜸을 들일 수밖에 없었다.

서생이 말한 최근에 수집한 물건이 무엇인지 혼란을 주었기 때문이다.

최근에 자신은 신투의 보물을 손에 넣었지만 그건 오로지 자신만이 아는 일이었다. 가족들, 심지어는 부인과 첩에게도 알려주지 않은 물건이었다. 그래서 이 서생 탈을 뒤집어쓴 야차의 질문이 그것인지 확신하지 못했다.

그리고 대답을 망설이게 한 더 큰 이유는 이젠 그것들이 자신 손에 없으니 그것들에 대해 답했다가 당장 내놓으라고 하면 대책이 없었기 때문이다.

"으―아악―"

다시 쇠꼬챙이가 허벅지를 살짝 건드렸고 초서풍은 처절한 비명을 질렀다.

"최근 네놈은 신투자의 보물을 손에 넣었다. 그리고 그중 신단 한 알은 네놈이 복용한 것으로 안다. 그것에 대해서 털끝만큼도 남김없이 소상히 밝혀라."

이번에는 서생의 옆에서 지필묵을 준비하고 있던 사내가 말했다.

살기등등한 거친 목소리였지만 서생의 억양없는 목소리보다는 훨씬 사람답다고 느낀 초서풍은 사정없이 고개를 끄덕거렸다. 그리고 호흡곤란을 느끼게 될 정도로 빠르게 그 일에 대해 설명했다.

그러나 설명의 대가는 자신이 우려했던 그대로였다.

"멸천마통의 설계도와 신단 제조법이 적힌 서책은?"

서생의 목소리가 훨씬 더 억양없이 흘러나왔다.

"마, 말씀드리지 않았습니까. 신단과 멸천마통으로 보이는 고철 뭉치만 구했고, 다른 것은 아직 구하지 못했습니다. 그리고 나머지 신단 두 알과 고철덩어리 두 조각은 운기조식 후 눈을 떠보니 귀신같이 사라졌다고… 아아악!"

"귀신같이 사라진 것이 아니라 네놈이 무림맹에 팔아먹었겠지. 혹시 설계도와 제조 비법서까지 팔아먹은 것은 아닌가?"

분골착근침을 다시 움직인 서생이 조용히 질문했다.

"아, 아니… 아아악!"

초서풍은 황급히 대답하다가 다시 비명을 질렀다.

비명이 멈춘 후 똑같은 질문이 토씨 하나 틀리지 않고 다시 들려왔고, 서초풍 역시 똑같은 비명을 질렀다.

그런 과정이 열 번 정도 반복된 후 초서풍은 의식의 끈을 놓았다.

"정말 못 구했단 말인가?"

"그렇습니다. 귀신이니 뭐니 하며 놈이 워낙 횡설수설하는 바람에 종잡을 수가 없었지만 설계도와 신단 제조 비법서는 못 구한 것 같습니다."

야율사한의 질문에 함진균이 죄를 지은 듯 답했다.

"그놈은 그게 문제야. 자신에게 맡겨진 사람은 꼭 하루 안에 입을 열게 만든다는 신조로 너무 지독하게 고문하니 나중에는 미쳐 버리든지 정신을 잃어버려 오히려 역효과가 난단 말이야."

야율사한은 가볍게 혀를 찼다.

"그래도 그놈의 분골착근침에 입을 연 놈이 제일 많았습니다. 특히 이번처럼 빠른 시간 안에 입을 열게 하는 데는 그놈을 따를 사람이 없지요. 횡설수설하긴 했지만 초서풍이란 자의 말을 꿰어 맞춰보면 신투자의 보물이 있기는 한 것 같습니다. 그리고 그놈은 그것들의 설계도와 제조 비법서는 찾지 못해 무림맹에 팔아넘기지 못한 것 같습니다. 그것만으로도 소기의 성과는 거두었습니다."

"신투자의 보물이라……."

야율사한은 가볍게 미간을 찌푸린 후 함진균 옆에 서 있는 노인을 쳐다보았다.

"결국 그놈의 말을 믿을 만한 근거는 그놈의 골동품에 대한 지식과 이 환단 한 알밖에 없다는 말인데…… 약전주(藥殿主)님의 의견은 어떠시오? 정말 이것이 이백 년 전 약왕의 신단인 것 같소? 내가 보기엔 꼭 메추리알이 굳은 것 같은데… 영약 같은 냄새도 안 나고."

야율사한은 고개를 갸웃거리며 탁자 위의 작은 용기에 담긴 반쪽만 남은 환단을 집어 들어 코를 쿵쿵거렸다. 그러나 반쪽만 남은 환단에서는 미약한 풀 냄새밖에는 아무 냄새도 맡을 수가 없었다.

"거참."

야율사한은 장난치듯 환단 한쪽을 부숴 공력을 불어넣자 부스러진 환단 조각이 푸스스 연기를 피워 올렸다. 그러나 역시 그뿐, 연기에서도 아무런 특이점을 발견하지 못했다. 하나 야율사한의 그런 행동을 바라보는 약전주라는 노인의 표정은 사색이 되었다.

"왜 그러시오, 약전주? 독이라도……?"

야율사한이 슬쩍 연기를 손으로 흩으며 물었다.

“그게 아니라… 혹시 전부 태워 버리지 않을까 너무 놀라서…….”

약전주가 가슴을 쓸며 말했다.

“왜? 그럼 안 되는 것이오?”

야율사한의 눈빛이 약간 이채를 띠며 약전주를 쳐다보았다.

“안 됩니다. 절대 안 됩니다!”

약전주가 절벽 근처에서 노는 애들에게 고함을 치듯 엄하게 말했다.

“약전주!”

그런 약전주를 보며 함진균이 눈총을 주었다.

“그렇다면 미안하오. 그럼 어디 이 메추리알에 대해서 말해 보시오. 정말 약왕의 작품이 확실한지, 그리고 효능이 어떤지.”

야율사한이 다시 한 번 미소를 짓고는 태사의 깊숙이 몸을 묻었다. 길어도 상관없으니 최대한 자세히 설명해 보라는 표시였다.

약전주가 가볍게 고개를 숙이고는 입을 열었다.

“너무 오래전 일이라 이것이 약왕의 신단인지는 정확히 알 길은 없습니다. 하지만 이런 약을 만들 수 있는 사람은 약왕 구마정이 아니면 불가능하다고 봅니다.”

약전주가 고무된 어조로 말하며 탁자 위에 놓여진 반만 남은 환단을 쳐다보았다.

“그간 며칠에 걸쳐 저 환단의 반을 잘라 여러 각도에서 분석해 보았습니다.”

약왕이 침을 삼켰다.

“그랬더니?”

“무서운 물건입니다.”

“독약이오?”

약전주의 대답에 야율사한이 함진균을 쳐다보았다. 자신이 받은 보고로는 영약이라고 들었기 때문이다.

"아닙니다. 영약임에 틀림없습니다."

"그런데 왜 무섭단 말이오? 만년하수오 같은 희대의 영약이라도 섞였소?"

독약이란 말과 함께 자신을 쳐다보던 야율사한의 눈빛에 움찔했던 함진균이 약간 높아진 목소리로 물었다.

"그런 것을 섞어서 만든 영약이라면 누가 못 만들겠습니까? 그건 무서울 것도 없지요. 하지만 이건 그런 식의 영약과는 차원이 다릅니다. 며칠 동안 밤낮을 가리지 않고 분석해 보았지만 그런 영약 부스러기는 단 한 점도 들어 있지 않았습니다. 주변 어느 곳에서나 쉽게 구할 수 있는 그런 것들뿐이었습니다. 몇 가지는 약간 강한 독 성분도 있었지만 그것들 역시 그리 어렵지 않게 구할 수 있는 것들입니다."

약전주가 침을 튀기며 설명했다.

"그런데도 영약의 효력을 발휘한단 말이오?"

야율사한이 구미가 당긴다는 표정으로 태사의에 기댔던 상체를 약간 앞으로 숙이며 말했다. 약에 대한 지식은 별로 없었지만 그건 말이 안 되는 소리라 하고 싶었다. 그러나 약전주의 노안에 어린 강한 확신의 빛은 그 말을 안으로 삼키게 만들었다.

"그래서 무섭다는 것입니다. 평생을 바쳐 죽을 고생을 해야 겨우 한두 방울 구할 수 있는 재료로 만들어진 영약이라면 무섭지 않고 당연하지요. 하지만 얼마든지 구할 수 있는 재료로 이런 약을 만들어내는 것은 무서운 일이지요. 누군가 그 영약의 배합에 섞인 비밀을 알아내고 마구 만들어낸다면…… 제가 알기론 무림맹 놈들의 손에도 이 환단이 들어간 걸로 아는데……?"

약전주가 오싹한 표정을 지으며 말했다.

"그것들은 무림맹에서 먼저 입수한 것이지요. 초서풍이란 놈이 무림맹에 팔아, 일급 비밀로 무림맹 총단으로 향하는 것을 우리 쪽 밀정들이 한 알 뽑아냈지요."

야율사한이 고개를 끄덕여 약전주의 질문에 답한 후 약간은 불안한 눈빛으로 약전주를 쳐다보았다.

"그렇다면 지금쯤 무림맹에서도 이 환단의 무서움을 알았겠지요?"

야율사한이 약전주를 향해 질문했다.

"그렇겠지요, 무림맹이 바보들만 있는 곳이 아닌 이상."

이번에는 약전주가 고개를 끄덕여 답하고는 심각한 눈빛으로 야율사한을 쳐다보았다.

"만에 하나 놈들이 이 환단의 제조 비법이 묻혀 있을 신투의 은신처를 먼저 발견하고 보물을 먼저 손에 넣는다면, 그래서 이런 환단을 대량 제조한다면 정녕 무서운 일이지요."

약전주가 소름이 끼친다는 표정으로 다시 한 번 환단을 쳐다보았다.

"얼마나 무서운 건가요?"

야율사한이 약전주의 표정을 유심히 살피며 물었다.

"이걸 대량 제조하여 복용한다면 우리 군사들의 전력이 최소한 사할가량 증대됩니다. 그것도 단번에 말입니다. 그럼 이 싸움의 승패는 명약관하한 것이지요."

약전주가 신단의 제조 비법을 손에 넣었으면 더 이상 소원이 없겠다는 표정으로 말했다.

그 표정은 무인이 천하일절의 무공비급을 얻고 싶어하는 표정과 똑

같았다.

"하하! 그럼 약전주께서 이 신단을 분석하여 그 제조 비법을 알아내면 되지 않겠소?"

야율사한은 약전주와 똑같이 간절한 표정을 억지로 지어 보이며 말했다.

"그게 가능하다면 당장 죽어도 여한이 없겠습니다. 하지만 그건 도저히 불가능합니다. 차라리 이것을 만드는 제일 첫 과정을 보았다면 가능할지 모르겠지만 완성품은 너무 여러 단계에 걸쳐 변질되어 도저히 그 과정이 추측 불가능합니다. 개구리를 처음 본 사람이 올챙이와 더 이전 모습인 알을 죽어도 유추해 낼 수 없는 이치와 똑같지요."

약전주가 고개를 설레설레 흔들며 설명했다.

"잘 알겠소. 내 그 제조법을 얻는 데 최대한의 노력을 기울일 테니 그만 나가보시지요."

야율사한이 고개를 끄덕이며 미소를 짓자 약전주가 한 번 더 간절한 표정을 지어 보이고는 깊숙이 고개를 숙인 후 실내를 빠져나갔다.

약전주가 나가자 여유롭던 야율사한의 표정이 약간 딱딱하게 변했다. 그리고 옆에 있는 함진균과 다른 두 명의 사내를 쳐다보았다.

"어떤가?"

야율사한이 짧게 질문하고 입을 다물었다.

자신들 주인의 전에 없는 심각한 표정에 함진균 등은 굳은 표정으로 서로를 쳐다보았다. 이런 상황에서는 최대한 명쾌하게 결과를 도출해야 하는 것이다.

"신단의 효능이 그 정도라면 그와 함께 발견된 멸천마통 또한 신빙성이 있습니다. 썩은 고철덩이이긴 했지만 비교적 손상이 적은 몇 군데에서 보여지는 장치들은 깜짝 놀랄 만하게 정교했습니다. 원형이 모두 남아 있었더라면 무서운 물건임에 틀림없습니다.”

한 사내가 조심스럽게 자신의 생각을 말했다.

“하지만 그것들의 입수 경로가 여전히 미심쩍은 데가 있습니다.”

함진균은 사내의 의견에 반대한다는 표정으로 말했다.

“어떤 이유에서 말이오?”

먼저 말했던 사내, 비영단(飛影團) 단주 조차문(曹車問)이 함진균을 향해 물었다.

“모든 게 너무 공교롭다는 생각이 들지 않소? 그 물건들이 나타난 시기나 그 물건들의 용도가 마치 이런 상황을 기다렸다는 듯하지 않소?”

함진균의 말에 조차문은 끓어오르려는 감정을 가라앉혔다. 이런 상황에서는 오히려 역으로 행동하는 것이 유리했다.

자신이 맡고 있는 조직이 얻은 이 물건들과 그에 관련된 정보의 진위(眞僞)가 진(眞)으로 판명되고, 그것들을 손에 넣는다면 그 공이 결코 적지 않을 것이다.

처음에는 압도적으로 우세를 보이던 싸움이 사중협, 정마협의 제자란 놈들 때문에 서서히 백중세로 돌아섰다가 이제는 밀리기까지 하는 상황에서 그 물건들은 당장 전세를 역전시킬 만한 것들이었다.

그러나 그 정보를 입수하는 과정이 약간 문제가 있었다.

분명 자신의 부하들을 통해 몇 단계 거쳐 자신의 손에까지 올라왔지만 그 최하 단계의 조직이 싸움에 휘말려 모두 죽거나 사라져 버린 것이다. 그것이 옥에 티였고, 의심 많은 저 함진균 놈이 혹시 백도무림맹의 술수가 아닐까 의심하며 끝까지 물고 늘어지는 것이다. 그러나 다행인 것은 현무당주 야율사한이 그것을 진(眞) 쪽에 더 비중을 두고 있다는 점이다.

승리를 확신하고 자신의 세상이 될 것을 믿어 의심치 않다가 서서히 그것이 틀어져 가자 온갖 대책을 다 궁리하던 차에 그런 물건의 출현은 눈을 번쩍 뜨이게 만들기에 충분했을 것이다. 그리고 그런 현무당의 마음은 오늘 약전주의 확신 가득한 말로 훨씬 더 기울어진 것 같았다. 그건 조차문 자신의 출셋길이 그만큼 넓어졌다는 의미이기도 했다.

그러나 조차문은 내심을 감추며 역으로 찔러 나갔다.

"그러고 보니 그렇기도 하오. 함 총사의 말대로 시기가 너무 공교롭소. 마치 장수 나니 명마 난다는 말을 떠올리게 될 만큼 말이오. 그러니 이번 일은 본인의 성급함으로 생긴 일로 치부하고 없었던 일로 하기로 합시다."

조차문은 담담한 표정으로 말하고는 고개를 끄덕였다.

"없었던 일로 할 것까지야 없고… 좀 더 신중을 기해 잠시 보류해 두는 정도로 하는 것이……."

"아닐세. 당장 추적하도록 하게."

함진균의 말을 끊으며 야율사한이 말했다.

"당주, 하지만……."

함진균이 못내 미심쩍은 표정을 지우지 못하고 말끝을 흐렸다.

"나 역시 자네 이상으로 의심이 많은 사람일세. 하지만 저 환단만으로도 그만한 가치가 있지 않은가? 무림맹에 앞서 우리가 먼저 손에 넣어야 하네."

야율사한이 완전히 마음을 정한 표정으로 말하자 조차문의 입꼬리가 보일 듯 말 듯 올라갔다.

"그게 백도무림맹 놈들의 작전일 수도……."

"그놈들의 움직임은 손바닥 보듯 볼 수 있으니 걱정없지 않은가? 추적하게."

야율사한이 딱딱 끊어지는 어투로 말하자 함진균과 조차문이 깊이 부복하고 신형을 움직였다.

〈제12권 끝〉

청 어 람 게 임 판 타 지 소 설

인터넷 인기 짱! 게임 소설계를 긴장시키다!

현실과는 다른 또 하나의 세상,
New World에 당신을 초대합니다!

마존전설 / 곡형 지음

소년이여, 지존이 되어라!

울트라 미타클 극악 마녀 누나들로 인해 나날이 피골이 상접하던 어느날,
현실의 독립을 쟁취하기 위해 현실과도 같은 또 하나의 세상
New World에 뛰어들고만 어벙한 미소년, 수한!

GM(Game Master)과의 눈알 튀고 사지가 후들거리는 피 튀기는 대립!
몹과 유저 사이를 넘나들며, 게임 세상을 어지럽히고 황폐화시키느라
온갖 고초와 고난, 역경이 닥쳐와도, 그는 꺾이지도 좌절하지도 않는다!
오로지 지존을 향한 필살 광랩과 초 레어 득템의 기연(奇緣)만 호시탐탐 노릴뿐!

FANTASY
FRONTIER
SPIRIT